DUAS DAMAS DE RESPEITO

DUAS DAMAS DE RESPEITO

JANE BOWLES

Tradução de Mariluce Pessoa

Prefácio de Truman Capote

Título original em inglês: *Two serious ladies*
Copyright © 1943, Jane Bowles

Amarilys é um selo editorial Manole.

Editor-gestor: Walter Luiz Coutinho
Editor: Enrico Giglio
Produção editorial: Luiz Pereira
Capa: Hélio de Almeida

Dados Internacionais de Catalogação na Publicação (CIP)
(Câmara Brasileira do Livro, SP, Brasil)

Bowles, Jane
 Duas damas de respeito / Jane Bowles;
tradução de Mariluce Pessoa; prefácio de
Truman Capote. - Barueri, SP : Amarilys, 2013.

 Título original: Two serious ladies.
 ISBN 978-85-204-3106-1

 1. Romance norte-americano I. Título.

12-14567   CDD-813

Índices para catálogo sistemático:
1. Romances : Literatura norte-americana 813

Todos os direitos reservados.
Nenhuma parte deste livro poderá ser reproduzida, por
qualquer processo, sem a permissão expressa dos editores.
É proibida a reprodução por xerox.

A Editora Manole é filiada à ABDR – Associação Brasileira
de Direitos Reprográficos.

1ª edição brasileira – 2013

Editora Manole Ltda.
Av. Ceci, 672 – Tamboré
06460-120 – Barueri – SP – Brasil
Tel. (11) 4196-6000 – Fax (11) 4196-6021
www.amarilyseditora.com.br | info@amarilyseditora.com.br

Impresso no Brasil | *Printed in Brazil*

Este livro contempla as regras do Acordo Ortográfico da Língua Portuguesa de
1990, que entrou em vigor no Brasil em 2009.

Prefácio

Devem ter-se passado sete ou oito anos desde meu último encontro com essa lenda moderna chamada Jane Bowles; nem tenho notícias dela, pelo menos não diretamente. Entretanto, estou certo de que em nada mudou; na verdade, eu soube, por meio de viajantes ao Norte da África que a viram ou estiveram com ela em algum café soturno na casbá, que tenho razão, e que Jane, com seus cabelos curtinhos e encaracolados como uma dália, seu nariz arrebitado e olhos de brilho maroto, ligeiramente desvairados, sua voz bastante original (um soprano rouco), roupas de garoto, corpo de estudante e um leve claudicar, continua mais ou menos a mesma de quando a conheci mais de vinte anos atrás; mesmo naquela época, ela parecia uma eterna traquinas, sedutora como a mais sedutora das pessoas que não chegaram ainda à idade adulta, porém com uma substância mais fria que o sangue invadindo suas veias, e uma sagacidade e uma sabedoria excêntrica que nenhuma criança, nem o mais estranho prodígio infantil, jamais possuiu.

Quando conheci a senhora Bowles (1944? 1945?) ela já era, em certos círculos, uma personalidade famosa: embora apenas em seus vinte anos, ela havia publicado um romance único e notável, *Duas damas de respeito*; casara-se com o talentoso compositor e escritor Paul Bowles e era, ao lado do marido, moradora de uma glamorosa pensão montada no Brooklyn Heights pelo falecido George Davis. Entre os hóspedes companheiros dos Bowles estavam Richard e Ellen Wright, W. H. Auden, Benjamim Britten, Oliver Smith, Carson McCullers, Gypsy Rose Lee e (parece-me) um treinador de chimpanzés, que morava lá com uma de suas célebres estrelas. De qualquer forma, era um lar e tanto. Porém, mesmo entre um grupo tão influente, a senhora Bowles, em virtude de seu talento e das estranhas visões nele contidas, e por causa da surpreendente mistura de divertida franqueza e sofisticação felina de sua personalidade, era sempre uma presença imponente e notável.

Jane Bowles é uma poliglota respeitável; fala, com grande precisão, francês, espanhol e árabe – talvez seja por isso que o diálogo de suas histórias soe, ou soe para mim, como se fosse traduzido para o inglês de alguma encantadora combinação de outras línguas. Mais ainda, essas línguas foram aprendidas por conta própria, produto de sua natureza nômade: de Nova York, ela viajou por toda a Europa; partiu de lá e da guerra iminente para a América Central e o México, e depois pousou por um certo tempo no histórico *ménage* do Brooklyn Heights. Desde 1947, ela reside quase continuamente no estrangeiro; em Paris ou no Ceilão, mas principalmente em Tânger – na verdade, tanto Jane como Paul Bowles podem agora ser decididamente considerados tangerinos permanentes, tão integral se tornou sua fidelidade a esse porto marítimo íngreme e de sombreado branco. Tânger é composta de duas partes díspares, uma delas uma área moderna e sem atrativos, cheia de edifícios de escritórios e residências altas e sombrias; a outra, a casbá, descendo em meio a um emaranhado de ruelas e alcovas, e praças de onde exalam odores de haxixe e menta, até o porto, onde fervilham marinheiros e soam sirenes de navios. Os Bowles estabeleceram-se nos dois setores – eles têm um apartamento asséptico, com todo o conforto na área mais nova, e também um refúgio escondido no bairro árabe mais escuro: uma casa nativa que deve ser uma das menores moradias da cidade – tetos tão baixos que é quase preciso, literalmente, se deslocar de gatinhas de um cômodo a outro; mas os cômodos em si são como uma série de belos cartões-postais de Vuillards – almofadas mouriscas espalhadas sobre tapetes com padrões mouriscos, tudo muito aconchegante como uma torta de framboesa, iluminado por lanternas intrincadas, e janelas que dão para a luz dos céus marítimos e vistas que abrangem minaretes, navios e telhados azuis desbotados das habitações nativas que recuam como escadas fantasmas até o clamoroso litoral. Ou é assim que recordo o lugar de uma única visita que fiz numa tarde, ao pôr do sol, ah, quinze anos atrás.

Um verso de Edith Sitwell: *Jane, Jane, the morning light creaks down again...** Este é um poema de que sempre gostei, sem de todo entendê--lo, como tão frequentemente acontece com essa autora específica. A menos que "*morning light*" seja uma imagem que significa lembrança (?).

As lembranças mais prazerosas que guardo de Jane Bowles giram em torno de um mês passado em quartos contíguos num hotel agradavelmente velho, na rue du Bac, durante um inverno gelado em Paris – janeiro de 1951. Muitas noites frias foram passadas no quarto confortável de Jane (lotado de livros, jornais e comida, e um cãozinho pequinês branco e travesso, comprado de um marinheiro espanhol); longas noites passadas ouvindo música numa vitrola e bebendo um cálido Calvados enquanto Jane preparava deliciosos ensopados, feitos de qualquer maneira num fogareiro elétrico: ela é uma ótima cozinheira, sim, senhor, e meio glutona, como se deduz de suas histórias, cheias de relatos de pratos e seus ingredientes. Cozinhar é apenas mais um de seus dons extracurriculares; ela é também uma imitadora precisa e consegue recriar com nostálgica admiração as vozes de certas cantoras – Helen Morgan, por exemplo, e sua amiga íntima Libby Holman. Anos depois, escrevi um conto chamado "Entre os caminhos para o Éden", no qual, sem perceber, atribuí à heroína várias características de Jane Bowles: o puxar de uma perna, os óculos, suas emocionantes e geniais habilidades como imitadora ("Ela esperou, como se escutasse até que a música lhe desse a deixa; depois, *"Don't ever leave me, now that you are here! Here is where you belong. Everything seems so right when you are near. When you're away*

---

* Jane, Jane, a luz matinal soa forte novamente... (N.T.)

it's all wrong".* E o senhor Belli ficou impressionado, pois o que ouvia era exatamente a voz de Helen Morgan, e aquela voz, com sua vulnerável doçura e requinte, seus suaves e vacilantes trinados, que não pareciam emprestados, mas sim os da própria Mary O'Meaghan, expressão natural de alguma identidade isolada"). Eu não tinha em mente a senhora Bowles quando inventei Mary O'Meaghan – personagem que não se assemelha de nenhuma maneira essencial a ela; mas é uma medida da poderosa influência que Jane sempre exerceu sobre mim, um fragmento dela poder emergir assim dessa forma. Durante aquele inverno, Jane estava trabalhando em *In the Summer House*, peça que mais tarde foi montada com tanta sensibilidade em Nova York. Não sou, de modo algum, fã de teatro: não consigo ficar até o final de uma peça; entretanto, assisti a *In the Summer House* três vezes, e não por lealdade à autora, mas porque a obra tinha uma perspicácia sutil, o sabor de uma bebida refrescantemente amarga recém-experimentada – as mesmas qualidades que haviam inicialmente me encantado no romance da senhora Bowles, *Duas damas de respeito*.

Minha única queixa contra a senhora Bowles não é que falte qualidade a seu trabalho, mas simplesmente quantidade. O volume em minhas mãos constitui todo o conjunto de sua obra, por assim dizer. E por mais agradecidos que sejamos de tê-lo, desejaríamos que houvesse mais. Uma vez, quando discutíamos sobre um colega nosso, alguém mais fluente do que nós dois, Jane disse: "Mas é tão fácil para ele. Tudo o que precisa fazer é virar a mão. Só virar a mão." Na verdade, escrever nunca é fácil: caso alguém não saiba, é o trabalho mais difícil que existe; e para Jane, creio eu, é difícil ao ponto de uma dor verdadeira. E por que não? Uma vez que ambos, sua língua e seus temas, são buscados em caminhos tormentosos e extraídos de rochas: os relacionamentos nunca concretizados entre seus personagens, os desconfortos mentais e físicos com

---

* "Não me deixe jamais, agora que você está aqui! Aqui é o seu lugar. Tudo parece bom quando você está por perto. Quando está distante, tudo vai mal", trecho da canção "Don't ever leave me", composta por Jerome Kern e Oscar Hammerstein II para o musical *Sweet Adeline*, sucesso da Broadway no anos 1930. (N.T.)

que ela os cerca e os satura – cada ambiente uma atrocidade, cada cenário urbano uma criação fria como néon. Entretanto, embora o ponto de vista trágico seja central à sua visão, Jane Bowles é uma escritora muito engraçada, com um certo tipo de humor – mas, veja bem, não da escola do humor negro. A Comédia de Humor Negro, como seus praticantes a rotulam, é, quando bem-sucedida, maravilhosamente cômica, sem nenhum sinal de compaixão. "Camp Cataract", para mim, o mais completo dos contos da senhora Bowles e o mais representativo de sua obra, é um exemplo pungente de compaixão controlada: uma história cômica de infortúnio que tem em seu âmago, e como âmago, a mais sutil capacidade de compreensão da excentricidade e solidão humanas. Só esse conto já exigiria que tivéssemos por Jane Bowles uma grande admiração.

Julho de 1966
TRUMAN CAPOTE*

---

* Prefácio originalmente publicado em *The Collected Works of Jane Bowles* (Peter Owen Publishers, 1966). (N.E.)

I

O pai de Christina Goering era um industrial americano de ascendência alemã, e sua mãe, uma senhora novaiorquina de família distinta. Christina passou a primeira metade de sua vida numa bela casa (a não mais de uma hora da cidade) que herdou da mãe. E nessa casa ela foi criada junto à irmã Sophie.

Na infância, Christina não tinha muitas amigas. Nunca sofreu particularmente por isso, pois desde pequena desenvolveu uma vida interior intensa, que reduzia sua percepção do que se passava a seu redor, a tal ponto que nunca adquiriu os maneirismos em voga na época, e, aos dez anos, era chamada de antiquada pelas outras meninas. Mesmo então, cultivava o ar de certos fanáticos que se consideram líderes sem nunca terem recebido o respeito de um único ser humano.

Christina sofria terrivelmente com ideias que jamais teriam ocorrido às outras meninas, e, ao mesmo tempo, assumia uma posição na sociedade que qualquer outra criança teria achado insuportável. De vez em quando, uma coleguinha de escola sentia compaixão por ela e esforçava-se para lhe fazer companhia, mas longe de ficar agradecida por isso, Christina, ao contrário, tentava converter sua nova amiga ao culto do que quer que acreditasse no momento.

Sua irmã Sophie, por outro lado, era muito admirada por todos na escola. Demonstrava ter um grande talento para a poesia e passava o seu tempo em companhia de uma menina tranquila chamada Mary, dois anos mais nova que ela.

Aos treze anos de idade, Christina tinha os cabelos ruivos (quando cresceu, eles permaneceram quase tão ruivos), suas bochechas eram flácidas e cor-de-rosa, e seu nariz revelava traços de nobreza.

Naquele ano, Sophie convidou Mary para almoçar em sua casa quase todos os dias. Depois que terminavam a refeição, ela levava Mary para caminhar pelo bosque, tendo antes providenciado uma cesta para carregarem as flores que colhiam. Christina não tinha o consentimento de Sophie para acompanhá-las nesses passeios.

— Você precisa achar alguma coisa sua para fazer — dizia-lhe Sophie. Mas era difícil para Christina pensar em algo que gostasse de fazer sozinha. Ela estava habituada a enfrentar batalhas mentais – em geral de natureza religiosa – e preferia estar com outras pessoas e organizar brincadeiras. Essas brincadeiras, via de regra, eram de natureza moral, e costumavam envolver Deus. Entretanto, ninguém as apreciava, e ela era forçada a passar a maior parte do dia sozinha. Uma ou duas vezes, tentou ir ao bosque sozinha e colher flores, imitando Mary e Sophie, porém, sempre temendo não voltar com flores suficientes para fazer um belo ramalhete, carregava cestas em excesso transformando seu passeio em um sofrimento mais do que um prazer.

Era desejo de Christina desfrutar um dia, sozinha, a companhia de Mary. Em uma tarde bem ensolarada, Sophie entrou para sua aula de piano, e Mary ficou sentada na grama. Christina que vira aquilo não de muito longe, correu para casa, seu coração batendo de empolgação. Tirou os sapatos e as meias, e ficou apenas de combinação curta branca. Não era uma visão muito agradável, porque naquela época Christina estava acima do peso, e suas pernas eram muito gordas. (Era impossível prever que se transformaria numa mulher alta e elegante.) Ela se dirigiu correndo para o gramado e disse a Mary para observá-la dançar.

— Não tire os olhos de mim — exigiu. — Vou fazer uma saudação ao sol. Então vou mostrar que prefiro ter Deus e nenhum sol a ter o sol e nenhum Deus. Você entende?

— Entendo — respondeu Mary. — Vai fazer isso agora?

— Vou, vou fazer isso aqui mesmo. — Ela começou a dançar abruptamente. Era uma dança desajeitada, e seus gestos, hesitantes. Quando Sophie apareceu, Christina estava correndo para frente e para trás com as mãos postas em oração.

— O que é que ela está fazendo? — perguntou Sophie.

— Uma saudação ao sol, eu acho — respondeu Mary. — Ela me disse para ficar aqui e olhar para ela.

Sophie dirigiu-se ao lugar onde agora Christina rodopiava e balançava as mãos debilmente no ar.

— Fora! — ela disse e, de repente, empurrou Christina fazendo-a cair sentada na grama.

Durante muito tempo depois disso, Christina manteve-se longe de Sophie e, em consequência, de Mary. Porém, teve mais uma oportunidade de estar com Mary, e isso aconteceu porque em uma manhã Sophie sentiu uma terrível dor de dente, e a governanta precisou levá-la ao dentista de imediato. Mary, que não fora informada disso, apareceu à tarde, na esperança de encontrar Sophie em casa. Christina estava na torre, onde as crianças geralmente se reuniam, e a viu chegar pela calçada.

— Mary — ela gritou —, venha até aqui em cima. — Quando Mary chegou à torre, Christina perguntou se ela gostaria de participar de uma brincadeira muito especial. — Chama-se "Eu perdoo todos os seus pecados" — disse Christina. — Você vai ter que tirar o vestido.

— É divertido? — perguntou Mary.

— Não é por divertimento que fazemos essa brincadeira, mas porque é preciso.

— Está bem — disse Mary —, eu brinco com você. — Ela tirou o vestido, e Christina cobriu a cabeça de Mary com um saco velho de estopa. Fez dois furos no saco para que Mary pudesse enxergar e depois amarrou uma corda em torno da cintura da menina.

— Venha — disse Christina — e será absolvida de todos os seus pecados. Fique repetindo para você mesma: "Que o Senhor perdoe todos os meus pecados!"

Ela desceu a escada correndo com Mary e saiu pelo gramado em direção ao bosque. Christina ainda não sabia o que ia fazer, mas estava muito animada. Chegaram a um riacho que beirava o bosque. As margens do rio eram moles e lamacentas.

— Venha para a água — disse Christina; — acho que é assim que você vai lavar os seus pecados. Vai ter que ficar na lama.

— Perto da lama?

— Na lama. O seu pecado está com um gosto amargo na boca? É necessário.

— Está — disse Mary hesitante.

— Então você precisa se tornar limpa e pura como uma flor, não é?

Mary não respondeu.

— Se não se deitar na lama, se não me deixar cobrir você com lama e depois lavar seu corpo no rio, vai sofrer a condenação eterna. Quer ser condenada para sempre? Agora é o momento da sua decisão.

Mary permaneceu sob o capuz preto sem dizer uma palavra. Christina empurrou a menina para o chão e começou a cobrir a estopa com lama.

— A lama está fria — disse Mary.

— O fogo do inferno é quente — replicou Christina. — Se me deixar fazer isso, não irá para o inferno.

— Não demore muito — pediu Mary.

Christina estava muito agitada. Seus olhos brilhavam. Cobriu Mary de lama e disse a ela:

— Agora você está pronta para ser purificada no rio.

— Ah, não, por favor, na água não... detesto entrar na água. Tenho medo de água.

— Esqueça os seus medos. Deus está observando você agora, e Ele ainda não sente compaixão por você.

Ela levantou Mary do chão e entrou no rio, carregando-a. Esquecera-se de tirar os próprios sapatos e meias. Seu vestido ficou completamente sujo de lama. Então mergulhou o corpo de Mary na água. A menina olhava para ela pelos furos no tecido. Não lhe ocorreu lutar.

— Três minutos vão ser suficientes — disse Christina. — Vou fazer uma pequena oração por você.

— Ah, não faça isso — suplicou Mary.
— É claro — disse Christina, erguendo a vista para o céu.
— Ó, Deus — começou ela —, torne essa menina Mary tão pura quanto Jesus, Seu Filho. Lave os pecados dela, assim como a água está lavando esta lama. Este saco preto é a prova de que ela se considera uma pecadora.
— Ah, pare — sussurrou Mary. — Ele escuta mesmo se repetir isso para você mesma. Está gritando muito.
— Os três minutos já se passaram, eu acho — disse Christina. — Venha, querida, agora pode se levantar.
— Vamos voltar para casa correndo — disse Mary. — Estou congelando.

Elas correram para casa e subiram pela escada dos fundos que conduzia à torre. Estava quente na sala da torre, porque todas as janelas haviam sido fechadas. De repente, Christina sentiu-se muito mal.

— Vá — ela disse a Mary —, vá tomar um banho e se limpar. Eu vou desenhar. — Christina estava profundamente perturbada. — Acabou — disse para si mesma —, a brincadeira acabou. Vou dizer a Mary para ir para casa depois que se enxugar. Darei alguns lápis de cor para ela levar para casa.

Mary voltou do banho enrolada numa toalha. Ainda tremia. Seus cabelos estavam molhados e lisos. Seu rosto parecia menor do que o normal. Christina desviou o olhar.

— A brincadeira acabou — ela disse —, durou somente alguns minutos... você devia estar enxuta... eu vou embora. — Ela se retirou e deixou Mary sozinha puxando a toalha sobre os ombros.

•

Como mulher adulta, a senhorita Goering não tinha mais amigos do que quando criança. Vivia agora em sua casa fora de Nova York com sua companheira, a senhorita Gamelon.

Três meses antes, a senhorita Goering estava na sala de visitas, apreciando as árvores desfolhadas, quando sua empregada anunciou uma visita.

— É um homem ou uma mulher? — perguntou a senhorita Goering.

— Uma mulher.

— Mande-a entrar imediatamente — disse a senhorita Goering.

A empregada retornou seguida pela visitante. A senhorita Goering levantou-se de sua cadeira.

— Muito prazer — disse ela. — Acho que nunca fomos apresentadas, mas, por favor, sente-se.

A visitante era baixa e forte e parecia ter entre trinta e quarenta anos. Usava roupa escura, fora de moda, e, a não ser por seus grandes olhos azuis, seu rosto passaria despercebido em qualquer ocasião.

— Sou a prima de sua governanta — explicou a moça à senhorita Goering. — Ela trabalhou para você durante muitos anos. Está lembrada?

— Estou — respondeu a senhorita Goering.

— Bom, meu nome é Lucie Gamelon. Minha prima falava sobre a senhora e sua irmã Sophie o tempo todo. Há muito tempo eu pretendia visitá-la, mas sempre aparecia uma coisa ou outra, e nunca consegui. Bom, mas um dia havia de acontecer.

A senhorita Gamelon enrubesceu. Ela ainda não havia tirado o chapéu e o casaco.

— A sua casa é linda — observou ela. — Imagino que saiba disso e goste muito dela.

A essa altura, a senhorita Goering estava cheia de curiosidade em relação à senhorita Gamelon. — Qual é a sua linha de trabalho? — perguntou a ela.

— Não faço muita coisa, eu acho. Durante toda a minha vida, datilografei manuscritos para escritores famosos, mas parece não haver muita demanda para os autores agora, ou talvez eles estejam datilografando seus próprios textos.

A senhorita Goering, que estava absorta em seus próprios pensamentos, não disse nada.

A senhorita Gamelon olhou à sua volta sem jeito.

— A senhora fica aqui a maior parte do tempo ou viaja muito? — perguntou à senhorita Goering inesperadamente.

— Eu nunca pensei em viajar — disse a senhorita Goering. — Não preciso de viagens.

— Vindo de uma família como a sua — disse a senhorita Gamelon —, imagino que já nasceu com conhecimento de tudo. Não precisaria viajar. Eu tive a chance de viajar duas ou três vezes com os escritores para quem eu trabalhava. Eles estavam dispostos a pagar todas as minhas despesas, além do meu salário completo, mas nunca fui, exceto uma vez, para o Canadá.

— Então você não gosta de viajar — observou a senhorita Goering, olhando para ela.

— Não me faz bem. Tentei uma vez. Passei mal do estômago e tive dor de cabeça de tensão o tempo todo. Aquilo bastou. Foi um aviso para mim.

— Entendo perfeitamente bem — disse a senhorita Goering.

— Sempre penso — prosseguiu a senhorita Gamelon — que cada um recebe seu aviso. Algumas pessoas não dão ouvidos aos avisos. É aí que elas entram em conflito. Eu acho que qualquer coisa que faça você se sentir estranha ou ficar nervosa é porque não foi talhada para fazer aquilo.

— Continue — disse a senhorita Goering.

— Bom, eu sei, por exemplo, que não daria para ser aviadora. Sempre tive sonhos de aviões caindo no chão. Existem algumas coisas que eu não faria, embora seja considerada uma mula teimosa. Não atravessaria uma grande massa de água, por exemplo. Eu poderia ter tudo que desejasse, bastava atravessar o oceano e ir para a Inglaterra, mas nunca farei isso.

— Bom — disse a senhorita Goering — vamos tomar um chá com uns sanduíches.

A senhorita Gamelon comeu vorazmente e elogiou a senhorita Goering pela boa comida.

— Eu aprecio uma boa comida — disse ela; — já não como tão bem hoje em dia. Eu comia bem quando trabalhava para os escritores.

Quando terminaram o chá, a senhorita Gamelon despediu-se da anfitriã.

— Foi uma tarde muito agradável — disse ela. — Gostaria de ficar mais tempo, mas prometi a uma sobrinha que tomaria conta dos filhos dela hoje à noite. Ela vai a um baile.

— Você deve estar muito deprimida com isso — observou a senhorita Goering.

— É, tem razão — concordou a senhorita Gamelon.

— Volte em breve — convidou a senhorita Goering.

Na tarde seguinte, a empregada anunciou à senhorita Goering que havia uma visita para ela. — É a mesma mulher que veio ontem — disse a empregada.

"Bem, bem", pensou a senhorita Goering, "isso é bom."

— Como está se sentindo hoje? — A senhorita Gamelon perguntou ao entrar na sala. Falou com muita naturalidade, sem parecer achar estranho estar retornando em tão pouco tempo após sua primeira visita.

— Fiquei pensando na senhora ontem à noite — ela disse. — É engraçado. Sempre quis conhecê-la. Minha prima me dizia que era muito estranha. Mas eu acho que conseguimos fazer amizade mais rapidamente com pessoas estranhas. Ou não conseguimos fazer amizade com elas de maneira alguma... uma coisa ou outra. Muitos dos escritores para quem trabalhei eram bem estranhos. Dessa forma, tive a vantagem de conhecer gente que a maioria das pessoas não tem. Conheço um pouco também do que chamo de lunáticos genuínos.

A senhorita Goering convidou a senhorita Gamelon para jantar. Achava sua companhia agradável e tranquilizante. A visitante ficou muito impressionada com o fato de sua anfitriã ser tão nervosa. Quando estavam prestes a se sentar, a senhorita Goering disse que não suportaria comer na sala de jantar e pediu à empregada para servir a mesa na sala de visitas. Ela passou uma boa parte do tempo apagando e acendendo as luzes.

— Sei como se sente — observou a senhorita Gamelon.

— Eu não gosto muito disso — declarou a senhorita Goering —, mas espero no futuro poder me controlar.

Enquanto bebiam vinho durante o jantar, a senhorita Gamelon disse à senhorita Goering que era natural ela ser assim.

— O que pode esperar, querida — disse ela —, vindo de uma família como a sua? Vocês são todas pessoas de alto nível. Você pode se permitir coisas que outras pessoas não têm o direito de se permitir.

A senhorita Goering começou a sentir-se um pouco tonta. Olhava com um ar sonhador para a senhorita Gamelon, que comia seu segundo prato de frango cozido ao molho de vinho. Havia uma pequena mancha de gordura no canto de sua boca.

— Adoro beber — disse a senhorita Gamelon —, mas quando você tem que trabalhar isso não é possível. É muito bom quando se tem bastante tempo livre. Agora eu tenho tempo de sobra.

— Você tem um anjo da guarda? — perguntou a senhorita Goering.

— Bom, tenho uma tia que já é morta, talvez seja isso o que você está querendo dizer; ela pode estar tomando conta de mim.

— Não é isso o que eu estou querendo dizer... é uma coisa bem diferente.

— Bom, é claro... — replicou a senhorita Gamelon.

— Um anjo da guarda aparece quando você é bem criança e lhe concede uma graça especial.

— Que tipo de graça?

— Do mundo. A sua deve ser sorte; a minha é dinheiro. A maioria das pessoas tem um anjo da guarda; é por isso que elas se movem devagar.

— Esse é um modo criativo de se pensar em anjos da guarda. Acho que o meu é o que eu lhe disse sobre me fazer prestar atenção aos meus avisos. Acredito que ele possa me advertir sobre nós duas. Dessa forma, eu poderia evitar que você tivesse problemas. Claro, com seu consentimento — acrescentou, parecendo um pouco confusa.

Naquele momento, a senhorita Goering teve a nítida impressão de que a senhorita Gamelon não era de forma alguma uma pessoa agradável, mas recusou-se a admitir isso, pois desfrutava um enorme prazer em ser protegida e mimada. Disse a si mesma que aquilo não faria mal algum por um certo tempo.

— Senhorita Gamelon — disse a senhorita Goering —, creio que seria uma ótima ideia se quisesse fazer desta a sua casa... por enquanto, pelo menos. Imagino que não tenha nenhum trabalho urgente que a obrigue a permanecer em outro lugar, não é mesmo?

— Não, não tenho nenhum trabalho — respondeu a senhorita Gamelon. — Não há nada que me impeça de ficar aqui... eu teria que ir buscar minhas coisas na casa de minha irmã. Fora isso, não haveria nenhum outro empecilho.

— Que coisas? — perguntou a senhorita Goering de maneira impaciente. — Não volte mais lá. Podemos comprar tudo nas lojas. — Ela levantou-se e passou a andar depressa de um lado para o outro da sala.

— Bom — disse a senhorita Gamelon —, acho melhor ir buscar as minhas coisas.

— Mas não hoje — disse a senhorita Goering —, amanhã... amanhã de carro.

— Amanhã de carro — repetiu a senhorita Gamelon.

A senhorita Goering providenciou para que a senhorita Gamelon se instalasse em um quarto ao lado do seu, para o qual a conduziu logo após o jantar.

— Este quarto — disse a senhorita Goering — tem uma das mais belas vistas da casa. — Ela abriu as cortinas. — Terá a sua lua e as suas estrelas hoje, senhorita Gamelon, e uma linda silhueta de árvores em contraste com o céu.

A senhorita Gamelon estava num lugar com pouca luminosidade, perto da penteadeira. Mexia no broche de sua blusa. Desejava que a senhorita Goering a deixasse sozinha para que pudesse, a seu modo, pensar sobre a casa e a oferta de morar ali.

Houve um súbito movimento entre os arbustos abaixo da janela. A senhorita Goering assustou-se.

— O que foi isso? — Empalideceu e colocou a mão sobre a testa. — Meu coração fica abalado durante muito tempo depois que levo um susto — disse ela com voz débil.

— Acho melhor eu ir para a cama agora para dormir — disse a senhorita Gamelon. Ela de repente sentiu os efeitos do vinho que havia bebido. A senhorita Goering deixou o quarto com relutância. Estava preparada para conversar madrugada adentro. Na manhã seguinte, a senhorita Gamelon foi apanhar suas coisas na casa da irmã e lhe comunicar seu novo endereço.

Três meses mais tarde, a senhorita Goering pouco sabia sobre as ideias da senhorita Gamelon além do que soubera na primeira noite em que haviam jantado juntas. Porém descobrira muito sobre suas características pessoais, por meio de cuidadosa observação. Logo que a senhorita Gamelon chegou, ela falou bastante sobre o quanto gostava de coisas luxuosas e belos objetos, e desde então a senhorita Goering a levara inúmeras vezes para fazer compras; mas ela só demonstrava interesse pelas necessidades mais simples.

A moça era tranquila, até um pouco taciturna, mas parecia estar razoavelmente satisfeita. Gostava de sair para jantar em restaurantes grandes e caros, especialmente se houvesse um acompanhamento musical durante a refeição. Parecia não gostar de teatro. Muitas vezes, a senhorita Goering comprava ingressos para uma peça, e na última hora a senhorita Gamelon desistia de ir.

— Estou com tanta preguiça — ela dizia —, aquela cama parece ser a coisa mais maravilhosa do mundo neste momento.

Quando ela ia ao teatro, logo se entediava. Sempre que faltava dinamismo à peça, a senhorita Goering a pegava olhando para o colo e brincando com os dedos.

Ela agora parecia se interessar muito mais pelas atividades da senhorita Goering do que pelas próprias, embora já não desse muita atenção, como no início, ao que ela dizia sobre si mesma.

Na quarta-feira à tarde, a senhorita Gamelon e a senhorita Goering estavam sentadas à sombra das árvores em frente à casa. A senhorita Goering bebia uísque e sua companheira lia. A empregada apareceu e anunciou à dona da casa que ela estava sendo chamada ao telefone.

O telefonema era da velha amiga da senhorita Goering, Anna, convidando-a para uma festa na noite seguinte. Ela voltou bastante empolgada para o gramado.

— Eu vou a uma festa amanhã à noite — ela disse — mas não sei como vou conseguir esperar até lá; aguardo sempre tão ansiosa um convite para festas, mas sou convidada tão poucas vezes que não sei muito bem como me portar em relação a elas. O que vamos fazer para que as horas passem rápido? — Ela tomou as mãos da senhorita Gamelon nas suas. A temperatura esfriava um pouco. A senhorita Goering tremia e sorria. — Está gostando dessa nossa vidinha? — ela perguntou à senhorita Gamelon.

— Eu estou sempre satisfeita — respondeu a senhorita Gamelon — porque sei o que aproveitar e o que deixar de lado, mas você está sempre à mercê dos acontecimentos.

A senhorita Goering chegou à casa de Anna corada e vestida com certo exagero. Usava veludo, e a senhorita Gamelon havia colocado umas flores em seus cabelos.

Os homens, a maioria de meia-idade, estavam juntos num canto da sala, fumando e escutando uns aos outros com atenção. As mulheres, recém-empoadas, estavam sentadas em várias partes da sala e falavam muito pouco. Anna parecia um pouco tensa, embora sorrisse. Usava um vestido longo, adaptado de um traje de camponesa da Europa Central.

— As bebidas serão servidas em instantes — anunciou ela aos convidados, e então, ao ver a senhorita Goering, foi a seu encontro e a conduziu a uma cadeira ao lado da senhora Copperfield sem dizer uma palavra.

A senhora Copperfield tinha um rosto pequeno e afilado, e cabelos pretos. Era excepcionalmente pequena e magra. Friccionava com nervosismo os braços nus, e olhou ao redor da sala quando a senhorita Goering sentou-se na cadeira a seu lado. Encontravam-se, fazia muitos anos, nas festas da casa de Anna e, de vez em quando, tomavam chá juntas.

— Ah! Christina Goering — exclamou a senhora Copperfield, admirada de ver a amiga sentada a seu lado —, eu estou indo embora!

— Você quer dizer — interessou-se a senhorita Goering — que está deixando a festa?

— Não, vou viajar. Espere até eu lhe contar sobre isso. É terrível.

A senhorita Goering notou que os olhos da senhora Copperfield brilhavam mais do que de costume.

— O que é que está havendo, senhora Copperfield? — perguntou ela, levantando-se da cadeira e olhando em torno da sala com um sorriso aberto no rosto.

— Ah, tenho certeza de que não vai querer ouvir sobre isso — replicou a senhora Copperfield. Sei que não tem nenhum respeito por mim, mas isso não importa, porque eu lhe tenho o maior respeito. Ouvi meu marido dizer que você já teve uma natureza religiosa, e quase tivemos uma briga feia. Claro que é loucura dele dizer uma coisa dessas. Você é maravilhosamente imprevisível e não teme ninguém, a não ser você mesma. Detesto religião em outras pessoas.

A senhorita Goering não respondeu à senhora Copperfield, porque nos últimos dois ou três segundos estivera olhando para um homem forte, de cabelos pretos, que caminhava com passos firmes em direção a elas. Quando ele se aproximou, a senhorita Goering viu que ele tinha um belo rosto com bochechas proeminentes, porém não caídas como na maioria das pessoas obesas. Ele usava um terno formal azul.

— Posso me sentar ao lado das senhoras? — perguntou ele. — Eu já fui apresentado a esta jovem senhora — disse ele, apertando a mão da senhora Copperfield —, mas receio não conhecer ainda sua amiga.

— Ele virou-se e cumprimentou a senhorita Goering com um aceno de cabeça.

A senhora Copperfield ficou tão aborrecida com a interrupção que não apresentou a senhorita Goering ao cavalheiro. Ele puxou uma cadeira para o lado da senhorita Goering e lhe dirigiu o olhar.

— Acabo de vir de um jantar maravilhoso — disse ele —, preços módicos, mas pratos muito bem preparados e servidos com cuidado. Se lhe interessar posso anotar o nome do pequeno restaurante.

Ele levou a mão ao bolso do colete e retirou de lá uma carteira de couro. Encontrou apenas um pedaço de papel que ainda não estava cheio de endereços.

— Vou anotar para você — ele disse à senhorita Goering. — Sem dúvida vai se encontrar com a senhora Copperfield e então pode passar a informação para ela, ou talvez ela possa lhe telefonar.

A senhorita Goering pegou o pedaço de papel e olhou com atenção para o que estava escrito.

Ele não havia anotado o nome de restaurante algum; em vez disso, convidara a senhorita Goering para acompanhá-lo à sua casa mais tarde. Isso a agradou muito pois, em geral, depois que saía de casa, gostava de ficar fora até bem tarde.

Ela olhou para o homem, cujo rosto estava então inescrutável. Ele bebia seu drinque com tranquilidade e olhava ao redor da sala como alguém que por fim havia encerrado uma conversa de negócios. Entretanto, havia umas gotas de suor em sua testa.

A senhora Copperfield olhava para ele com desagrado, mas o rosto da senhorita Goering de repente se iluminou.

— Deixe-me contar-lhes uma experiência estranha que tive hoje de manhã — ela disse. — Sente-se, senhora Copperfield, e ouça também.

— A senhora Copperfield olhou para a senhorita Goering e tomou a mão da amiga na sua.

— Fiquei na cidade, na casa de minha irmã Sophie, ontem à noite — disse a senhorita Goering — e hoje pela manhã eu estava à janela tomando uma xícara de café. O prédio ao lado da casa de Sophie está sendo demolido. Creio que pretendem construir um edifício de apartamentos no lugar. Não somente estava ventando muito hoje de manhã, mas também chovia intermitentemente. Da minha janela eu podia ver os cômodos vizinhos, uma vez que a parede à minha frente já havia sido demolida. Os cômodos ainda estavam parcialmente mobiliados, e fiquei olhando, observando a chuva salpicar o papel de parede. O papel de parede era florido e já estava coberto de manchas escuras, que continuavam aumentando.

— Que engraçado — disse a senhora Copperfield —, ou talvez fosse deprimente.

— Terminei ficando triste ao ver tudo aquilo e estava prestes a sair dali quando um homem entrou num dos quartos e, dirigindo-se deliberadamente à cama, pegou uma colcha e colocou-a dobrada embaixo do braço. Era sem dúvida um objeto de uso pessoal que ele esquecera de empacotar e tinha voltado para buscar. Depois andou um pouco pelo cômodo e, por fim, foi para o fundo do quarto e ficou olhando para o pátio abaixo com as mãos no quadril. Eu podia vê-lo ainda mais claramente, e percebi que era um artista. Enquanto ele estava ali, o horror tomou conta de mim, como se eu estivesse assistindo à cena de um pesadelo.

Naquele momento, a senhorita Goering de repente levantou-se.

— Ele se jogou, senhorita Goering? — perguntou a senhora Copperfield, sensibilizada.

— Não, ele ficou ali por um bom tempo, olhando para o pátio com uma expressão de curiosidade e contentamento no rosto.

— Surpreendente, senhorita Goering — disse a senhora Copperfield.

— Eu acho que é mesmo uma história interessante, mas me deixou assustada, e eu não gostaria de ouvir outra história igual a essa. — Ela mal terminara a frase, quando ouviu o marido dizer:

— Vamos para o Panamá e ficaremos um pouco lá antes de avançarmos mais pelo interior. — A senhora Copperfield pressionou a mão da senhorita Goering.

— Acho que não vou conseguir suportar — disse ela. — Sinceramente, senhorita Goering, estou com muito medo de ir.

— Eu iria mesmo assim — disse a senhorita Goering.

A senhora Copperfield saltou do braço da cadeira e correu para a biblioteca. Trancou a porta com cuidado ao entrar e jogou-se sobre o sofá soluçando amargamente. Quando parou de chorar, empoou o nariz, sentou-se no peitoril da janela e olhou para o jardim escuro abaixo.

Uma hora ou duas mais tarde, Arnold, o homem forte de terno azul, ainda conversava com a senhorita Goering. Sugeria-lhe deixarem a festa e irem à casa dele.

— Acho que nos divertiremos muito mais lá —, disse a ela. — Haverá menos barulho e poderemos conversar mais livremente.

Até aquele momento a senhorita Goering não pensara em deixar a festa; ela gostava muito de estar numa sala cheia de gente, mas não sabia muito bem como recusar o convite.

— Claro — disse ela —, então vamos. — Eles levantaram-se e juntos deixaram o local em silêncio.

— Não diga nada a Anna que vamos embora — sugeriu Arnold à senhorita Goering. — Só vai causar uma comoção. Prometo-lhe que mandarei uns doces para ela amanhã, ou umas flores. — Ele pressionou a mão da senhorita Goering e sorriu para ela. Ele lhe pareceu um pouco íntimo demais.

• Depois de deixarem a festa de Anna, Arnold caminhou um pouco com a senhorita Goering e chamou um táxi. O caminho para a casa dele passava por muitas ruas escuras e desertas. A senhorita Goering estava tão nervosa e histérica por causa disso que Arnold se assustou.

— Eu sempre penso — disse a senhorita Goering — que o motorista só espera que os passageiros estejam entretidos na conversa para entrar em alguma rua e se dirigir a um lugar inacessível e ermo, onde ele possa torturá-los ou matá-los. Tenho certeza de que a maioria das pessoas sente o mesmo que eu, mas tem o bom-senso de não mencionar isso.

— Já que mora tão distante da cidade — disse Arnold — por que não passa a noite na minha casa? Temos um quarto extra.

— Provavelmente passarei — respondeu a senhorita Goering —, embora seja inteiramente contra minhas normas, mas, por outro lado, eu não comecei sequer a usar minhas normas, apesar de julgar tudo por elas. — A senhorita Goering pareceu um pouco melancólica depois de dizer isso, e eles seguiram em silêncio até chegarem ao destino.

O apartamento de Arnold ficava no segundo andar. Ele abriu a porta, e os dois entraram numa sala cheia de prateleiras de livros até o teto. O sofá havia sido arrumado, e, sobre o tapete ao lado, encontravam-se os chinelos de Arnold. A mobília era pesada e havia alguns pequenos tapetes orientais espalhados aqui e ali.

— Eu durmo aqui — disse Arnold —, e meus pais ficam no quarto. Temos uma pequena cozinha, mas em geral preferimos comer fora. Há um outro quarto bem pequeno, originalmente destinado a dependência de empregada, mas prefiro dormir aqui e deixar meus olhos vasculharem livro por livro; os livros são um grande conforto para mim. — Ele suspirou pesadamente e colocou as mãos nos ombros da senhorita Goering. — Sabe, minha cara — disse ele —, o tipo de coisa que faço não é exatamente o que eu gostaria de fazer... Eu estou no ramo imobiliário.

— E o que gostaria de fazer? — perguntou a senhorita Goering, parecendo enfastiada e indiferente.

— Alguma coisa, naturalmente — respondeu Arnold — no ramo de livros, ou de pintura.

— E não pode fazer isso?

— Não — disse Arnold —, minha família não acredita que uma ocupação dessas seja séria, e, como preciso ganhar dinheiro para o meu sustento e para pagar a minha parte neste apartamento, fui obrigado a aceitar um emprego no escritório do meu tio, onde, devo dizer, me tornei rapidamente seu melhor vendedor. À noite, entretanto, tenho tempo bastante para estar com pessoas que não têm nada a ver com imóveis. Na verdade, elas se preocupam muito pouco com ganhar dinheiro. Naturalmente, essas pessoas estão interessadas em ter o suficiente para comer. Apesar de eu já ter trinta e nove anos, ainda tenho grande esperança de me separar definitivamente de minha família. Não vejo a vida com os mesmos olhos que eles. E acho, cada vez mais, que minha vida aqui está se tornando insuportável apesar de ser livre para receber quem quiser desde que eu contribua para a manutenção do apartamento.

Ele sentou-se no sofá e esfregou os olhos com as mãos.

— Perdoe-me, senhorita Goering, mas de repente me deu muito sono. Tenho certeza de que passará.

A bebida deixava de surtir efeito sobre a senhorita Goering, e ela achou que já era hora de voltar para a senhorita Gamelon, mas não tinha coragem de pegar um táxi para percorrer sozinha todo aquele caminho de volta para casa.

— Bom, eu suponho que isso seja uma grande decepção para você — disse Arnold —, mas, sabe, eu me apaixonei por você. Eu quis trazê-la aqui e contar tudo sobre minha vida, mas agora não estou com disposição de falar sobre nada.

— Talvez algum outro dia possa me contar sobre sua vida — disse a senhorita Goering, começando a andar de um lado para o outro rapidamente. Ela parou e virou-se para ele.

— O que sugere que eu faça? — ela perguntou. — Aconselha-me a ir para casa ou ficar aqui?

Arnold olhou para seu relógio.

— Fique aqui, com certeza — disse ele.

Naquele momento, o pai de Arnold entrou, usando um robe e carregando uma xícara de café na mão. Ele era muito magro e tinha uma barbicha pontuda. Era uma figura mais distinta do que Arnold.

— Boa noite, Arnold — disse o pai. — Quer me apresentar a essa jovem, por favor?

Arnold fez as apresentações, e então seu pai perguntou à senhorita Goering por que ela não havia tirado o casaco.

— Já que está acordada até essa hora da noite — ele disse —, e não no conforto e segurança de sua própria cama, é melhor ficar à vontade. O meu filho, Arnold, nunca pensa nessas coisas. — Ele pegou o casaco da senhorita Goering e elogiou seu belo vestido.

— Agora me diga onde estavam e o que faziam. Eu mesmo não mantenho uma vida social, me satisfaço na companhia de minha mulher e filho.

Arnold deu de ombros e fingiu olhar vagamente ao redor da sala. Mas qualquer pessoa observadora teria notado hostilidade em sua expressão.

— Agora me contem sobre essa festa — disse o pai de Arnold, ajustando o lenço que estava usando em torno do pescoço. — Me conte você. — Ele apontou para a senhorita Goering, que já começava a se sentir mais alegre. Ela instantaneamente preferira o pai de Arnold ao próprio Arnold.

— Eu conto — disse Arnold. — Havia muita gente lá, a maioria artistas criativos, alguns bem-sucedidos e ricos, outros ricos apenas porque herdaram dinheiro de alguém da família, e ainda outros que têm apenas o suficiente para comer. Nenhuma dessas pessoas, entretanto, tem o dinheiro como objetivo, e todas elas se contentariam em ter o suficiente para comer.

— Como animais selvagens — disse o pai, ficando de pé. — Como lobos! O que distingue o homem de um lobo senão a vontade de ganhar dinheiro?

A senhorita Goering riu até as lágrimas lhe escorrerem pelo rosto. Arnold pegou umas revistas da mesa e começou a folheá-las rapidamente.

Naquele momento, a mãe de Arnold entrou na sala levando um prato cheio de bolo numa das mãos e uma xícara de café na outra.

Ela era deselegante e sem nenhum atrativo, e tinha a mesma constituição física de Arnold. Usava um robe cor-de-rosa.

— Seja bem-vinda — disse a senhorita Goering à mãe de Arnold. — Posso me servir de um pedaço do seu bolo?

A mãe de Arnold, que era uma mulher sem tato, não ofereceu nenhum bolo à senhorita Goering; em vez disso, segurando o prato bem junto ao corpo, perguntou à moça:

— Já conhece Arnold há muito tempo?

— Não, eu o conheci hoje à noite numa festa.

— Bom — disse a mãe de Arnold, colocando o prato sobre a mesa e sentando-se no sofá —, eu creio que isso não seja muito tempo, não é?

O pai de Arnold se aborreceu com a mulher, e isso ficou claro em seu rosto.

— Eu detesto esse robe cor-de-rosa — disse ele.

— Por que está dizendo isso agora na presença de uma visita?

— Porque a visita não muda em nada o seu robe. — Ele piscou abertamente para a senhorita Goering e deu uma gargalhada. A senhorita Goering riu outra vez, com satisfação, do comentário dele. Arnold parecia ainda mais mal-humorado do que antes.

— A senhorita Goering — disse Arnold — estava com medo de ir para casa sozinha, então eu a convidei para dormir no quarto extra. Apesar de a cama não ser muito confortável lá, acho que pelo menos poderá ter privacidade.

— E por que — interferiu o pai de Arnold — a senhorita Goering estava com medo de ir para casa sozinha?

— Bem — respondeu Arnold —, na verdade não é muito seguro uma moça andar na rua e nem mesmo entrar num táxi desacompanhada a essa hora da noite. Principalmente se tiver que ir para longe. Claro que se ela não tivesse que ir para tão longe, eu a acompanharia.

— Você parece uma mulherzinha falando desse jeito — disse o pai.

— Eu achava que você e seus amigos não tivessem medo de coisas desse tipo. Achava que fossem ousados, e que estupro não significasse nada mais do que soltar um balão.

— Ah, não fale assim — disse a mãe de Arnold, verdadeiramente horrorizada. — Por que fala com eles dessa forma?

— Eu gostaria que você fosse para a cama — disse o pai de Arnold.

— Na verdade, eu vou mandá-la para a cama. Você está ficando resfriada.

— Ele não é terrível? — observou a mãe de Arnold, sorrindo para a senhorita Goering. — Nem mesmo quando temos visita em casa, ele consegue controlar sua natureza leonina. Ele tem a natureza de um leão, rugindo no apartamento o dia todo, e se irrita muito com Arnold e os amigos.

O pai de Arnold saiu da sala com passos pesados, e eles ouviram uma porta bater no corredor.

— Desculpe — disse a mãe de Arnold à senhorita Goering. — Eu não tive intenção de estragar a festa.

A senhorita Goering estava muito aborrecida, porque achava o velho muito divertido, e o próprio Arnold a deixava cada vez mais deprimida.

— Acho que vou lhe mostrar onde vai dormir — disse Arnold, levantando-se do sofá e, ao fazer isso, deixou cair no chão umas revistas que escorregaram de seu colo. — Bem — disse ele —, venha por aqui. Estou com muito sono e enojado de tudo isso.

Com relutância, a senhorita Goering seguiu Arnold pelo corredor.

— Puxa — disse ela para Arnold —, devo confessar que não estou com sono. Sem dúvida, não há nada pior, não é mesmo?

— É. É horrível — concordou Arnold. — Eu pessoalmente estou pronto para cair no tapete e ficar lá até amanhã ao meio-dia. Estou exausto.

A senhorita Goering considerou aquela observação pouco acolhedora e começou a sentir-se amedrontada. Arnold teve de ir procurar a chave do quarto extra, e ela foi deixada sozinha em frente à porta por um certo tempo.

— Controle-se — falou ela em voz alta consigo mesma, pois seu coração começava a bater muito acelerado. Perguntava-se como havia se permitido ir para um lugar tão longe de casa e da senhorita Gamelon. Por fim, Arnold voltou com a chave e abriu a porta do quarto.

Era um cômodo muito pequeno e bem mais frio do que a sala na qual haviam estado. A senhorita Goering esperava que Arnold se sentisse extremamente envergonhado com aquilo, mas, apesar de estar tremendo e esfregando as mãos uma na outra, ele não disse nada. Não havia cortinas na janela, mas havia uma persiana amarela que já havia sido abaixada. A senhorita Goering jogou-se na cama.

— Bem, minha cara — disse Arnold —, boa noite. Eu vou dormir. Talvez amanhã possamos ir ver algumas pinturas, ou, se quiser, eu vou à sua casa. Ele enlaçou-a, beijou-lhe os lábios de leve e deixou o quarto.

Ela ficou tão furiosa que seus olhos se encheram de lágrimas. Arnold ficou à porta do lado de fora por um instante e então, após alguns minutos, se afastou.

A senhorita Goering foi até a escrivaninha e apoiou a cabeça sobre as mãos. Permaneceu nessa posição por um longo tempo a despeito de estar tremendo de frio. Por fim, ouviu uma leve batida na porta. Parou de chorar tão abruptamente quanto havia começado, e se apressou a abrir a porta. Ela viu o pai de Arnold de pé à porta, no corredor mal iluminado. Ele usava um pijama de listras cor-de-rosa e a cumprimentou com uma breve saudação. Depois disso, ficou parado, aparentemente esperando que a senhorita Goering o convidasse para entrar.

— Entre, entre — ela o convidou —, é uma satisfação vê-lo. Meu Deus! Já estava com a sensação de ter sido abandonada.

O pai de Arnold entrou e sentou-se nos pés da cama da senhorita Goering, balançando as pernas. Acendeu o cachimbo de maneira afetada e olhou a seu redor para as paredes do quarto.

— Bem, senhorita — dirigiu-se a ela —, é uma artista também?

— Não — respondeu a moça. — Eu queria ser uma líder religiosa quando era pequena e agora fico em minha casa e tento não ser muito infeliz. Tenho uma amiga que mora comigo, o que torna tudo mais fácil.

— O que acha do meu filho? — ele perguntou, piscando para ela.

— Acabei de conhecê-lo — disse a senhorita Goering.

— Vai logo descobrir — continuou o pai de Arnold — que ele é um fraco. Não tem ideia do que seja lutar. Imagino que as mulheres não gostem muito disso. Na verdade, acho que Arnold não teve muitas mulheres na vida. Desculpe estar lhe passando essa informação. Eu mesmo estou acostumado a lutar. Briguei minha vida inteira com os vizinhos, em vez de me sentar e tomar chá com eles como Arnold. E os meus vizinhos brigaram comigo como tigres também. Agora, Arnold não é assim. Minha ambição sempre foi estar um nível acima dos meus vizinhos na árvore da vida e tive coragem de admitir a completa desgraça também quando me descobri colocado num nível abaixo de todos os meus conhecidos. Já não saio de casa há anos. Ninguém vem me visitar, nem eu visito ninguém. Agora, com Arnold e os amigos, nada realmente começa, nem termina. Para mim, eles são como peixes em água turva. Se a vida não agrada de uma determinada maneira e ninguém gosta deles em certo lugar, então eles vão para outro. Tudo o que querem é agradar e ser agradados; é por isso que é tão fácil chegar e dar uma pancada na cabeça deles pelas costas, porque nunca na vida souberam o que significa odiar.

— Que doutrina estranha! — exclamou a senhorita Goering.

— Isso não é uma doutrina — replicou o pai de Arnold. — Essas são minhas próprias ideias, tiradas de minha experiência pessoal. Acredito muito em experiência pessoal, a senhorita não?

— Ah, sim — disse ela —, e acho que tem razão em relação a Arnold. — Sentiu um estranho prazer em criticar Arnold.

— Agora, Arnold — continuou o pai, e parecia ficar mais alegre à medida que falava —, Arnold nunca suportaria ser encontrado no nível mais baixo por ninguém. Todo mundo sabe como sua casa é grande, e aqueles que têm a coragem de apostar a sua felicidade baseado nisso são homens de ferro.

— De qualquer forma, Arnold não é um artista — disse a senhorita Goering.

— Não. É isso aí — concordou o pai de Arnold, cada vez mais empolgado. — É isso aí! Ele não tem firmeza, nem coragem e nem perseverança para ser um bom artista. Um artista precisa ter firmeza, determinação e caráter. Arnold é como minha mulher — continuou ele. — Eu me casei quando ela tinha vinte anos, por interesse financeiro. Sempre que digo isso, ela chora. É outra tola. Não gosta nem um pouco de mim, mas tem medo de pensar nisso, então chora. É ciumenta demais e se enrosca em torno da família e da casa como uma píton, embora não se

divirta aqui. Na verdade, ela leva uma vida infeliz, eu admito. Arnold tem vergonha da mãe, e eu implico com ela o dia todo. Mas apesar de ser uma mulher tímida, ela é capaz de demonstrar uma certa violência e coragem. Porque ela também, como eu, é fiel a um ideal, eu suponho. Nesse exato momento deram uma forte batida à porta. O pai de Arnold não disse nada, mas a senhorita Goering respondeu com voz clara:
— Quem é?
— Sou eu, a mãe de Arnold — veio a resposta. — Por favor, deixe-me entrar imediatamente.
— Só um momento — disse a senhorita Goering —, claro que sim.
— Não — disse o pai de Arnold. — Não abra a porta. Ela não tem direito nenhum de mandar as pessoas abrirem a porta.
— É melhor abrir — disse a mulher dele. — Do contrário, chamo a polícia, e estou falando sério. Eu nunca ameacei chamar a polícia antes, você sabe.
— Ah, já, você ameaçou ligar para eles uma vez — disse o pai de Arnold, parecendo muito preocupado.
— Do jeito que eu me sinto diante da vida — disse a mãe de Arnold —, eu sou capaz de abrir todas as portas e deixar todos entrarem aqui e testemunharem minha desgraça.
— Isso seria a última coisa que ela faria — disse o pai de Arnold. — Ela fala como uma tola quando está com raiva.
— Vou deixá-la entrar — disse a senhorita Goering, dirigindo-se à porta. Ela não estava muito temerosa porque, a julgar pela voz, a mãe de Arnold parecia estar mais triste do que zangada. Mas quando a senhorita Goering abriu a porta, ficou surpresa ao ver que, ao contrário, o rosto dela estava lívido de raiva, e seus olhos eram pequenas fendas apertadas.
— Por que você finge sempre dormir tão bem? — questionou o pai de Arnold. Essa foi a única observação que foi capaz de expressar, embora ele próprio percebesse quão inadequada deve ter soado para sua mulher aquela observação.
— Você é uma prostituta — disse sua mulher dirigindo-se à senhorita Goering. A moça ficou extremamente chocada com aquela observa-

ção, e em especial por sua própria surpresa, pois sempre achara que essas coisas não significavam nada para ela.

— Temo que a senhora esteja inteiramente enganada — disse a senhorita Goering — e creio que um dia seremos grandes amigas.

— Eu agradeço se me deixar escolher os meus próprios amigos — retrucou a mãe de Arnold. — Na verdade, eu já tenho os meus amigos e não pretendo acrescentar mais nenhum à minha lista, e menos ainda você.

— Ainda assim, não dá para saber — disse a senhorita Goering com voz fraca, recuando um pouco e tentando se recostar à vontade na escrivaninha. Infelizmente, ao chamar a senhorita Goering de prostituta, a mãe de Arnold havia sugerido ao marido a posição que ele tomaria para se defender.

— Como se atreve? — perguntou ele. — Como se atreve a chamar de prostituta uma visita em nossa casa? Você está violando as leis da hospitalidade ao centésimo grau e eu não vou aceitar isso.

— Não me intimide — disse a mãe de Arnold. — Ela vai ter que deixar esta casa neste exato minuto ou eu faço um escândalo, e você vai se arrepender.

— Olhe, minha cara — disse o pai de Arnold à senhorita Goering. — Talvez seja melhor você ir, para seu próprio bem. Já está começando a clarear, então não precisa mais ter medo.

O pai de Arnold olhou nervoso à sua volta e então saiu do quarto apressado e continuou pelo corredor seguido de sua mulher. A senhorita Goering ouviu uma porta bater e imaginou que eles continuariam a discussão a sós.

Ela própria disparou pelo corredor e deixou a casa. Encontrou um táxi após caminhar um pouco e, alguns minutos depois de entrar no carro, adormeceu.

•

No dia seguinte, o sol brilhava, e a senhorita Gamelon e a senhorita Goering estavam no gramado discutindo. A senhorita Goering estava deitada na grama. A senhorita Gamelon parecia a mais descontente das duas. Franzia o cenho e olhava para a casa que estava atrás delas. A senhorita Goering tinha os olhos fechados e havia um leve sorriso em seu rosto.

— Bom — disse a senhorita Gamelon virando-se —, você sabe tão pouco sobre o que está fazendo que é um verdadeiro crime contra a sociedade ter uma propriedade em suas mãos. As propriedades deveriam estar nas mãos das pessoas que as apreciam.

— Eu acho — disse a senhorita Goering — que gosto mais dela do que a maioria das pessoas. Ela me dá uma sensação confortável de segurança, como já lhe expliquei pelo menos uma dúzia de vezes. Entretanto, a fim de pôr em prática minha própria ideia de salvação, acredito mesmo que seja necessário para mim viver em algum lugar mais simples e particularmente em algum lugar onde eu não nasci.

— Na minha opinião — disse a senhorita Gamelon — você pode muito bem se empenhar em sua salvação durante certas horas do dia, sem ter que mudar tudo.

— Não — disse a senhorita Goering — isso não estaria de acordo com o espírito dos tempos.

A senhorita Gamelon se mexeu na cadeira.

— Estou certa de que o espírito dos tempos, o que quer que isso seja — disse ela —, pode muito bem passar sem você – provavelmente até preferisse assim.

A senhorita Goering sorriu e abanou a cabeça.

— A ideia — disse ela —, em primeiro lugar, é mudar nossa própria vontade de acordo com nossos próprios estímulos internos, antes que eles nos imponham mudanças completamente arbitrárias.

— Eu não tenho esses estímulos internos — disse a senhorita Gamelon — e acho muita ousadia sua tomar a si mesma como parâmetro com relação a qualquer outra pessoa. Na verdade, acho que se deixar esta casa, eu desisto de você por considerá-la uma lunática sem cura. Afinal, não sou o tipo de pessoa que esteja interessada em viver com lunáticos, nem eu, nem ninguém.

— Quando eu tiver desistido de você — disse a senhorita Goering, sentando-se e jogando a cabeça para trás de forma exaltada —, quando eu tiver desistido de você, eu terei desistido de muito mais do que minha casa, Lucy.

— Essa é uma das coisas mais desagradáveis em você — disse a senhorita Gamelon. — Entra por um ouvido e sai pelo outro.

A senhorita Goering deu de ombros e entrou na casa.

Ficou por um certo tempo na sala de visitas rearrumando as flores num vaso e estava prestes a ir para seu quarto dormir quando Arnold apareceu.

— Olá — disse Arnold —, eu pensei em vir visitá-la mais cedo, mas não consegui. Tivemos um daqueles longos almoços de família. As flores estão lindas nesta sala.

— Como vai seu pai? — perguntou a senhorita Goering.

— Ah — disse Arnold —, ele está bem, eu creio. Temos muito pouco em comum. — A senhorita Goering notou que ele estava suando de novo. Era óbvio que estava terrivelmente agitado por ter chegado à casa dela, pois esquecera de tirar o chapéu de palha.

— Esta é uma casa realmente bonita — comentou ele. — Há nela uma aura de antigo esplendor que me encanta. Imagino que detestaria deixá-la. Bom, meu pai pareceu simpatizar muito com você. Não deixe que ele fique muito convencido. Ele acha que as moças são loucas por ele.

— Eu gostei dele — disse a senhorita Goering.

— Bom, espero que o fato de você gostar dele — disse Arnold — não interfira na nossa amizade, porque decidi vir vê-la com frequência, desde, é claro, que concorde com isso.

— Claro — disse a senhorita Goering —, sempre que quiser.

— Acho que vou gostar de estar aqui na sua casa, mas não ache que isso vá ser um incômodo. Agrada-me ficar sozinho, pensando, pois, como sabe, estou muito ansioso para me estabelecer de maneira diferente da que me encontro agora, que é insatisfatória para mim. Como pode imaginar, é impossível dar um jantar para alguns amigos, porque nem meu pai, nem minha mãe saem de casa, a menos que eu saia também.

Arnold sentou-se numa cadeira ao lado de uma porta de vidro e estendeu as pernas.

— Venha cá! — disse ele à senhorita Goering. — Venha olhar o vento encrespar o topo das árvores. Não há nada mais belo no mundo. — Ele olhou para ela com um ar muito sério por alguns instantes.

— Você teria um pouco de leite, pão e geleia de laranja? — perguntou a ela. — Espero que não haja nenhuma cerimônia entre nós.

A senhorita Goering achou estranho Arnold pedir comida tão pouco tempo depois do almoço, e concluiu que aquela era, sem dúvida, a razão pela qual ele era tão gordo.

— Temos, sim, claro — disse ela docemente e saiu para dar ordens à empregada.

Enquanto isso, a senhorita Gamelon havia decidido entrar e, se possível, continuar a insistir em sua argumentação com a senhorita Goering. Quando Arnold a viu percebeu que ela era a companheira de quem a senhorita Goering havia falado na noite anterior.

Levantou-se imediatamente tendo resolvido que era muito importante para ele fazer amizade com a senhorita Gamelon.

Ela própria ficou muito feliz em vê-lo, pois raramente recebiam visitas, e preferia conversar com quase qualquer outra pessoa a conversar com a senhorita Goering.

Apresentaram-se, e Arnold pegou uma cadeira para a senhorita Gamelon e a colocou ao lado da dele.

— Você é a companheira da senhorita Goering — comentou ele. — Acho isso maravilhoso.

— Acha maravilhoso? — perguntou a senhorita Gamelon. — Que interessante!

Arnold sorriu satisfeito com aquela observação e sentou-se sem dizer nada por um certo tempo.

— Tudo nesta casa demonstra um gosto refinado — disse ele, finalmente — e transmite paz e tranquilidade.

— Tudo depende de como se olha para ela — apressou-se em dizer a senhorita Gamelon, mexendo com a cabeça e olhando pela janela.

— Existem certas pessoas — disse ela — que mandam embora a paz da porta de entrada como se fosse um dragão vermelho exalando fogo pelas narinas, e outras que não deixam Deus em paz.

Arnold inclinou-se para a frente, tentando parecer respeitoso e interessado ao mesmo tempo.

— Eu acho — disse ele sério —, eu acho que entendo o que quer dizer.

Então ambos olharam pela janela ao mesmo tempo e viram a senhorita Goering ao longe com uma capa sobre os ombros e conversando com um rapaz que eles mal distinguiam, porque ele estava diretamente contra o sol.

— Aquele é o corretor — disse a senhorita Gamelon. — Creio que não haja mais nada que se possa esperar de agora em diante.

— Que corretor? — perguntou Arnold.

— O corretor por intermédio de quem ela vai vender a casa — disse a moça. — Não é terrível demais para ser expresso em palavras?

— Ah, que pena! — exclamou Arnold. — Acho que ela está fazendo uma tolice, mas suponho que não seja da minha conta.

— Vamos viver — acrescentou a senhorita Gamelon — numa casa de madeira de quatro cômodos e fazer nossa própria comida. Será no campo e cercada de bosques.

— É meio deprimente, não é? — comentou Arnold. — Mas por que a senhorita Goering faria uma coisa dessas?

— Ela disse que isso é apenas o começo de um imenso plano.

Arnold pareceu ter ficado muito triste. Não falou mais com a senhorita Gamelon e simplesmente contraiu os lábios e olhou para o teto.

— Eu suponho que a coisa mais importante do mundo — ele disse em seguida — é a amizade e a compreensão. — Ele lançou um olhar questionador para a senhorita Gamelon. Parecia ter desistido de alguma coisa.

— Bom, senhorita Gamelon — ele disse novamente — não concorda que a amizade e a compreensão são as coisas mais importantes do mundo?

— Concordo — respondeu a moça — e ter a cabeça no lugar, também.

Logo a senhorita Goering apareceu com uma pilha de papéis embaixo do braço.

— Estes aqui — disse ela — são os contratos. Meu Deus, são enormes, mas acho que o corretor é um homem atencioso. Ele disse que achou a casa linda. — Ela mostrou os contratos primeiro a Arnold e depois estendeu-os à senhorita Gamelon.

— Eu imaginava — disse a senhorita Gamelon — que você não teria coragem de se olhar no espelho, com medo de ver alguma coisa assustadora e excêntrica. Não quero ver esses contratos. Por favor, tire esses papéis do meu colo imediatamente. Meu Deus do céu!

A senhorita Goering, na verdade, parecia um tanto agitada, e a senhorita Gamelon, com um olhar perspicaz, havia notado de imediato que a mão na qual ela segurava os contratos tremia.

— Onde é que fica a sua casinha, senhorita Goering? — perguntou Arnold, tentando introduzir na conversa um tom mais natural.

— Fica numa ilha — ela respondeu — não muito distante da cidade, indo de barca. Eu me lembro de ter visitado essa ilha em criança e de não ter gostado dela, porque dava para sentir o cheiro das fábricas de cola vindo do continente, mesmo quando caminhava pelo bosque ou atravessava os campos. Uma extremidade da ilha é muito povoada, embora se consiga comprar apenas produtos de terceira categoria nas lojas. No outro lado, a ilha é erma e mais antiquada; mas existe um trenzinho ali que serve de transporte até a barca que leva você para o outro lado com bastante frequência. Lá você desembarca numa cidade pequena que é meio perdida e parece um lugar difícil, e assusta um pouco, eu acho, quando você descobre que o continente do outro lado é tão deserto quanto a própria ilha e não oferece nenhuma proteção.

— Você parece ter examinado a situação com muito cuidado e sob todos os ângulos — disse a senhorita Gamelon. — Meus parabéns! — De sua cadeira, ela acenou para a companheira, mas se podia ver que ela estava preocupada.

Arnold se mexeu pouco à vontade na cadeira. Tossiu e então dirigiu-se muito gentilmente à senhorita Goering.

— Tenho certeza de que a ilha também tem suas vantagens, que você conhece, mas talvez prefira nos surpreender a nos frustrar.

— Não conheço nenhuma no momento — disse a senhorita Goering. — Por quê, pretende ir conosco?

— Acho que gostaria de passar um bom tempo lá com vocês; quer dizer, se me convidarem.

Arnold estava triste e pouco à vontade, mas achava que devia, a todo custo, permanecer perto da senhorita Goering em qualquer mundo que ela escolhesse para si.

— Se me convidarem — disse ele novamente —, irei com prazer passar um certo tempo com vocês, e aí então veremos como vai ser. Eu poderia manter a parte do apartamento que divido com meus pais sem ter que passar todo o meu tempo lá. Mas eu não a aconselho a vender sua bela casa; é melhor alugar ou deixá-la trancada, enquanto estiver fora. Talvez mude de opinião e queira voltar para ela.

A senhorita Gamelon enrubesceu de prazer.

— Isso seria uma coisa humana demais para ela considerar fazer — disse ela, mas pareceu um pouco mais esperançosa.

A senhorita Goering pareceu estar sonhando, sem escutar o que os dois diziam.

— Bom — disse a senhorita Gamelon —, não vai lhe dar uma resposta? Ele sugeriu: por que não tranca a sua casa ou a aluga, porque se mudar de ideia poderá voltar para ela.

— Ah, não — respondeu a senhorita Goering. — Muito obrigada, mas eu não poderia fazer isso. Não faria muito sentido fazer isso.

Arnold tossiu para esconder seu constrangimento por ter sugerido algo que obviamente tanto desagradava a senhorita Goering.

— Eu não devo — disse ele de si para consigo —, não devo ficar muito do lado da senhorita Gamelon, ou a senhorita Goering vai começar a achar que minha mente é do mesmo calibre da dela.

— Afinal, talvez seja mesmo melhor vender tudo — disse ele em voz alta.

2

O senhor e a senhora Copperfield estavam na parte da frente do convés do navio enquanto a embarcação entrava no porto do Panamá. A senhora Copperfield ficou muito alegre ao avistar terra, finalmente.

— Agora você tem que admitir — disse ela ao senhor Copperfield — que terra firme é melhor do que mar. — Ela temia morrer afogada.

— Não é somente o medo do mar — continuou ela —, mas é que é entediante. É a mesma coisa o tempo todo. As cores são bonitas, naturalmente.

A senhora Copperfield examinava o contorno da costa.

— Se ficar quieta um instante — disse ele — e olhar por entre aqueles edifícios nas docas, vai ver uns trens verdes carregados de banana. Parece que passam a cada quinze minutos.

A mulher não lhe respondeu; em vez disso, pôs o capacete colonial, que vinha trazendo na mão.

— Não está começando a sentir calor? Eu estou — ela, enfim, disse a ele. Como não obteve resposta, saiu caminhando ao longo da balaustrada, abaixou a vista e olhou para a água.

Logo uma mulher corpulenta que conhecera no navio aproximou-se dela. A senhora Copperfield se animou.

— Você ondulou o cabelo! — exclamou ela. A mulher sorriu.

— Agora, não se esqueça — disse ela à senhora Copperfield —, no minuto em que entrar no hotel, vá relaxar e descansar. Não deixe que a levem para as ruas, sejam quais forem os momentos incríveis que lhe prometam. E de toda a forma, nas ruas só se veem macacos. Não se encontra uma só pessoa bonita na cidade inteira que não esteja ligada ao exército americano, e os americanos costumam ficar em seu próprio bairro. O bairro americano é chamado Cristóbal. É separado de Colón. O Colón só tem mestiços e macacos. Cristóbal é agradável. Todos em Cristóbal têm sua própria varanda protegida por tela. Eles nunca sonharam em se proteger, aqueles macacos de Colón. Nem notam quando são picados por um mosquito, e se notassem, não levantariam um braço para enxotá-lo. Coma muita fruta e tenha cuidado nas lojas. A maioria delas é de indianos. Eles são iguais aos judeus, sabe. Exploram as pessoas a torto e a direito.

— Não estou interessada em comprar nada — disse a senhora Copperfield —, mas posso vir visitá-la enquanto estiver em Colón?

— Amei você, querida — respondeu a mulher —, mas quero passar cada minuto com meu filho, enquanto estiver aqui.

— Não tem importância — disse a senhora Copperfield.

— Claro que não tem importância. Você tem aquele seu marido lindo.

— Isso não muda nada — disse a senhora Copperfield, porém, logo que disse isso, ficou horrorizada consigo mesma.

— O que houve, vocês brigaram? — perguntou a mulher.

— Não.

— Então eu acho que você é uma mulherzinha terrível falando de seu marido dessa maneira — disse ela, indo embora. A senhora Copperfield abaixou a cabeça e voltou para perto do senhor Copperfield.

— Por que você fica falando com essas idiotas? — perguntou ele. Ela não respondeu.

— Bom — disse ele —, pelo amor de Deus, quer fazer o favor de olhar a paisagem agora?

Eles entraram num táxi, e o senhor Copperfield insistiu em ir para um hotel no centro da cidade. Em geral, todos os turistas, mesmo aqueles com pouco dinheiro, hospedavam-se no Hotel Washington, com vista para o mar, a poucos quilômetros de Colón.

— Eu não aceito — disse o senhor Copperfield à mulher —, não aceito gastar dinheiro num luxo que só pode ser meu por no máximo uma semana. Acho mais divertido comprar objetos que durem talvez uma vida inteira. Tenho certeza que podemos encontrar um hotel na cidade que seja confortável. Então, ficaremos livres para gastar nosso dinheiro em coisas mais interessantes.

— O quarto onde eu durmo é muito importante para mim — retrucou a senhora Copperfield. Sua voz era quase um lamento.

— Minha querida, um quarto é apenas um lugar para se dormir e trocar de roupa. Se for silencioso, e a cama, confortável, nada mais é necessário. Não concorda comigo?

— Sabe muito bem que eu não concordo com você.

— Se você vai se sentir tão mal, iremos para o Hotel Washington — disse o senhor Copperfield. De repente, ele perdeu sua dignidade. Seus olhos se anuviaram e ele fez um bico. — Mas vou ficar muito infeliz lá, eu garanto. Vai ser uma chatice. — Ele se comportava como um bebê, e a senhora Copperfield se sentiu na obrigação de consolá-lo. Ele sabia como fazê-la sentir-se responsável.

"Afinal, o dinheiro é mais meu", ela disse a si mesma. "Estou bancando a maior parte das despesas desta viagem." Entretanto, não conseguiu sentir-se mais forte por ter-se lembrado disso. Era completamente dominada pelo senhor Copperfield, como era por quase qualquer um com quem entrava em contato. Ainda assim, algumas pessoas que a conheciam bem afirmavam que ela era capaz de repentinamente tomar atitudes radicais e independentes sem que uma única pessoa a apoiasse.

Ela olhou pela janela do táxi e notou que havia uma grande agitação nas ruas a seu redor. As pessoas, na sua maioria negros e homens uniformizados de frotas de todos os países, faziam tanto alvoroço e barulho que a senhora Copperfield se perguntava se não seria algum tipo de feriado.

— É como uma cidade que está sendo constantemente saqueada — disse-lhe o marido.

As casas eram pintadas em cores fortes e tinham varandas largas nos andares superiores, apoiadas sobre longas colunas de madeira. Desse modo, elas formavam um tipo de arcada que dava sombra àqueles que caminhavam pela rua.

— Essa arquitetura é engenhosa — observou o senhor Copperfield.

— As ruas seriam insuportáveis se as pessoas tivessem que caminhar por elas sem uma proteção acima.

— Não daria para aguentar, senhor — disse o taxista —, andar por aí sem nada acima da cabeça.

— Bom — disse a senhora Copperfield —, então vamos logo escolher um desses hotéis e entrar.

Eles encontraram um, bem no coração da zona do meretrício, e concordaram em dar uma olhada nos quartos do quinto andar. O gerente lhes garantira que eram os menos barulhentos. A senhora Copperfield, que tinha medo de elevadores, decidiu subir a pé, pela escada, e esperar que o marido subisse com a bagagem. Quando chegou ao quinto andar, surpreendeu-se ao descobrir que no salão principal havia pelo menos cem cadeiras, de espaldar alto, e nada mais. Ao olhar ao redor, sua raiva aumentou, e ela mal podia esperar que o senhor Copperfield chegasse de elevador para poder lhe dizer o que pensava dele. "Eu tenho que ir para o Hotel Washington", ela disse a si mesma.

O senhor Copperfield finalmente chegou, caminhando ao lado de um menino com a bagagem. Ela correu em sua direção.

— É a coisa mais horrorosa que eu já vi — disse ela.

— Espere um momento, por favor e deixe-me contar a bagagem; quero ter certeza de que está tudo aqui.

— Por mim, podia estar no fundo do mar, toda ela.

— Onde está a minha máquina de escrever? — perguntou o senhor Copperfield.

— Fale comigo neste minuto — disse a mulher, fora de si, enraivecida.

— Faz diferença para você se tem ou não um banheiro privativo? — perguntou o senhor Copperfield.

— Não, não. Não ligo para isso. Não é absolutamente uma questão de conforto. É muito mais do que isso.

O senhor Copperfield deu um risinho.

— Você é muito louca — ele disse com tolerância. Estava encantado em estar enfim nos trópicos e mais do que satisfeito consigo mesmo por ter conseguido dissuadir a mulher de se hospedarem num hotel ridiculamente caro, onde estariam cercados de turistas. Ele percebeu que aquele hotel era sinistro, mas era disso que gostava.

Eles seguiram o atendente até um dos quartos, e logo que chegaram lá a senhora Copperfield começou a empurrar a porta para frente e para trás. Ela se abria das duas maneiras e era trancada apenas por um pequeno ferrolho.

— Qualquer um poderia invadir este quarto — disse a senhora Copperfield.

— Até acredito que eles poderiam, mas acho bem improvável que façam isso, não acha? — O senhor Copperfield fazia questão de nunca encorajar a mulher. Dava a justa atenção aos medos dela. Entretanto, não insistiu, e eles decidiram por um outro quarto, com uma porta mais sólida.

A senhora Copperfield estava impressionada com a disposição do marido. Ele tomara banho e saíra para comprar um mamão.

Ela ficou na cama pensando.

"Ora", disse ela a si mesma, "quando as pessoas acreditavam em Deus, elas O levavam de um lugar a outro. Elas O levavam através das florestas e para o outro lado do Círculo Ártico. Deus tomava conta de todo mundo, e todos os homens eram irmãos. Agora não existe nada que possa levar com você de um lugar a outro, e, por mim, essas pessoas podiam muito bem ser cangurus; mas de alguma forma deve haver alguém aqui que me faça lembrar de algo... Devo tentar encontrar um ninho neste lugar estranho."

O único objetivo da senhora Copperfield nesta vida era ser feliz, embora as pessoas que haviam observado seu comportamento ao longo de um dado número de anos teriam ficado surpresas ao descobrir que isso era tudo.

Ela levantou-se da cama e tirou de sua bolsa de viagem o presente da senhorita Goering, um conjunto de manicure.

— Lembranças — ela sussurrou. — Lembrança das coisas que amo desde criança. Meu marido é um homem sem lembranças. — Ela sentiu uma dor intensa ao pensar nesse homem de quem ela gostava acima de qualquer outra pessoa, esse homem para quem qualquer coisa que ele ainda não conhecesse era uma alegria. Para ela, tudo que não já fosse um antigo sonho era uma ofensa. Ela voltou para a cama e caiu num sono profundo.

Quando acordou, o senhor Copperfield estava parado aos pés da cama comendo um mamão.

— Você precisa experimentar — disse ele. Vai lhe dar muita energia e, além disso, é delicioso. Não quer um pedaço? — Ele olhou para ela timidamente.

— Por onde você andou? — ela perguntou a ele.

— Ah, andando pelas ruas. Para ser sincero, andei quilômetros. Você devia mesmo sair um pouco. É um hospício. As ruas estão cheias de soldados, marinheiros e prostitutas. Todas as mulheres usam vestidos longos... vestidos incrivelmente baratos. Todas elas falam com você. Vamos lá fora.

•

Eles caminhavam pelas ruas de braços dados. A testa da senhora Copperfield estava em brasa e suas mãos estavam frias. Ela sentiu um mal-estar na boca do estômago. Quando olhou à sua frente, a rua parecia se curvar bem no final e ficar reta novamente. Ela disse isso ao senhor Copperfield, e ele explicou que era porque eles haviam desembarcado do navio fazia muito pouco tempo. Acima de suas cabeças as crianças pulavam para cima e para baixo nas varandas de madeira e faziam as casas tremerem. Alguém esbarrou no ombro da senhora Copperfield e ela quase caiu. Ao mesmo tempo, ela notou o forte e fragrante cheiro do perfume de rosas. A pessoa que colidira com ela era uma mulher negra de vestido longo de seda rosa.

— Desculpe, eu sinto muito. Sinto muito mesmo — ela disse, dirigindo-se a eles. Depois olhou ao seu redor vagamente e começou a cantarolar.

— Eu disse que era um hospício — disse o senhor Copperfield a sua mulher.
— Escutem — interrompeu a negra —, vão até a próxima rua que gostarão muito mais. Vou encontrar meu namorado lá, naquele bar. — Ela lhes apontou o lugar. — É um lindo bar. Todo mundo vai lá — disse ela. Aproximou-se mais e se dirigiu inteiramente à senhora Copperfield. — Venha comigo, querida, e você vai se divertir como nunca antes. Eu sou o seu tipo. Vamos.

Ela tomou a mão da senhora Copperfield na sua e começou a puxá-la para longe do senhor Copperfield. Ela era maior do que os dois.

— Eu não acredito que ela queira ir para um bar agora — disse o senhor Copperfield. — Primeiro, queremos explorar a cidade um pouco.

A negra acariciou o rosto da senhora Copperfield com a palma da mão.

— É isso o que quer fazer, querida, ou quer vir comigo? — Um policial parou e ficou a poucos passos deles. A negra soltou a mão da senhora Copperfield e atravessou a rua rindo.

— Essa não foi a coisa mais estranha que já viu? — perguntou a senhora Copperfield, ofegante.

— É melhor seguir seu caminho — disse o policial. — Por que não vão para lá e olham as lojas? Todo mundo anda pelas ruas onde estão as lojas. Comprem alguma coisa para um tio ou um primo.

— Não, não é isso o quero fazer — disse a senhora Copperfield.

— Então vá ao cinema — disse o policial, indo embora.

O senhor Copperfield teve um ataque de riso. Levou o lenço à boca.

— Isso é o tipo de coisa que eu adoro — ele conseguiu dizer. Eles seguiram adiante e dobraram em outra rua. O sol se punha e o ar estava parado e quente. Nessa rua não havia varandas, somente casas térreas. Em frente a cada casa via-se pelo menos uma mulher sentada. A senhora Copperfield foi até a janela de uma delas e olhou para dentro. O quarto era inteiramente tomado por uma enorme cama de casal com um colchão bastante irregular, forrado com uma colcha rendada. Uma lâmpada elétrica sob a copa de chiffon lavanda de um abajur lançava uma luz berrante sobre a cama, e havia um leque aberto sobre o travesseiro onde se lia Cidade do Panamá.

A mulher sentada à frente dessa casa em particular já tinha uma certa idade. Estava num banco com os cotovelos apoiados sobre os joelhos, e à senhora Copperfield, que havia então se virado para olhar para ela, pareceu que a mulher era caribenha. Tinha o tórax magro e batido, com braços e ombros musculosos. Seu rosto longo, com um ar de insatisfação, e parte de seu pescoço estavam cuidadosamente cobertos por um pó facial de tom claro, mas seu tórax e braços permaneciam escuros. A senhora Copperfield achou interessante o vestido dela ser de tule lilás, do que se usa no teatro. Havia em seus cabelos uma mecha grisalha atraente.

A negra virou-se e quando viu que o senhor e a senhora Copperfield a observavam, levantou-se e ajeitou as dobras do vestido. Ela era gigantesca.

— Os dois por um dólar — disse ela.

— Um dólar — repetiu a senhora Copperfield. O senhor Copperfield, que estava parado ali perto no meio-fio, aproximou-se delas.

— Frieda — disse ele —, vamos caminhar mais algumas ruas.

—Ah, por favor! — disse a senhora Copperfield. — Espere um pouco.

— Um dólar é o melhor preço que posso fazer — disse a mulher negra.

— Se quiser ficar aqui — sugeriu o senhor Copperfield —, eu ando um pouco por aí e volto para buscar você dentro em pouco. Talvez seja melhor ficar com algum dinheiro. Tome aqui um dólar e trinta e cinco centavos, caso precise...

— Eu quero conversar com ela — disse a senhora Copperfield, com o olhar fixo no espaço.

— Eu volto, então, dentro de alguns minutos. Estou irrequieto — ele anunciou e seguiu seu caminho.

— Eu adoro ficar livre — disse a senhora Copperfield à mulher depois que ele partiu. — Podemos entrar no seu quartinho? Estive admirando-o pela janela...

Antes que ela tivesse terminado a frase, a mulher já a empurrava porta adentro com ambas as mãos, e elas estavam no quarto. Não havia tapetes no chão, e as paredes estavam nuas. Os únicos ornamentos eram aqueles vistos da rua. Sentaram-se na cama.

— Eu tinha um pequeno gramofone ali naquele canto — disse a mulher. — Alguém que veio num navio me emprestou. O amigo dele chegou e levou de volta.

— Te-ta-ta-ti-ta-ta — ela disse e bateu os calcanhares por uns segundos. Tomou as mãos da senhora Copperfield nas suas e puxou-a para fora da cama. — Venha, querida. — Ela abraçou a senhora Copperfield. — Você é pequenininha e muito gentil. Você é gentil, e talvez seja solitária. — A senhora Copperfield colocou a face no peito da mulher. O cheiro do tule a fez lembrar de sua primeira participação numa peça da escola. Ela sorriu para a negra, com o olhar mais carinhoso e suave de que era capaz.

— O que a senhora faz à tarde? — ela perguntou à mulher.

— Jogo cartas. Vou ao cinema...

A senhora Copperfield afastou-se um pouco. As maçãs de seu rosto estavam em fogo. As duas ouviam as pessoas passarem por ali. Podiam escutar cada palavra que estava sendo dita do lado de fora da janela. A negra franziu o cenho. Sua expressão era de grande preocupação.

— O tempo é ouro, querida — ela disse à senhora Copperfield —, mas talvez seja moça demais para entender isso.

A senhora Copperfield abanou a cabeça. Sentiu-se triste, olhando para a negra.

— Estou com sede — disse ela. De repente escutaram a voz de um homem dizendo:

— Você não esperava me ver de volta assim tão cedo, Podie? — Então várias moças riram histericamente. Os olhos da mulher negra revelavam interesse.

— Me dê um dólar! Me dê um dólar! — ela gritou agitada para a senhora Copperfield. — De qualquer forma, você passou um tempo aqui. — A senhora Copperfield apressou-se em lhe dar um dólar, e a mulher negra saiu depressa para a rua. A senhora Copperfield a seguiu.

Em frente à casa, várias moças penduravam-se sobre um homem corpulento que usava um terno de linho amassado. Quando ele viu a negra da senhora Copperfield de vestido lilás, livrou-se das outras e a envolveu com os braços. A negra revirou os olhos de alegria e o conduziu para dentro de casa sem sequer despedir-se da senhora Copperfield. Logo depois, as outras seguiram apressadas pela rua, e a senhora Copperfield ficou sozinha. As pessoas passavam por ela, mas nenhuma a havia interessado ainda. Ela, por outro lado, despertava grande interesse em todos, em particular nas mulheres que estavam sentadas em frente às suas portas. Em pouco tempo, foi abordada por uma moça de cabelos crespos.

— Compre alguma coisa para mim, dona — disse a moça.

Como a senhora Copperfield não respondeu, restringindo-se a lhe lançar um olhar atento e triste, a moça disse:

— Pode escolher você mesma, dona. Pode comprar para mim até mesmo uma pena, não me importo. — A senhora Copperfield assustou-se. Achou que estivesse sonhando.

— O que quer dizer com uma pena? O que quer dizer?

A moça se balançou de um lado para o outro encantada.

— Ah, dona — ela disse numa voz gutural. — Ah, dona, a senhora é engraçada! A senhora é tão engraçada! Eu não sei o que é uma pena, mas qualquer coisa que queira dar de coração, sabe.

Elas caminharam pela rua até uma loja e saíram com uma caixinha de pó facial. A moça disse adeus e desapareceu na esquina com uns amigos. Uma vez mais, a senhora Copperfield ficou sozinha. Os táxis passavam cheios de turistas. "Turistas, de uma maneira geral", a senhora Copperfield escrevera em seu diário, "são seres humanos tão impressionados com a importância e imutabilidade de seu próprio estilo de vida que são capazes de viajar pelos mais fantásticos lugares sem vivenciar nada a não ser suas impressões visuais. Os turistas mais audaciosos acham que um lugar lembra o outro."

Logo o senhor Copperfield chegou e juntou-se a ela.

— Você se divertiu muito? — ele perguntou.

Ela fez que não com a cabeça e olhou para ele. De repente ela se sentiu tão cansada que começou a chorar.

— Chorona — disse o senhor Copperfield.

Alguém surgiu por trás deles. Uma voz baixa disse:

— Ela estava perdida? — Viraram-se e defrontaram-se com uma moça de ar inteligente, feições angulosas e cabelos cacheados bem atrás deles. — Eu não a deixaria sozinha aqui nessas ruas se fosse você — ela disse.

— Ela não estava perdida; estava apenas deprimida — explicou o senhor Copperfield.

— Acham que é muito atrevimento meu chamar vocês para ir a um bom restaurante para jantar? — perguntou a moça. Ela era realmente muito bonita.

— Vamos — disse a senhora Copperfield com veemência. — Vamos, sim. — Ela então se animou; tinha a impressão de que a estranha era uma boa moça. Como a maioria das pessoas, acreditava que uma coisa ruim não aconteceria em seguida a outra.

O restaurante não era muito bom. Era escuro e comprido, e não havia absolutamente ninguém lá.

— Você não prefere ir a outro lugar? — a senhora Copperfield perguntou à moça.

— Ah, não! Eu não iria a nenhum outro lugar. Vou contar a vocês, se não se zangarem. Eu ganho um dinheirinho aqui quando trago as pessoas para cá.

— Bem, deixe que eu lhe dê o dinheiro, e vamos a um outro lugar. Eu lhe dou o que ele lhe daria — disse a senhora Copperfield.

— Isso é tolice — disse a moça. — É uma grande tolice.

— Ouvi dizer que há um lugar na cidade onde se come uma lagosta maravilhosa. Podemos ir lá? — perguntou a senhora Copperfield em tom de súplica.

— Não, é tolice. — Ela chamou um garçom que acabara de chegar com alguns jornais embaixo do braço.

— Adalberto, traga uma carne e um pouco de vinho. A carne primeiro. — Isso ela disse em espanhol.

— Como você fala bem inglês! — disse o senhor Copperfield.

— Eu adoro sair com os americanos, quando posso — disse a moça.

— Você acha que eles são generosos? — perguntou o senhor Copperfield.

— Ah, claro — respondeu a moça. — Claro que são generosos. São generosos quando têm dinheiro. Eles são ainda mais generosos quando estão com a família. Uma vez eu conheci um homem. Ele era americano. Americano de verdade, e ele estava hospedado no Hotel Washington. É o hotel mais bonito do mundo, sabem. Todo dia de tarde a mulher dele fazia a sesta. Ele vinha depressa de táxi para Colón e ficava tão agitado e com tanto medo de não voltar na hora para a mulher que nunca me levava para um quarto e então em vez disso ia comigo a uma loja e dizia: "Rápido, rápido... pegue alguma coisa, o que você quiser, mas seja rápida".

— Assustador! — exclamou a senhora Copperfield.

— Era terrível — disse a moça espanhola. — Eu sempre ficava tão maluca que uma vez enlouqueci de verdade e disse a ele: "Muito bem, então vou comprar esse cachimbo para o meu tio". Eu não gosto do meu tio, mas tive que dar o cachimbo a ele.

O senhor Copperfield explodiu numa gargalhada.

— Engraçado, não é? — observou a moça. — Eu vou dizer uma coisa, se ele voltar algum dia não vou mais comprar um cachimbo para o meu tio quando ele me levar à loja. Ela não é feia.

— Quem? — perguntou o senhor Copperfield.

— Sua mulher.

— Eu estou pavorosa, hoje — disse a senhora Copperfield.

— De qualquer forma não importa porque você é casada. Não tem nada com que se preocupar.

— Ela vai ficar furiosa com você se lhe disser isso — disse o senhor Copperfield.

— Por que ela vai ficar furiosa? Isto é a coisa mais linda do mundo, não ter nada com que se preocupar.

— Não é disso que se faz a beleza — interveio a senhora Copperfield. — O que a ausência de preocupação tem a ver com a beleza?

— Tem tudo a ver com o que é belo no mundo. Quando você se levanta de manhã e assim que abre os olhos não sabe quem você é nem como tem sido a sua vida... isso é lindo. E quando você sabe quem é e sabe que dia da sua vida é e ainda acha que está voando no ar como um pássaro feliz... isso é lindo. Quer dizer, quando você não tem nenhuma preocupação. Não me diga que gosta de se preocupar.

O senhor Copperfield deu um riso amarelo. Depois do jantar, ele de repente se sentiu exausto e sugeriu que fossem para casa, mas a senhora Copperfield estava muito nervosa, então perguntou à espanhola se ela não concordaria em ficar mais um pouco em sua companhia. A moça disse que concordaria, se a senhora Copperfield não se importasse de voltar com ela para o hotel onde morava.

Despediram-se do senhor Copperfield e seguiram seu caminho.

As paredes do Hotel de Las Palmas eram de madeira, pintadas de um verde vivo. Havia muitas gaiolas de pássaros em pé no hall e outras penduradas nos tetos. Algumas estavam vazias. O quarto da moça era no segundo andar e tinha paredes de madeira pintadas no mesmo tom vivo das dos corredores.

— Aqueles pássaros cantam o dia inteiro — disse a moça, sinalizando para que a senhora Copperfield se sentasse na cama ao lado dela. — Às vezes eu digo a mim mesma: "Seus tolinhos, o que é que vocês estão cantando aí em suas gaiolas?". Aí eu penso: "Pacífica, você é tão tola quanto esses passarinhos. Você também está numa gaiola, porque não tem nenhum dinheiro. Ontem à noite você riu durante três horas com um alemão porque ele lhe deu umas bebidas. E você achou que ele era um idiota". Eu rio em minha gaiola, e eles cantam nas deles.

— Bem — disse a senhora Copperfield —, de fato não há relação nenhuma entre nós e os pássaros.

— Você acha que não é verdade? — perguntou Pacífica, sentida. — Eu lhe garanto que é verdade.

Ela tirou o vestido pela cabeça e ficou ali diante da senhora Copperfield de combinação.

— Olhe — disse ela —, o que acha daqueles lindos penhoares de seda que os indianos vendem nas lojas deles? Se eu tivesse um marido rico assim eu diria a ele para comprar um daqueles para mim. Você não sabe a sorte que tem. Eu iria diariamente às lojas com ele e pediria para ele comprar coisas bonitas em vez de ficar por aí chorando como um bebê. Os homens não gostam de ver mulher chorar. Você acha que eles gostam de ver mulher chorar?

A senhora Copperfield deu de ombros.

— Eu não posso imaginar — respondeu ela.

— Você tem razão. Eles gostam de ver mulher rir. As mulheres têm que rir a noite inteira. Preste atenção a uma moça bonita. Quando ela ri, fica dez anos mais velha. É porque ela faz muito isso. Você fica dez anos mais velha quando ri.

— É verdade — disse a senhora Copperfield.

— Não se sinta mal — disse Pacífica. — Eu gosto muito das mulheres. Às vezes gosto mais das mulheres do que dos homens. Gosto da minha avó, da minha mãe e das minhas irmãs. Sempre nos divertimos juntas, as mulheres da minha casa. Eu sempre fui a melhor. Era a mais inteligente e a que mais trabalhava. Eu bem queria estar de volta à minha linda casa, satisfeita. Mas eu ainda quero muita coisa, sabe. Sou preguiçosa, mas tenho um temperamento difícil também. Eu gosto muito dos homens com quem saio. Às vezes eles me dizem o que vão fazer no futuro quando desembarcarem. Eu sempre desejo a eles que isso aconteça logo. Os malditos navios. Quando eles me dizem que só querem passar a vida toda num navio dando a volta ao mundo, eu digo: "Você não sabe o que está perdendo. Não quero mais nada com você, rapaz." Eu não gosto deles quando são assim. Mas agora estou apaixonada por um homem bonito que está aqui a negócios. A maioria das vezes, ele paga o aluguel para mim. Não toda semana. Ele é muito feliz comigo. A maioria dos homens é feliz comigo. Eu não me envaideço disso. É de Deus que vem isso. — Pacífica se benzeu.

— Já me apaixonei por uma mulher mais velha — disse a senhora Copperfield, ansiosamente. — Ela já não era bonita, mas no rosto dela eu percebia fragmentos de beleza que, para mim, eram muito mais interessantes do que qualquer beleza que eu conheci no auge. Mas quem já não amou uma pessoa mais velha? Meu Deus!

— Você tem um gosto diferente do das outras pessoas, não é? Eu gostaria de ter essa experiência de amar uma mulher mais velha. Deve ser muito bom, mas eu realmente sempre me apaixono por algum homem bonito. É sorte minha, eu acho. Algumas moças, elas não conseguem mais se apaixonar. Só pensam em dinheiro, dinheiro, dinheiro.

Você não pensa muito em dinheiro, não é? — perguntou ela à senhora Copperfield.

— É, não penso.

— Agora vamos descansar um pouco? — A moça deitou-se na cama e fez um gesto para que a senhora Copperfield se deitasse a seu lado. Ela bocejou, tomou a mão da senhora Copperfield na sua e adormeceu quase instantaneamente. A senhora Copperfield pensou que ia aproveitar e dormir um pouco também. Naquele momento, ela sentiu uma grande paz.

Elas foram acordadas por uma forte batida na porta. A senhora Copperfield abriu os olhos e num segundo foi tomada do mais extremo terror. Olhou para Pacífica, e a expressão da amiga não estava menos preocupada do que a sua.

— *Cállate!* — ela sussurrou para a senhora Copperfield, voltando à sua própria língua.

— O que é isso? O que é isso? — perguntou a senhora Copperfield num tom áspero. — Eu não entendo espanhol.

— Não diga nada — repetiu Pacífica em inglês.

— Não posso ficar deitada aqui sem dizer nada. Eu sei que não consigo. O que é isso?

— Homem bêbado. Apaixonado por mim. É conhecido meu. Ele me machuca muito quando fico com ele. O navio dele chegou de novo.

A batida na porta ficou mais insistente, e elas escutaram a voz de um homem que dizia:

— Eu sei que você está aí, Pacífica, então abra essa maldita porta.

— Ah, abra logo, Pacífica! — suplicou a senhora Copperfield, pulando da cama. — Nada pode ser pior do que esse suspense.

— Não seja louca. Talvez ele esteja bêbado demais e vá embora.

Os olhos da senhora Copperfield estavam vidrados. Ela começava a ficar histérica.

— Não, não... eu prometi a mim mesma que abriria a porta se alguém estivesse tentando entrar à força. Ele não será tão hostil. Quanto mais tempo permanecer lá fora, mais furioso ficará. A primeira coisa que vou dizer quando abrir a porta é: "Somos suas amigas", e então talvez ele não fique tão bravo.

— Se você me deixar ainda mais louca do que sou, não sei do que serei capaz de fazer — disse Pacífica. — Então vamos esperar aqui e ver se ele vai embora. Podemos colocar a cômoda contra a porta. Pode me ajudar a empurrar o móvel contra a porta?

— Eu não posso empurrar nada! — A senhora Copperfield estava tão fraca que deslizou pela parede até o chão.

— Será que vou ter que arrombar esta maldita porta? — disse o homem.

A senhora Copperfield levantou-se, cambaleou em direção à porta e a abriu.

O homem que entrou tinha um rosto alongado de feições acentuadas e era muito alto. Obviamente, havia bebido bastante.

— Olá, Meyer — disse Pacífica. — Será que não pode me deixar dormir um pouco? — Ela hesitou um minuto, e como ele não respondeu, repetiu: — Eu estava tentando dormir um pouco.

— Eu estava num sono pesado — disse a senhora Copperfield. Seu tom de voz se elevara mais do que o normal, e tinha uma expressão alegre. — Desculpe por não termos escutado imediatamente. Acho que o fizemos esperar por muito tempo.

— Ninguém me faz esperar por muito tempo — disse Meyer, seu rosto enrubescendo ainda mais. Pacífica apertou os olhos. A moça começava a ficar impaciente.

— Saia do meu quarto — disse ela a Meyer.

Em resposta, Meyer caiu atravessado na cama, e o impacto de seu corpo foi tão grande que quase quebrou o estrado.

— Vamos sair daqui depressa — disse a senhora Copperfield a Pacífica. Ela já não conseguia mostrar nenhum autocontrole. Por um momento, teve esperança de que o inimigo de repente se debulhasse em lágrimas, como às vezes eles fazem nos sonhos, mas agora ela estava convencida de que isso não aconteceria. Pacífica estava cada vez mais furiosa.

— Escute, Meyer — ela disse. — Volte para a rua imediatamente. Porque a única coisa que vou fazer com você é lhe dar um soco no nariz, se não for embora. Se você não fosse tão grosseiro, podíamos nos sentar juntos lá embaixo e tomar uma dose de rum. — Eu tenho centenas de amigos que gostariam de conversar e beber comigo até caírem bêbados embaixo da mesa. Mas você sempre tenta me incomodar. Você é como um primata. Quero ficar sossegada.

— Quem diabos se importa com a sua casa! — berrou Meyer. — Eu podia colocar todas as suas casas numa fileira e atirar em cada uma delas como se elas fossem patos. Um navio é melhor do que uma casa a qualquer dia! A qualquer hora! Chova ou faça sol! Ou o mundo se acabe!

— Ninguém aqui está falando em casas — disse Pacífica, batendo o pé —, e eu não quero escutar suas bobagens.

— Por que então trancou a porta, se não estava morando nesta casa como se vocês fossem duas duquesas tomando chá juntas e rezando para que nenhum de nós voltasse a pôr os pés em terra firme novamente. Estava com medo que eu estragasse sua mobília e derramasse alguma coisa no chão. Minha mãe tinha uma casa, mas eu sempre dormia na casa vizinha à dela. Isso mostra o quanto eu me importo com casas!

— Você não está entendendo — disse a senhora Copperfield com a voz trêmula. Ela queria muito lembrar-lhe gentilmente que aquela não era uma casa, e sim um quarto de hotel. Entretanto, ela estava com medo e também com vergonha de fazer essa observação.

— Jesus Cristo, estou enojada! — exclamou Pacífica à senhora Copperfield, sem nem mesmo se preocupar em abaixar seu tom de voz.

Meyer pareceu não escutar aquilo e, em vez disso, inclinou-se por sobre a beira da cama com um sorriso no rosto e estendeu um braço para Pacífica. Conseguiu segurar a barra da combinação dela e puxá-la para si.

— Não enquanto eu estiver viva! — Pacífica gritou para ele, mas o homem já a envolvera pela cintura e se ajoelhara na cama, puxando-a de encontro a si.

— Dona de casa — disse ele, rindo —, aposto que se eu levasse você para o mar, você ia vomitar. Ia fazer a maior sujeira no navio. Agora deite aqui e pare de falar.

Pacífica olhou desanimada para a senhora Copperfield por um momento.

— Bom — ela disse —, então me dê primeiro o dinheiro, porque eu não confio em você. Eu só durmo com você por meu aluguel.

Ele deu um enorme soco na boca da moça e lhe abriu o lábio. O sangue começou a escorrer-lhe pelo queixo.

A senhora Copperfield deixou o quarto às pressas.

— Vou buscar ajuda, Pacífica — ela gritou, olhando para trás. Saiu correndo pelo corredor e escada abaixo, esperando encontrar alguém a quem pudesse avisar do apuro em que Pacífica se encontrava, mas sabia que não teria coragem de abordar nenhum homem. No térreo, viu uma mulher de meia-idade, que fazia tricô em seu quarto com a porta ligeiramente aberta; a senhora Copperfield aproximou-se dela depressa.

— A senhora conhece Pacífica? — perguntou ela, ofegante.

— Claro que conheço Pacífica — respondeu a mulher. Ela falava como uma inglesa que vivera durante muitos anos entre os americanos.

— Eu conheço todos que se hospedam aqui por mais de duas noites. Sou a proprietária deste hotel.

— Bom, então, faça alguma coisa rápido. O senhor Meyer está lá em cima, e está muito bêbado.

— Eu não me meto com Meyer quando ele está bêbado. — A mulher ficou calada por um instante, e a ideia de se meter com Meyer despertou seu senso de humor e a fez rir. — Imagine — ela disse —, "Senhor Meyer, quer fazer o favor de deixar este quarto? Pacífica está cansada do senhor. Ha-ha-ha... Pacífica está cansada do senhor". Sente-se, senhora, e se acalme. Há um decanter de vidro lapidado ali com gim, ao lado dos abacates. Quer um pouco?

— Sabe, eu não estou acostumada com violência — disse a senhora Copperfield. Ela se serviu de gim e repetiu que não estava acostumada com violência. — Duvido que eu me refaça depois desta noite. A insistência daquele homem. Ele parecia um louco.

— Meyer não é louco — disse a proprietária. — Alguns deles são muito piores. Ele me disse que gostava muito de Pacífica. Eu sempre o respeitei, e ele nunca me trouxe problemas.

Elas escutaram gritos no andar de cima. A senhora Copperfield reconheceu a voz de Pacífica.

— Ah, por favor, vamos chamar a polícia — suplicou a senhora Copperfield.

— Está louca? — disse a mulher. — Pacífica não quer se envolver com a polícia. Ela ia preferir ter as duas pernas amputadas. Posso lhe garantir isso.

— Bom, então, vamos lá em cima — disse a senhora Copperfield.

— Estou disposta a fazer qualquer coisa.

— Fique aí onde está, senhora... qual é o seu nome? Meu nome é senhora Quill.

— Eu sou a senhora Copperfield.

— Bom, veja bem, senhora Copperfield, Pacífica pode tomar conta de si mesma melhor do que nós tomaríamos. Quanto menos pessoas se envolverem numa coisa, tanto melhor será para todos. Essa é uma lei que adoto aqui no meu hotel.

— Muito bem — disse a senhora Copperfield —, mas enquanto isso, ela pode ser assassinada.

— As pessoas não matam assim tão facilmente. Elas costumam espancar bastante, mas não matar. Já tive alguns assassinatos aqui, mas não muitos. Descobri que a maioria das coisas se resolve bem. É claro, algumas acabam mal.

— Eu gostaria de ser tão tranquila quanto a senhora em relação a tudo isso. Não entendo como pode ficar aí sentada, e não entendo como Pacífica passa por coisas como essa sem terminar num hospício.

— Bom, ela tem muita experiência com esses homens. Na verdade, acho que ela não está com medo. É muito mais durona do que nós. Está só incomodada. Ela quer ter o quarto dela e fazer o que gosta. Às vezes acho que as mulheres não sabem o que querem. Você acha que talvez ela sinta um pouco de atração por Meyer?

— Como ela poderia? Não compreendo o que está querendo dizer.

— Bem, aquele rapaz por quem ela diz estar apaixonada; ora, eu não acho que ela goste dele de verdade. Ela teve um após outro iguais a ele. Todos grandes idiotas. Eles beijam o chão que ela pisa. Eu acho que ela sente tanto ciúme e fica tão nervosa quando Meyer está viajando que prefere fingir que gosta mais daqueles outros homenzinhos. Quando

Meyer volta, ela realmente acredita que fica zangada quando ele interfere. Bom, talvez eu esteja certa ou talvez esteja errada, mas acho que é mais ou menos assim.

— Eu acho isso impossível. Se fosse assim, ela não iria permitir que ele a machucasse antes de ir para a cama com ele.

— Claro que iria — disse a senhora Quill —, mas eu não tomo conhecimento dessas coisas. E Pacífica é uma boa moça. Ela vem de boa família.

A senhora Copperfield bebeu o gim, e deleitou-se.

— Ela logo vai descer para conversar — disse a senhora Quill. — É agradável aqui e todos se divertem. Conversam, bebem e fazem amor; fazem piqueniques; vão ao cinema; dançam, às vezes a noite toda... Não dá para me sentir sozinha, a menos que eu queira... Posso ir dançar com eles, se tiver vontade. Tenho um amigo que me leva a lugares para dançar quando tenho vontade, e posso sempre ir junto com eles. Adoro isto aqui. Não voltaria para casa jamais, por nada neste mundo. Às vezes é quente, mas em geral é agradável, e ninguém tem pressa para nada. Sexo não me interessa, e eu durmo como um bebê. Nunca tenho sonhos, a menos que coma algo que pese em meu estômago. Temos que pagar o preço quando exageramos. Eu adoro comer lagosta *à la* Newburg, sabe. Sei exatamente o que estou fazendo quando como. Vou ao restaurante do Bill Grey, eu diria, uma vez por mês com esse amigo.

— Continue — disse a senhora Copperfield, que estava gostando daquilo.

— Bom, pedimos lagosta *à la* Newburg. Vou lhe contar, é a coisa mais deliciosa do mundo...

— Gosta de pernas de rã? — perguntou a senhora Copperfield.

— Lagosta *à la* Newburg para mim.

— Você parece tão feliz que eu estou pensando em me hospedar aqui, neste hotel. O que acha?

— Cada um faz o que quer da vida. Esse é o meu lema. Quanto tempo pretende ficar?

— Ah, não sei — disse a senhora Copperfield. — Você acha que eu iria me divertir aqui?

— Ah, divertimento sem fim — disse a proprietária. — Dançar, beber... todos os prazeres do mundo. Você não precisa de muito dinheiro, sabe. Os homens desembarcam dos navios de bolsos estufando. Eu vou lhe contar, este lugar é a própria cidade de Deus, ou talvez do Diabo. — Ela deu um riso aberto.

— Divertimento sem fim — repetiu a mulher. Ela levantou-se da cadeira com certa dificuldade e dirigiu-se a uma vitrola semelhante a uma caixa, que ficava num canto do quarto. Depois de dar corda na vitrola, ela colocou uma música de caubói.

— Você pode ouvir isso quando quiser — ela disse à senhora Copperfield —, sempre que seu coraçãozinho lhe pedir. Há as agulhas e os discos, e tudo o que você tem que fazer é dar corda. Quando eu não estiver aqui, você pode se sentar nesta cadeira de balanço e ouvir música. Tenho pessoas famosas cantando naqueles discos como Sophie Tucker e Al Jolson dos Estados Unidos, e eu digo que a música é vinho para os ouvidos.

— E suponho que seria muito agradável ler neste quarto... ouvindo a vitrola ao mesmo tempo — disse a senhora Copperfield.

— Ler... você pode ler à vontade.

Elas ficaram ouvindo os discos e bebendo gim por um certo tempo. Depois de uma hora mais ou menos a senhora Quill viu Pacífica descer e chegar ao hall.

— Veja — ela disse à senhora Copperfield —, aí vem a sua amiga.

Pacífica usava um vestidinho de seda e chinelos. Ela se maquiara cuidadosamente e se perfumara.

— Olhem o que Meyer trouxe para mim — disse ela, aproximando-se delas e lhes mostrando um grande relógio de pulso com um mostrador de rádio. Parecia estar de muito bom humor.

— Vocês estão aqui conversando — observou ela, sorrindo carinhosamente. — Que tal nós três sairmos aí pela rua e irmos beber uma cerveja ou qualquer outra coisa.

— Seria ótimo — disse a senhora Copperfield. Ela começava a se preocupar um pouco com o senhor Copperfield. Ele detestava quando ela desaparecia assim por muito tempo, porque se sentia um pouco inseguro, e isso interferia muito em seu sono. Ela prometeu a si mesma que passaria no quarto e lhe diria que ainda estava fora, mas só a ideia de ir até o hotel lhe dava arrepios.

— Vamos, garotas — disse Pacífica.

Elas voltaram ao restaurante tranquilo aonde Pacífica levara o senhor e a senhora Copperfield para jantar. Do outro lado da rua havia um enorme bar todo iluminado. Havia uma banda de dez componentes tocando, e o lugar estava tão lotado que as pessoas dançavam na rua.

A senhora Quill disse:

— Puxa, Pacífica! Ali é que é o lugar para se divertir à vontade hoje à noite. Olhe como eles estão se divertindo.

— Não, senhora Quill — disse Pacífica. — Podemos ficar aqui mesmo. A luz não é tão forte e é mais calmo e então podemos ir dormir.

— Está bem — disse a senhora Quill, sua expressão desanimada. A senhora Copperfield pensou ter visto uma expressão aflita e contrariada no olhar da senhora Quill.

— Eu vou amanhã à noite — disse a senhora Quill, suavemente. — Não faz diferença. Toda noite eles têm essas danças. É porque os navios não param de chegar. As moças também nunca se cansam — ela disse à senhora Copperfield. — É porque elas podem dormir o quanto quiserem durante o dia. Conseguem dormir tão bem de dia quanto dormem à noite. Elas não se cansam. E por que se cansariam? Dançar não cansa. Você é levada pela música.

— Não se iluda — disse Pacífica. — Elas estão sempre cansadas.

— Bom, quem tem razão? — perguntou a senhora Copperfield.

— Ah — disse a senhora Quill — Pacífica sempre vê o lado obscuro da vida. Ela é a coisa mais melancólica que eu já vi.

— Eu não vejo o lado obscuro, eu considero a verdade. A senhora é um pouco tola às vezes, senhora Quill.

— Não fale comigo dessa forma; você sabe como eu gosto de você — disse a senhora Quill, seus lábios começando a tremer.

— Desculpe, senhora Quill — disse Pacífica séria.

"Há algo louvável em Pacífica", pensou a senhora Copperfield. "Creio que ela leva as pessoas muito a sério."

Ela tomou a mão de Pacífica na sua.

— Logo vamos beber alguma coisa gostosa — disse ela, sorrindo para Pacífica. — Não está contente?

— Estou, sim, vai ser bom beber alguma coisa — disse Pacífica educadamente; mas a senhora Quill percebeu a animação no comentário. Esfregou as mãos juntas e disse:

— Estou nessa.

A senhora Copperfield olhou para a rua e viu Meyer passar por ali. Ele estava com duas louras e alguns marinheiros.

— Lá vai Meyer — disse ela. As outras duas mulheres olharam para o outro lado da rua e o viram desaparecer.

•

O senhor e a senhora Copperfield haviam ido à Cidade do Panamá para passar dois dias. No primeiro, depois do almoço, o senhor Copperfield propôs uma caminhada pelos arredores da cidade. Era a primeira coisa que ele fazia quando chegava a um novo lugar. A senhora Copperfield detestava saber o que estava à sua volta, porque sempre acontecia de ser ainda mais estranho do que ela temia.

Eles caminharam por um longo tempo. As ruas começaram a parecer todas iguais. De um lado, eles subiram um morro devagar, e do outro desceram abruptamente para as regiões lamacentas, próximas ao mar. As casas de pedra estavam sem cor alguma sob o sol quente. Todas as janelas tinham grades pesadas; havia muito pouco sinal de vida por ali. Depararam-se com três meninos nus, lutando com uma bola de futebol e desceram o morro rumo à água. Uma mulher com um vestido de seda preta vinha devagar em sua direção. Quando passaram por ela, ela virou-se e olhou para eles despudoradamente. Eles olharam para trás diversas vezes e a viram ainda parada lá observando-os.

A maré estava baixa. Eles caminharam pela praia lamacenta. Atrás deles havia um enorme hotel de pedra, construído em frente a um rochedo baixo, portanto, já se encontrava à sombra. As poças lamacentas e a água estavam paradas à luz do sol. Eles seguiram caminhando até que o senhor Copperfield encontrou uma pedra grande e plana para eles se sentarem.

— É tão lindo aqui! — exclamou ele.

Um caranguejo passou correndo de lado pela lama aos pés deles.
— Ah, olhe! — disse o senhor Copperfield. — Você não gosta tanto deles?

— Gosto deles, sim — respondeu ela, mas não conseguiu controlar um sentimento crescente de pavor ao olhar para a paisagem à sua volta. Alguém pintara as palavras *Cerveza – Beer* em letras verdes na fachada do hotel.

O senhor Copperfield enrolou as pernas das calças e perguntou se ela gostaria de ir descalça até a beira da água com ele.

— Eu acho que já fui longe o bastante — disse ela.

— Você está cansada? — perguntou a ela.

— Ah, não. Não estou cansada. — Havia em seu rosto uma expressão tão grande de sofrimento ao responder ao marido que ele lhe perguntou qual era o problema.

— Eu estou infeliz — disse ela.

— De novo? — perguntou o senhor Copperfield. — O que há agora para você ficar infeliz?

— Eu me sinto tão perdida e tão distante e tão amedrontada.

— O que é que tem aqui que causa medo?

— Eu não sei. É tudo muito estranho e não tem conexão com nada.

— É conectado com o Panamá — observou o senhor Copperfield com sarcasmo. — Será que você nunca vai compreender isso? — Ele fez uma pausa. — Eu realmente acho que não vou mais tentar fazer você entender.... Mas eu vou caminhar até a beira da água. Você estraga toda a minha diversão. Não há nada mesmo que alguém possa fazer com você.

— Ele estava aborrecido.

— Sim, eu sei. Quero dizer, vá até a beira da água. Eu acho que estou cansada, no final das contas. — Ela ficou observando-o fazer seu caminho entre as pedrinhas, os braços estendidos para se manter firme como um equilibrista e desejou ser capaz de juntar-se a ele, porque gostava muito dele. Começou a ficar mais entusiasmada. Havia um vento forte, e alguns adoráveis barcos a vela passavam rapidamente por ali, não muito distantes da costa. Ela jogou a cabeça para trás e fechou os olhos, na esperança talvez de se animar o suficiente para descer correndo e se juntar ao marido. Mas o vento não soprou forte o bastante, e por trás dos olhos fechados, ela viu Pacífica e a senhora Quill paradas em frente ao Hotel de las Palmas. Despedira-se das duas de uma carruagem antiquada que alugara para conduzi-la até a estação. O senhor Copperfield havia preferido ir a pé, e ela ficara sozinha com as duas amigas. Pacífica estava usando o penhoar de cetim que a senhora Copperfield lhe dera e um par de chinelos decorados com pompons. Ela estava parada próxima ao muro do hotel apertando os olhos para enxergar e reclamando por estar na rua usando apenas um penhoar, mas a senhora Copperfield teve só um minuto para se despedir delas e não desceu da carruagem.

— Pacífica e senhora Quill — ela dissera dirigindo-se às duas e inclinando-se para fora da vitória —, não podem imaginar como eu sinto deixá-las, mesmo sendo apenas por dois dias. Eu sinceramente não sei como poderei suportar.

— Escute, Copperfield — respondera a senhora Quill —, vá e se divirta muito no Panamá. Não pense em nós nem por um minuto. Está me ouvindo? Ora, ora, se eu fosse jovem bastante para ir à Cidade do Panamá com meu marido, eu estaria com uma outra expressão no meu rosto, e não com a que você está agora.

— Não significa nada, ir para a Cidade do Panamá com o marido — disse Pacífica com firmeza. — Isso não significa que ela esteja feliz. Todo mundo gosta de fazer coisas diferentes. Talvez Copperfield prefira ir pescar ou comprar vestidos. — Ela então havia sorrido agradecida para Pacífica.

— Bem — retorquiu a senhora Quill com voz lânguida —, tenho certeza de que você ficaria feliz, Pacífica, se estivesse indo à Cidade do Panamá com seu marido... Lá é muito bonito.

— De qualquer forma, ela já foi a Paris — respondeu Pacífica.

— Bom, me prometam que vão estar aqui quando eu voltar — suplicou-lhes a senhora Copperfield. — Eu tenho um medo terrível de que vocês possam de repente desaparecer.

— Não invente essas histórias, minha querida; a vida já é bastante difícil. Para onde iríamos? — Pacífica dissera a ela, bocejando e afastando-se para entrar. Da porta, então, enviara um beijo para a senhora Copperfield e lhe acenara com a mão.

— Tão divertido, estar com elas — ela disse de forma audível enquanto abria os olhos. — Elas são um grande conforto.

O senhor Copperfield estava voltando para a pedra plana onde ela estava sentada. Ele tinha na mão uma pedra de textura e forma estranhas. Sorria ao andar em direção a ela.

— Veja — ele disse —, não é uma pedra engraçada? É realmente muito bonita. Eu pensei que você gostaria de ver, então eu trouxe para você. — A senhora Copperfield examinou a pedra e disse:

— Ah, ela é linda e muito estranha. Muito obrigada. — Ela olhava para a pedra na palma da mão. Enquanto a examinava, o senhor Copperfield pressionou o ombro dela e disse:

— Olhe aquele navio a vapor abrindo caminho na água. Está vendo?

— Ele virou levemente o pescoço dela para que ela pudesse olhar na direção certa.

— Sim, estou vendo. É maravilhoso também... Acho melhor irmos voltando. Logo vai escurecer.

Eles deixaram a praia e seguiram caminhando pelas ruas de novo. Estava escurecendo, mas havia mais pessoas por ali agora. Elas comentavam abertamente sobre o senhor e a senhora Copperfield quando eles passavam.

— Foi sem dúvida o dia mais maravilhoso — disse o senhor Copperfield. Você deve ter aproveitado um pouco porque vimos coisas incríveis.

— A senhora Copperfield apertava a mão dele cada vez mais.

— Eu não tenho pés ligeiros como os seus — disse ela. — Você tem que me perdoar. Eu não consigo andar assim tão facilmente. Aos trinta e três anos, tenho certos hábitos.

— É uma pena — respondeu ele. — Claro, eu também tenho certos hábitos... hábito de comer, hábito de dormir, hábito de trabalhar... mas eu acho que não foi isso o que quis dizer, foi?

— Não falemos mais nisso. Não, não foi isso o que eu quis dizer.

•

No dia seguinte, o senhor Copperfield disse que eles iriam sair e ver um pouco da selva. A senhora Copperfield disse que eles não tinham o equipamento necessário, e ele explicou que não quis dizer que eles iriam explorar o interior da selva, mas somente caminhar pelas bordas onde havia trilhas.

— Não deixe que a palavra "selva" assuste você — disse ele. — Afinal, significa apenas floresta tropical.

— Se eu não quiser entrar, não entro. Não importa. Hoje à noite vamos voltar para Colón, não vamos?

— Bom, talvez fiquemos muito cansados e seja melhor dormir aqui mais uma noite.

— Mas eu disse a Pacífica e à senhora Quill que voltaríamos hoje. Elas vão ficar muito decepcionadas se não formos.

— Você não está mesmo preocupada com elas, está? ... Não é possível, Frieda! De qualquer forma, eu acho que elas não vão se importar. Elas vão entender.

— Ah, não, não vão — respondeu a senhora Copperfield. — Elas vão ficar decepcionadas. Eu disse que voltaríamos antes da meia-noite e que iríamos sair para comemorar. Tenho certeza de que a senhora Quill vai ficar muito chateada. Ela adora comemorações.

— Quem é a senhora Quill, afinal?

— A senhora Quill... a senhora Quill e Pacífica.

— Sim, eu sei, mas é tão ridículo. Eu achava que estar com elas por uma noite apenas seria suficiente para você. Eu imaginava que fosse fácil saber em pouco tempo o que é que elas são.

— Ah, eu sei o que elas são, mas me divirto muito com elas. — O senhor Copperfield não respondeu.

Os dois saíram e caminharam pelas ruas até chegarem a um lugar onde havia alguns ônibus. Informaram-se sobre os horários e entraram num ônibus chamado Shirley Temple. Na parte interna das portas havia pinturas de Mickey Mouse. O motorista havia colado no para-brisa, acima de sua cabeça, cartões-postais dos santos e da Virgem Maria. Ele estava bebendo Coca-Cola quando os dois entraram no ônibus.

— ¿Em que barco vinieron? — perguntou o motorista.

— Venimos de Colón — disse o senhor Copperfield.

— O que ele queria saber? — perguntou-lhe a senhora Copperfield.

— Em que navio viemos, só isso, e eu respondi que tínhamos acabado de chegar de Colón. Está vendo, a maioria das pessoas acabou de desembarcar de um navio. Isso é o mesmo que perguntar às pessoas onde moram, em outros lugares.

— *J'adore Colón, c'est tellement...* — começou a senhora Copperfield. O senhor Copperfield mostrou-se envergonhado. — Não fale em francês com ele. Não faz sentido. Fale em inglês.

— Eu adoro Colón.

O motorista retorceu o rosto.

— Cidade suja, de madeira. Tenho certeza que cometeu um terrível engano. A senhora verá. Vai gostar mais da Cidade do Panamá. Mais lojas, mais hospitais, cinemas maravilhosos, restaurantes grandes e limpos, casas de pedra maravilhosas; a cidade do Panamá é um lugar grande. Quando passarmos por Ancón, vou mostrar como os gramados, as árvores e as calçadas são bonitos. Não não vai conseguir me mostrar nada igual em Colón. Sabe quem gosta de Colón? — Ele virou-se e se inclinou por sobre o encosto de seu assento, e como eles estavam sentados logo atrás, o homem respirava direto no rosto do casal.

— Sabe quem gosta de Colón? — Ele piscou para o senhor Copperfield. — Elas estão por todas as ruas. É o que tem lá; não muito mais do que isso. Temos isso aqui também, mas num lugar separado. Se gostam disso, podem ir. Temos de tudo aqui.

— Está falando das prostitutas? — perguntou a senhora Copperfield sem rodeios.

— *Las putas* — explicou o senhor Copperfield ao motorista em espanhol. Ele estava encantado com o rumo da conversa e receoso de que o motorista não conseguisse apreciar aquilo.

O motorista cobriu a boca com a mão e riu.

— Ela adora isso — disse o senhor Copperfield, dando um empurrãozinho na mulher.

— Não... não — disse o motorista —, não é possível.

— Elas foram muito delicadas comigo.

— *Delicadas!* — repetiu o motorista, quase gritando. Elas têm muito pouco de *delicadas*. — Ele fez um pequeno círculo com o dedo indicador e o polegar. — Não, delicadas não... alguém andou enganando a senhora. Ele sabe. — O homem colocou a mão na perna do senhor Copperfield.

— Eu não sei de nada — replicou o senhor Copperfield. O motorista piscou para ele de novo e depois disse:

— Ela pensa que conhece *las*... não vou dizer a palavra, mas nunca conheceu nenhuma delas.

— Conheci, sim. Já fiz até uma sesta com uma.

— *Siesta!* — o motorista soltou uma gargalhada. — Por favor, deixe de brincadeira, senhora. Isso não é nada bom, sabe. — O homem de repente ficou sério. — Não, não, não. — Ele lamentou abanando a cabeça.

Àquela altura, o ônibus já havia lotado, e o motorista foi obrigado a dar partida. Cada vez que paravam, ele se virava e erguia o dedo para a senhora Copperfield. Eles atravessaram Ancón e passaram por vários prédios baixos e compridos, construídos em pequenos morros.

— Hospitais — gritou o motorista para alertar o senhor e a senhora Copperfield. — Eles têm médicos aqui para todos os tipos de coisa do mundo. O exército vai lá de graça. Eles comem, dormem e se recuperam, tudo de graça. Alguns dos mais velhos vivem lá pelo resto da vida. Eu sonho em entrar para o exército americano e deixar de dirigir este ônibus sujo.

— Eu detestaria entrar para o exército — disse o senhor Copperfield com convicção.

— Eles estão sempre indo a jantares e bailes, bailes e jantares — comentou o motorista. Ouviram-se murmúrios no fundo do ônibus. As mulheres estavam ansiosas para saber o que o motorista dissera. Uma delas que falava inglês explicou rapidamente às outras em espanhol. Todas riram com aquilo por uns bons cinco minutos. O motorista começou a cantar *Over There*, e os risos chegaram ao tom de histeria. Eles estavam agora quase no campo, passando ao longo de um rio. Do outro lado do rio havia uma estrada muito nova, e atrás dela, uma espantosa floresta cerrada.

— Ah, veja só — disse o senhor Copperfield, apontando para a floresta. — Está vendo a diferença? Está vendo como as árvores são enormes e a vegetação rasteira é emaranhada? Até mesmo daqui é possível ver. Nenhuma floresta do norte é assim tão rica.

— Isso é verdade, nenhuma — disse a senhora Copperfield.

O ônibus finalmente parou num pequeno píer. Somente três mulheres e os Copperfield permaneceram dentro dele. A senhora Copperfield olhou para elas na esperança de que elas fossem para a floresta também. O senhor Copperfield desceu do ônibus e ela o seguiu com relutância. O motorista já estava na rua fumando. Ele estava ao lado do senhor Copperfield, esperando que ele iniciasse outra conversa. Porém o senhor Copperfield estava empolgado demais por estar tão próximo da floresta para pensar em qualquer outra coisa. As três mulheres não desceram. Permaneceram em seus assentos, conversando. A senhora Copperfield olhou de volta para o ônibus e fitou-as com uma expressão de perplexidade no rosto. Parecia dizer: "Saiam, por favor". Elas ficaram envergonhadas e começaram a rir baixinho outra vez.

A senhora Copperfield foi até o motorista e perguntou:

— Esta é a última parada?

— É — respondeu o homem.

— E elas?

— Quem? — ele perguntou, com ar de bobo.

— Aquelas três mulheres lá no fundo do ônibus.

— Estão passeando. São boas mulheres. Não é a primeira vez que passeiam no meu ônibus.

— Elas vêm e voltam?

— Claro — disse o motorista.

O senhor Copperfield segurou a mão da senhora Copperfield e a conduziu até o píer. Um pequeno barco de transporte de passageiros vinha em direção a eles. Parecia estar completamente vazio.

De repente a senhora Copperfield disse ao marido:

— Eu realmente não quero ir para a floresta. Ontem foi um dia estranho, terrível. Se eu tiver mais um dia como aquele vou ficar num péssimo estado. Por favor, me deixe voltar no ônibus.

— Mas — objetou o senhor Copperfield — depois de vir até aqui, me parece bobagem e sem sentido voltar. Posso lhe garantir que a floresta vai ter coisas que vão interessar você. Eu já estive numa antes. Lá se encontram folhas e flores das mais estranhas formas. E tenho certeza de que você vai ouvir sons maravilhosos. Alguns pássaros dos trópicos têm cantos que soam como um xilofone, outros, como sinos.

— Eu achava que quando chegasse aqui ia me sentir inspirada; ia querer sair por aí. Mas não estou com a mínima vontade. Por favor, não vamos discutir mais isso.

— Está bem — disse o senhor Copperfield. Ele parecia triste e solitário. Tinha tanto prazer em mostrar às outras pessoas as coisas de que mais gostava. Ele foi até a beira da água e ficou olhando para a margem oposta do rio. Era um homem magro e sua cabeça tinha um belo formato.

— Ah, por favor, não fique triste! — disse a senhora Copperfield, apressando-se em sua direção. — Não quero que você fique triste. Eu me sinto como um boi. Como um assassino. Mas eu seria um estorvo tão grande do outro lado do rio naquela floresta. Assim que você chegar lá, vai adorar e vai poder entrar mais pela mata sem mim.

— Mas, minha querida... eu não me importo... só quero que você chegue bem no hotel, indo de ônibus. Só Deus sabe quando vou voltar. Posso decidir ficar andando por lá... e você não gosta de ficar sozinha no Panamá.

— Bom — disse a senhora Copperfield —, suponha que eu pegue o trem para voltar para Colón. É uma viagem simples, e eu só tenho uma malinha de mão. Então você pode me encontrar à noite se voltar cedo da floresta, e se não voltar, podemos nos encontrar amanhã de manhã. Tínhamos planejado voltar amanhã, de qualquer forma. Mas você precisa me dar sua palavra de honra que vai voltar.

— É tudo muito complicado — disse o senhor Copperfield. — Eu achava que iríamos passar um ótimo dia na floresta. Eu volto amanhã. Nossas malas estão lá, então não há perigo de eu não voltar. Adeus. — Ele estendeu a mão para ela. O barco chegou ao embarcadouro.

— Escute — ela disse —, se você não voltar até meia-noite, vou dormir no Hotel de las Palmas. Telefono para o nosso hotel à meia-noite para ver se você está lá, caso eu tenha saído.

— Só vou chegar amanhã.

— Então, vou estar no Hotel de las Palmas, se eu não estiver no nosso.
— Está bem, mas comporte-se e durma bem.
— Sim, claro que sim.

Ele embarcou e a balsa partiu.

"Espero não ter estragado o dia dele", ela disse a si mesma. O carinho que estava sentindo por ele naquele momento era enorme. Ela voltou para o ônibus e olhou fixamente pela janela porque não queria que ninguém visse que ela estava chorando.

•

A senhora Copperfield foi direto para o Hotel de las Palmas. Ao descer da carruagem, viu Pacífica caminhando sozinha em sua direção. Ela pagou ao motorista e apressou-se em encontrá-la.

— Pacífica! Como estou contente de ver você!

Pacífica estava com a testa suada. Ela parecia cansada.

— Ah, Copperfield — disse ela —, a senhora Quill e eu achamos que não íamos vê-la novamente, e agora você está de volta.

— Mas, Pacífica, como pode dizer uma coisa dessas? Estou surpresa com vocês duas. Eu não prometi que voltaria antes da meia-noite e que íamos comemorar?

— É, mas as pessoas sempre dizem isso. Afinal de contas, ninguém fica com raiva, se as pessoas não voltam.

— Vamos dar um alô à senhora Quill.

— Vamos, mas ela está com um humor terrível hoje, chorando muito e sem comer nada.

— Mas o que é que está havendo?

— Ela andou brigando, eu acho, com o amigo. Ele não gosta dela. Eu digo isso a ela, mas ela não escuta.

— Mas a primeira coisa que ela me disse foi que não estava interessada em sexo.

— Ir para a cama não interessa tanto a ela, mas é sentimental demais, como se tivesse dezesseis anos. Eu tenho pena de ver uma mulher velha bancando a tola.

Pacífica ainda estava de chinelos. Elas passaram pelo bar, que estava cheio de homens fumando charutos e bebendo.

— Meu Deus! Como num minuto eles deixam o lugar fedendo — disse Pacífica. — Eu gostaria de ir embora, ter uma casinha bonita com um jardim em algum lugar.

— Eu vou morar aqui, Pacífica, e vamos nos divertir bastante.

— O tempo de diversão se acabou — disse Pacífica, melancólica.

— Você vai se sentir melhor depois que todas nós bebermos alguma coisa — disse a senhora Copperfield.

Elas bateram à porta da senhora Quill.

Ouviram a senhora Quill movimentando-se em seu quarto e mexendo em uns papéis. Então ela veio até a porta e a abriu. A senhora Copperfield notou que ela parecia mais abatida.

— Entrem — disse ela —, embora eu não tenha nada para oferecer a vocês. Podem se sentar um pouco.

Pacífica cutucou a senhora Copperfield. A senhora Quill voltou para sua cadeira e pegou uma mão cheia de contas que estavam sobre a mesa perto dela.

— Eu preciso examinar isso. Vocês me desculpem, mas é extremamente importante.

Pacífica virou-se para a senhora Copperfield e falou baixinho.

— Ela nem consegue enxergar, porque está sem os óculos. Está se comportando como uma criança. Agora vai ficar com raiva de nós duas porque o amigo, como ela chama ele, deixou ela sozinha. Eu não vou ser tratada como um cachorro por muito mais tempo.

A senhora Quill escutou o que Pacífica estava dizendo e enrubesceu. Virou-se para a senhora Copperfield.

— Você ainda pretende vir ficar neste hotel? — ela perguntou.

— Pretendo — respondeu animada a senhora Copperfield —, eu não ficaria em nenhum outro lugar do mundo. Mesmo que você rosne comigo.

— Você provavelmente não vai achar o lugar muito confortável.

— Não rosne com a senhora Copperfield — interferiu Pacífica. — Primeiro, ela passou dois dias fora, e segundo, ela não tem ideia, como eu tenho, de como a senhora é.

— Eu agradeceria se mantivesse sua boquinha vulgar fechada — retrucou a senhora Quill, mexendo nas contas rapidamente.

— Desculpe ter incomodado a senhora — disse Pacífica, levantando-se e dirigindo-se à porta.

— Eu não estava gritando com Copperfield, só disse que achava que ela não iria se sentir muito à vontade aqui. — A senhora Quill colocou as contas sobre a mesa. — Você acha que ela iria se sentir à vontade aqui, Pacífica?

— Alguém vulgar não sabe nada sobre essas coisas — respondeu Pacífica e saiu, deixando a senhora Copperfield com a senhora Quill.

A senhora Quill pegou algumas das chaves sobre sua cômoda e fez sinal para que a senhora Copperfield a acompanhasse. Atravessaram alguns corredores e subiram um lance de escada, e a senhora Quill abriu a porta de um dos quartos.

— É perto do de Pacífica? — perguntou a senhora Copperfield.

A senhora Quill sem responder conduziu-a de volta pelos corredores e parou perto do quarto de Pacífica.

— Este aqui é mais caro — disse a senhora Quill —, mas é ao lado do da senhorita Pacífica, se isso lhe agrada e se conseguir suportar o barulho.

— Que barulho?

— Ela começa a reclamar e a jogar coisas pelo ar no minuto em que acorda de manhã. Ela não dá a mínima. É durona. Não tem um nervo no corpo.

— Senhora Quill...

— Pois não.

— Será que poderia pedir a alguém para trazer uma garrafa de gim para o meu quarto?

— Acho que posso fazer isso, sim.... Bom, espero que se sinta bem. — A senhora Quill afastou-se. — Vou mandar trazerem sua mala — disse ela, olhando para trás.

A senhora Copperfield estava intimidada com o rumo dos acontecimentos.

— Eu pensava — ela disse a si mesma —, que elas continuariam como eram antes para sempre. Agora preciso ser paciente e esperar até que tudo esteja bem de novo. Quanto mais eu vivo, menos consigo prever as coisas. — Ela deitou-se na cama, dobrou os joelhos e segurou os tornozelos.

— Alegre-se... alegre-se... alegre-se — cantou, balançando-se para a frente e para trás na cama. Bateram à porta, e um homem de suéter listrado entrou no quarto sem esperar resposta.

— A senhora pediu uma garrafa de gim? — perguntou ele.

— Sem dúvida... viva!

— E aqui está a mala. Vou colocar aqui no chão.

A senhora Copperfield pagou ao homem, e ele saiu.

— Agora — ela disse, pulando da cama —, agora um pouco de gim para afastar as minhas preocupações. Não há nada melhor do que isso. Em certos momentos, o gim tira todos os seus problemas, e você saltita como um bebê. Hoje eu quero ser um bebezinho. — Ela tomou uma dose e logo depois, outra. A terceira, ela bebeu mais lentamente.

As venezianas marrons estavam abertas, e uma brisa suave trazia o cheiro de fritura para o quarto. Ela foi até a janela e olhou para a ruela que separava o Hotel de las Palmas de vários barracos.

Na ruela, uma velha estava sentada numa cadeira, comendo seu jantar.

— Coma tudo! — disse a senhora Copperfield. A velha olhou para cima vagamente, mas não respondeu.

A senhora Copperfield colocou a mão sobre o coração. "*Le bonheur*", ela sussurrou, "*le bonheur*... que celestial é um momento feliz!... e como é bom não ter que lutar demais pela paz interior! Sei que vou desfrutar alguns momentos de alegria, de uma maneira ou de outra. Nenhum entre meus amigos fala mais sobre caráter... e o que mais nos interessa, sem dúvida, é descobrir quem somos."

— Copperfield! — Pacífica entrou de repente no quarto. Os cabelos dela estavam desalinhados, e ela respirava com dificuldade. — Venha, desça e se divirta. Talvez eles não sejam o tipo de homem que você goste, mas se não gostar, pode simplesmente se afastar. Ponha um ruge no rosto. Posso beber um pouco do seu gim?

— Mas há pouco você disse que o tempo para diversão tinha se acabado!

— E daí?

— Claro, e daí? — repetiu a senhora Copperfield. — Isso é música para os ouvidos de qualquer um... Se ao menos você conseguisse me fazer parar de pensar, de pensar sempre, Pacífica.

— Você não quer parar de pensar. Quanto mais você pensa, melhor que os outros você é. Agradeça a Deus por ser capaz de pensar.

Lá embaixo no bar, a senhora Copperfield foi apresentada a três ou quatro homens.

— Este é Lou — disse Pacífica, puxando um banco de baixo do balcão do bar e fazendo-a sentar ao lado dele.

Lou era um homem pequeno e tinha mais de quarenta anos. Usava um terno cinza leve, apertado demais para ele, uma camisa azul e um chapéu de palha.

— Ela quer parar de pensar — disse Pacífica a Lou.

— Quem quer parar de pensar? — perguntou Lou.

— Copperfield. A mocinha que está sentada num banco, seu bobão.

— Boba é você. Está ficando igualzinha àquelas moças de Nova York — disse Lou.

— Me leve para Nueva York, me leve para Nueva York — disse Pacífica a Lou, pulando para cima e para baixo em seu banco.

A senhora Copperfield ficou chocada ao ver Pacífica comportando-se daquela maneira afetada.

— Lembre-se dos umbigos — disse Lou a Pacífica.

— Os umbigos! Os umbigos! — bradou Pacífica com prazer abrindo os braços para o alto.

— O que têm os umbigos? — perguntou a senhora Copperfield.

— Não acha essa palavra a mais engraçada do mundo inteiro? Umbigo... umbigo... em espanhol é *ombligo*.

— Eu não acho nada tão engraçado assim. Mas se você gosta de rir, então ria — disse Lou, que não fez nenhum esforço para falar com a senhora Copperfield.

A senhora Copperfield puxou-o pela camisa.

— De onde você é? — perguntou.

— Pittsburgh.

— Não sei nada sobre Pittsburgh — disse a senhora Copperfield.
Mas Lou já voltava o olhar em direção a Pacífica.

— Umbigo — disse ele de repente sem mudar de expressão. Dessa vez Pacífica não riu. Parecia não tê-lo escutado. Estava de pé sobre a base do bar erguendo os braços de maneira agitada e intrometida.

— Ora, ora — ela disse —, vejo que ninguém comprou ainda uma bebida para Copperfield. Eu estou aqui com homens ou com meninos? Não, não... Pacífica vai procurar outros amigos. — Começou a descer do balcão, mandando a senhora Copperfield segui-la. Nesse ínterim, derrubou com o cotovelo o chapéu do homem que estava sentado a seu lado.

— Toby — ela disse —, você devia ter vergonha. — Toby tinha um rosto gordo e sonolento, e um nariz torto. Usava um terno pesado marrom-escuro.

— O quê? Você queria uma bebida?

— Claro que eu queria uma bebida. — Os olhos de Pacífica faiscavam. Todos foram servidos, e ela se recolheu a seu banco.

— Agora vamos — ela disse —, o que vamos cantar?

— Eu sou desafinado — disse Lou.

— Cantar não está no meu roteiro — disse Toby.

Todos se surpreenderam ao verem a senhora Copperfield lançar a cabeça para trás, como se dotada de um súbito sentimento de exaltação, e começar a cantar.

"*Who cares if the sky cares to fall into the sea*
Who cares what banks fail in Yonkers
As long as you've got the kiss that conquers
Why should I care?
Life is one long jubilee
As long as I care for you
And you care for me"*

---

*   "Que importa que os céus caiam sobre o mar/ Que importa qual banco de Yonkers vai quebrar/ Enquanto você tiver o beijo que conquista/ Por que eu deveria me importar?/ A vida é um longo jubileu/ Enquanto eu cuidar de você/ E você cui-

— Bom, muito bom... agora outra — disse Pacífica, animada.

— Já cantou em algum clube? — Lou perguntou à senhora Copperfield. O rosto dela enrubesceu.

— Na verdade, não. Mas quando estava disposta, eu cantava muito alto à mesa de um restaurante e atraía muita atenção.

— Você não era tão amiga de Pacífica da última vez que vim a Colón.

— Meu caro, eu não estava aqui. Eu estava em Paris, creio eu.

— Ela não me disse que você estava em Paris. Você é maluca ou estava mesmo em Paris?

— Eu estava em Paris... Afinal, coisas mais estranhas já aconteceram.

— Então você é sofisticada?

— O que quer dizer com sofisticada?

— Alguém sofisticado faz coisas sofisticadas.

— Se quer ser misterioso, é direito seu, mas a palavra "sofisticada" não me diz nada.

— Ei — disse Lou dirigindo-se a Pacífica. — Ela está sendo arrogante comigo?

— Não, ela é muito inteligente. Não é como você.

Pela primeira vez, a senhora Copperfield percebeu que Pacífica tinha orgulho dela. Chegou à conclusão de que, durante todo esse tempo, Pacífica ficara esperando para apresentá-la aos amigos, e ela não sabia se estava satisfeita com isso. Lou virou-se para a senhora Copperfield novamente.

— Desculpe, duquesa. Pacífica me disse que você tem uma cabeça boa e que eu não devia mais dirigir a palavra a você.

A senhora Copperfield estava entediada com Lou, então pulou do banco e foi ficar entre Toby e Pacífica. Toby estava conversando com Pacífica em voz baixa e grave.

— Eu vou lhe dizer uma coisa, se ela contratasse uma cantora e desse uma pintura neste lugar, ia ganhar muito dinheiro no negócio. Todo mun-

---

dar de mim." Trecho da canção "Who cares? (As long as you care for me)" composta por George e Ira Gershwin para o musical *Of Thee I Sing* (de 1931). (N.T.)

do sabe que é um bom lugar para dormir, mas não tem música. Você está aqui, tem muitos amigos, você tem jeito para...
— Toby, eu não quero começar com música e um bando de amigos.
Sou uma pessoa quieta...
— Sim, você é quieta. Esta semana você está quieta, mas na próxima talvez não tenha vontade de ficar tão quieta.
— Eu não mudo de ideia o tempo todo assim, Toby. Tenho um amigo. Não quero viver aqui muito mais tempo, você sabe.
— Mas agora você está morando aqui.
— Estou.
— Bom, você vai querer ganhar algum dinheiro. Estou lhe dizendo, com pouco dinheiro podíamos dar um jeito nesta bodega.
— Mas por que eu tenho que ficar aqui?
— Porque você tem contatos.
— Nunca vi um homem como esse. Só fala em negócios.
— Você não é tão ruim assim nos negócios. Vi você arranjando uma bebida para aquela sua amiga. Você recebe a sua parte, não é?
Pacífica chutou Toby com seu salto.
— Escuta, Pacífica, eu gosto de me divertir. Mas não aguento ver uma coisa que pode dar rios de dinheiro fazendo uns míseros centavos.
— Deixe os negócios de lado. — Pacífica empurrou o chapéu dele para fora da cabeça. Ele viu que não havia nada que pudesse fazer e suspirou.
— Como vai Emma? — ele perguntou num tom indiferente.
— Emma? Não a vi mais desde aquela noite no barco. Ela estava linda vestida de marinheiro.
— As mulheres ficam maravilhosas vestidas com roupas de homem — disse a senhora Copperfield com entusiasmo.
— Essa é a sua opinião — disse Toby. — Para mim, elas ficam bem melhor de babados.
— Ela apenas comentou que elas ficam bonitas — disse Pacífica.
— Não para mim — disse Toby.
— Muito bem, Toby, talvez não para você, mas para ela elas ficam bonitas assim.

— Ainda acho que tenho razão. Não é apenas uma questão de opinião.

— Bom, você não pode provar isso matematicamente — disse a senhora Copperfield. Toby olhou para ela sem demonstrar nenhum interesse.

— O que quer saber sobre Emma? — perguntou Pacífica. — Você não está finalmente interessado de verdade em alguém, está?

— Você me pediu para não falar mais de negócios, então lhe perguntei sobre ela, só para mostrar como sou sociável. Nós dois conhecemos Emma. A gente se encontrou numa festa. Não é assim que deve ser? Como vai Emma, como vai a sua mamãe e o seu papai. Esse é o tipo de conversa que você gosta. Depois, eu lhe digo como vai a minha família e talvez pergunte sobre outro amigo que nós dois nem lembrávamos conhecer, e então vamos falar sobre a subida dos preços e que a revolução está próxima e comeremos morangos. Os preços estão subindo rápido, e é por isso que eu queria que você entrasse com dinheiro nesse negócio.

— Meu Deus! — exclamou Pacífica. — Minha vida já é bastante dura e eu sou sozinha, mas ainda consigo me divertir como uma moça. Você, você é um homem velho.

— Sua vida não precisa ser dura, Pacífica.

— Bom, sua vida ainda é muito dura e você está sempre tentando fazer com que fique mais fácil. Essa é mesmo a parte mais difícil da sua vida.

— Só estou esperando uma oportunidade. Com minhas ideias e uma oportunidade, minha vida pode se tornar mais fácil da noite para o dia.

— Aí o que você vai fazer?

— Continuar assim ou então tornar ainda mais fácil. Vou ficar muito ocupado.

— Nunca vai ter tempo para nada.

— E para que um homem como eu vai querer tempo... para plantar tulipas?

— Você não gosta de conversar comigo, Toby.

— Claro que gosto. Você é simpática e atraente e tem uma cabeça boa, apesar de umas ideias esquisitas.

— E eu? Sou simpática e atraente também? — perguntou a senhora Copperfield.

— Claro. Vocês todas são simpáticas e atraentes.

— Copperfield, acho que acabamos de ser insultadas — disse Pacífica, levantando-se.

A senhora Copperfield começou a sair da sala fingindo raiva, mas Pacífica já estava pensando em outra coisa, e a senhora Copperfield se viu na ridícula posição de um ator que se vê de súbito sem plateia. Ela voltou para o bar.

— Escute — disse Pacífica —, suba e bata na porta da senhora Quill. Diga a ela que o senhor Toby quer muito conhecê-la. Não diga que Pacífica mandou você. Ela vai saber de qualquer forma, e vai ser melhor para ela se você não disser. Ela vai adorar descer. Isso eu sei, como se ela fosse a minha mãe.

— Ah, com todo o prazer, Pacífica — disse a senhora Copperfield e deixou a sala depressa.

Quando a senhora Copperfield chegou ao quarto, a senhora Quill estava ocupada limpando a gaveta de cima de sua cômoda. O quarto estava muito silencioso e muito quente.

— Nunca tenho coragem de jogar essas coisas fora — disse a senhora Quill, virando-se e passando as mãos pelos cabelos. — Aposto que já conheceu metade das pessoas de Colón — disse ela com tristeza, estudando o rosto enrubescido da senhora Copperfield.

— Não, não conheci, mas será que poderia descer para conhecer o senhor Toby?

— Quem é o senhor Toby, querida?

— Ah, por favor, venha, por favor, venha só por mim.

— Eu vou, querida, se você se sentar e esperar que eu vista algo melhor.

A senhora Copperfield sentou-se. Sua cabeça dava voltas. A senhora Quill pegou no armário seu vestido longo preto de seda. Vestiu-o por sobre a cabeça, escolheu um cordão de contas pretas numa caixa de jóias e um broche de camafeu. Empoou o rosto com cuidado e colocou vários grampos no cabelo.

— Não vou me preocupar em tomar banho — disse quando terminou. — Você acha mesmo que eu devo ir conhecer esse senhor Toby, ou acha que talvez seja melhor deixar para uma outra noite?

A senhora Copperfield segurou a mão da senhora Quill e puxou-a para fora do quarto. A entrada da senhora Quill no bar foi digna e extremamente formal. Ela já tirava proveito da mágoa que seu namorado lhe causara.

— Agora, querida — ela disse baixinho —, me diga qual deles é o senhor Toby.

— Aquele ali, sentado ao lado de Pacífica — disse a senhora Copperfield, hesitante. Ela temia que a senhora Quill o achasse totalmente sem graça e deixasse a sala.

— Estou vendo. Aquele homem forte.

— Detesta as pessoas gordas?

— Não julgo as pessoas pelo físico. Mesmo quando eu era jovem, gostava dos homens pela inteligência. Agora que cheguei à meia-idade, vejo como estava certa.

— Eu sempre idolatrei o físico — disse a senhora Copperfield —, mas isso não significa que eu me apaixone por pessoas que têm belos corpos. Alguns dos físicos que gostei eram medonhos. Venha, vamos falar com o senhor Toby.

Toby levantou-se diante da senhora Quill e tirou o chapéu.

— Venha sentar conosco e beba alguma coisa.

— Deixe eu me situar, rapaz. Deixe eu me situar.

— Este bar pertence a você, não é? — perguntou Toby com um ar de preocupação.

— Pertence, sim — respondeu a senhora Quill, sem interesse. Ela olhava fixamente para o topo da cabeça de Pacífica. — Pacífica — ela disse —, não beba demais. Eu tenho que tomar conta de você.

— Não se preocupe, senhora Quill. Eu já tomo conta de mim mesma há muito tempo. — Ela virou-se para Lou e disse com um ar sério:

— Quinze anos. — Pacífica estava completamente natural. Comportava-se como se nada tivesse ocorrido entre ela e a senhora Quill. A senhora Copperfield estava encantada. Colocou os braços em torno da cintura da senhora Quill e lhe deu um abraço apertado.

— Ah — ela disse —, ah, você me faz tão feliz!

Toby sorriu.

— A moça está se divertindo, senhora Quill. Agora não quer uma bebida?

— Quero, aceito um copo de gim. A maneira como essas meninas deixam suas casas tão novinhas dói em mim. Eu tive a minha casa, a minha mãe, minhas irmãs e meus irmãos até os vinte e seis. Mesmo assim, quando me casei eu me sentia como uma lebre assustada. Como se estivesse saindo para o mundo. Mas o senhor Quill era como uma família para mim, e somente quando ele morreu, eu realmente saí para o mundo. Tinha trinta e poucos anos na época e era uma lebre ainda mais assustada. Pacífica já está no mundo há muito mais tempo do que eu. Sabe, ela é como um velho capitão do mar. Às vezes me sinto muito tola quando ela me conta algumas das experiências dela. Meus olhos quase pulam fora das órbitas. Não é tanto uma questão de idade, e sim de experiência. O Senhor foi mais clemente comigo do que com Pacífica. Ela não foi poupada de nada. Mesmo assim, não é tão nervosa quanto eu.

— Bom, para uma pessoa que tem tanta experiência ela certamente não sabe como se cuidar — disse Toby. — Ela não sabe reconhecer uma boa oportunidade quando está na frente de uma.

— É, creio que esteja certo — disse a senhora Quill, simpatizando com Toby.

— Claro que estou certo. Mas ela tem muitos amigos aqui no Panamá, não tem?

— Eu creio que Pacífica tenha muitos amigos — disse a senhora Quill.

— Ora, você sabe que ela tem muitos amigos, não sabe?

Como a senhora Quill pareceu ter sido tomada de surpresa pelo tom imperativo de sua voz, Toby percebeu que estava apressando demais as coisas.

— Quem diabo se importa com isso, afinal? — observou ele, olhando de soslaio para ela. Isso aparentemente teve o efeito correto sobre a senhora Quill, e Toby respirou aliviado.

A senhora Copperfield foi até um banco no canto e deitou-se. Ela fechou os olhos e sorriu.

— Isso é o melhor para ela — disse a senhora Quill a Toby. — É uma boa mulher, delicada e muito querida, e bebeu um pouco demais. Pacífica, ela realmente sabe tomar conta de si mesma, como ela disse. Eu já a vi beber tanto quanto um homem, mas com ela é diferente. Como eu disse, ela já teve todo tipo de experiência no mundo. Agora, a senhora Copperfield e eu precisamos tomar conta de nós mesmas com mais cuidado, ou então achar um homem bom para cuidar de nós.

— Certo — disse Toby, virando-se no banco. — Garçom, mais um gim. Você quer um, não quer? — perguntou ele à senhora Quill.

— Aceito, se você for cuidar de mim.

— Claro que cuido. Até mesmo carrego você para casa em meus braços, se cair no chão.

— Ah, não. — A senhora Quill deu uns risinhos contidos e ruborizou. — Você não tentaria isso, rapaz. Eu sou pesada, sabe.

— Certo.... Diga...

— O quê?

— Se importaria de me dizer uma coisa?

— Terei imenso prazer em lhe dizer o que quer que queira ouvir.

— Por que nunca pensou em melhorar este lugar?

— Ah, meu caro, não é terrível? Sempre prometi a mim mesma que faria isso, mas nunca faço.

— Não tem dinheiro? — perguntou Toby. A senhora Quill pareceu alheia. — Não tem dinheiro para fazer uma reforma? — repetiu ele.

— Ah, sim, claro que tenho. — Ela olhou a seu redor e para o bar. — Eu até tenho coisas lá em cima que sempre prometi a mim mesma trazer para pendurar nas paredes daqui. Está tudo muito sujo, não é? Fico até envergonhada.

— Não, não — disse Toby com impaciência. Agora estava muito animado. — Não foi isso o que eu quis dizer.

A senhora Quill lhe deu um doce sorriso.

— Escute — disse Toby —, a vida toda eu administrei restaurantes, bares e clubes, e consigo fazer eles irem pra frente.

— Tenho certeza que sim.

— Eu estou lhe dizendo que consigo. Escute, vamos sair daqui; vamos a algum outro lugar onde possamos realmente conversar. Eu levo você para o lugar que sugerir na cidade. Vale a pena para mim e vai valer ainda mais para você. Vai ver. Podemos pedir mais uma bebida ou talvez alguma coisa para comer. Escute — ele segurou a senhora Quill pelo braço —, quer ir ao Hotel Washington?

A princípio, a senhora Quill não reagiu, mas quando entendeu o que ele dissera, respondeu, com a voz trêmula de emoção, que gostaria muitíssimo de ir. Toby pulou do banco, puxou o chapéu sobre o rosto e começou a deixar o bar, dizendo:

— Vamos, então — virando-se para trás, para a senhora Quill. Ele parecia aborrecido, mas decidido.

A senhora Quill segurou a mão de Pacífica e lhe disse que iria ao Hotel Washington.

— Se houvesse uma maneira possível de levar você junto, eu levaria, Pacífica. Me sinto muito mal de ir lá sem você, mas não vejo como poderia ir, você vê?

— Ora, não se preocupe com isso, senhora Quill. Estou me divertindo muito aqui — disse Pacífica com a voz de quem está realmente cansada do mundo.

— Aquilo é uma espelunca — disse Lou.

— Ah, não — disse Pacífica —, lá é muito bacana, muito bonito. Ela vai se divertir. — Pacífica beliscou Lou. — Você nem imagina — disse ela.

Devagar, a senhora Quill deixou o bar e juntou-se a Toby na calçada. Eles entraram numa carruagem e seguiram para o hotel. Toby estava calado. Refestelou-se em seu assento e acendeu um cigarro.

— Eu lamento que o automóvel tenha sido inventado — disse a senhora Quill.

— Você ia ficar louca tentando ir de um lugar para o outro se eles não existissem.

— Ah, não. Eu nunca tenho pressa. Não há nada que não possa esperar.

— Isso é o que você pensa — disse Toby num tom aborrecido, vendo que aquilo era exatamente o que ele teria de combater na senhora Quill. — É esse segundo extra que faz Man o'War ou qualquer outro cavalo chegar em primeiro lugar — ele disse.

— Bom, a vida não é uma corrida de cavalos.

— Hoje em dia é exatamente o que a vida é.

— Bom, não para mim — replicou a senhora Quill.

Toby estava decepcionado.

O caminho que levava à entrada do Hotel Washington era cercado de tamareiras africanas. O hotel em si era impressionante. Eles desceram da carruagem. Toby ficou no meio do caminho entre as palmeiras que balançavam chocando-se umas nas outras e olhou em direção ao hotel. Estava todo aceso. A senhora Quill ficou ao lado de Toby.

— Aposto que eles metem a mão aí — disse Toby. — Aposto que lucram duzentos por cento com as bebidas.

— Ah, por favor — disse a senhora Quill —, se acha que não tem condições, vamos pegar a carruagem e voltar. De qualquer forma o passeio é muito agradável. — O coração dela agora batia muito rápido.

— Não seja tola! — Tobby disse a ela, e eles seguiram para o hotel.

O piso do saguão de entrada era de uma imitação de mármore amarelo. Havia uma banca de revistas num canto, onde os hóspedes podiam comprar chicletes, cartões postais, mapas e *souvenirs*. A senhora Quill sentiu-se como se tivesse descido de um navio. Ela circulou por ali, mas Toby foi direto ao homem da banca de revistas e perguntou onde podia conseguir uma bebida. Ele sugeriu que fossem para o terraço.

— É geralmente para onde as pessoas vão — disse ele.

Sentaram-se a uma mesa na extremidade do terraço de onde tinham uma belíssima vista de uma faixa da praia e do mar.

Entre eles, sobre a mesa, havia um pequeno abajur com uma copa cor-de-rosa. Toby começou imediatamente a girar o abajur. Seu charuto já estava muito curto e muito molhado.

Aqui e ali no terraço, pequenos grupos de pessoas conversavam em voz baixa.

— Sem graça! — disse Toby.

— Ah, eu acho maravilhoso — disse a senhora Quill. Ela tremia um pouco, pois o vento soprava sobre seus ombros, e era muito mais frio do que em Colón.

Um garçom estava ao lado deles com seu lápis erguido no ar aguardando o pedido.

— O que você vai querer? — perguntou Toby.

— O que sugere, meu jovem, que seja realmente delicioso? — perguntou a senhora Quill, virando-se para o garçom.

— Ponche de frutas à *la* Washington Hotel — respondeu o garçom. abruptamente.

— Esse soa bom mesmo.

— Está bem — disse Toby —, traga um, e para mim um uísque puro.

Quando a senhora Quill bebeu um gole de seu drinque, Toby dirigiu-se a ela.

— Então, tem a grana, mas nunca se interessou em ajeitar o lugar.

— Hummm! — exclamou a senhora Quill. — Eles põem todo tipo de fruta do mundo neste drinque. Acho que estou me comportando como uma criança, mas não existe ninguém no mundo que goste mais de coisas boas do que eu. Claro, eu nunca tive que me privar delas, sabe.

— A senhora não acha que viver da maneira que vive é gozar das boas coisas da vida, acha? — observou Toby.

— Eu vivo muito melhor do que você pensa. Como sabe de que maneira eu vivo?

— Bom, podia ter mais estilo — disse Toby —, e podia ter isso facilmente. Quer dizer, seria fácil melhorar o lugar.

— Provavelmente seria fácil, não seria?

— Seria. — Toby esperou para ver se ela diria mais alguma coisa por si mesma, antes que voltasse a se dirigir a ela.

— Veja essas pessoas aqui — disse a senhora Quill. — O lugar não tem muita gente, mas seria de imaginar que elas estivessem todas juntas, em vez de ficarem separadas em grupos de dois ou três. Enquanto estão hospedadas aqui neste hotel maravilhoso, você pensaria que elas usassem seus trajes de baile e se divertissem a valer, aproveitassem cada minuto, em vez de ficarem no terraço olhando ao longe ou lendo. Imaginaria que escolhessem para vestir o melhor que tivessem e se divertissem juntas, em vez de usarem essas roupas simples.

— Elas estão usando trajes esportivos — disse Toby. — Não querem se preocupar com roupas. Provavelmente estão aqui para descansar. Devem ser homens de negócios. Talvez alguns pertençam à sociedade. Precisam relaxar também. Têm de ir a tantos lugares quando estão em casa.

— Bom, eu não pagaria todo esse dinheiro só para descansar. Eu ficaria em casa.

— Não faz diferença nenhuma. Elas têm muito pra gastar.

— É verdade. Isso não é triste?

— Não vejo nada de triste nisso. O que é triste para mim — disse Toby, inclinando-se para a frente e amassando o charuto no cinzeiro —, o que é triste para mim é que você tem aquele bar e hotel e aquilo não faz dinheiro nenhum.

— É, não é terrível?

— Eu gosto de você e não gosto de ver você deixar de ganhar o que podia estar ganhando. — Ele segurou a mão dela com muita gentileza. — Agora, eu sei o que fazer com aquele seu lugar. Como eu disse antes. Lembra do que eu lhe disse antes?

— Bom, você me disse tantas coisas.

— Eu lhe digo de novo. Tenho trabalhado no ramo de restaurantes, bares e hotéis durante toda a minha vida e tenho feito eles irem pra frente. Eu disse que tenho feito eles irem pra frente. Se eu tivesse a grana agora, se não fosse por eu estar sem dinheiro porque tive de ajudar meu irmão e tirar a família dele de uma dificuldade, eu pegaria meu próprio dinheiro antes que você pudesse contar até três e aplicaria na sua espelunca e ajeitaria ela toda. Sei que de qualquer forma eu recuperaria todo o dinheiro, então não seria um gesto de caridade.

— Certamente que não — disse a senhora Quill. A cabeça dela oscilava suavemente de um lado para o outro. Ela olhou para Toby com olhos radiantes.

— Bom, eu preciso ir devagar agora até outubro, enquanto aguardo um grande contrato. Um contrato com uma cadeia de estabelecimentos. Preciso de um pouco de dinheiro agora, mas essa não é a questão.

— Não se preocupe em explicar, Toby — disse a senhora Quill.

— O que quer dizer com não se preocupe em explicar? Não está interessada no que tenho a lhe dizer?

— Toby, eu estou interessada em cada palavra que tem a dizer. Mas você não precisa se preocupar com as bebidas. Sua amiga Flora Quill está lhe dizendo que você não precisa se preocupar. Saímos para nos divertir, e os céus sabem como vamos nos divertir, não vamos, Toby?

— Certo, mas deixe eu lhe explicar isto. Eu acho que você nunca fez nada com o lugar porque talvez não soubesse por onde começar. Entende? Não conhece os macetes. Agora, eu sei tudo sobre como contratar orquestras, carpinteiros e garçons baratos. Sei fazer tudo isso. Você tem um nome, e muitas pessoas gostam de ir lá, mesmo agora, porque podem ir direto do bar lá pra cima. Pacífica é um grande trunfo, porque conhece todos os homens da cidade, e eles gostam dela e confiam nela. O problema é que você não tem o clima, não tem luzes bonitas, não tem danças. O lugar não é bonito, nem grande o bastante. As pessoas frequentam outros lugares e depois passam pelo seu bar para a saideira. Um pouco antes de irem para a cama. Se eu fosse você, ficaria muito contrariado. São os outros que ficam com a carne. Você fica só com os restos. O que sobra perto dos ossos, entende?

— A carne perto dos ossos é a mais saborosa — disse a senhora Quill.

— Ei, adianta alguma coisa eu falar com você ou vai ficar bancando a tola? Estou falando sério. Ora, você tem dinheiro no banco. Você tem dinheiro no banco, não tem?

— Tenho dinheiro no banco, sim — disse a senhora Quill.

— Muito bem. Então me deixe ajudar a fazer melhorias no lugar. Não precisa se preocupar com nada. Tudo o que tem a fazer é relaxar e deixar o barco correr.

— Isso não faz sentido — replicou a senhora Quill.

— Ora, vamos — disse Toby, começando a ficar com raiva. — Não estou pedindo nada, a não ser talvez uma pequena percentagem no negócio e um adiantamento pequeno para pagar as minhas despesas por um tempo. Posso fazer tudo barato e rápido e administrar o negócio para você para que não lhe custe muito mais do que está lhe custando agora.

— Mas eu acho isso maravilhoso, Toby. Acho tão maravilhoso!

— Você não precisa me dizer que é maravilhoso. Eu sei que é maravilhoso. Não é maravilhoso, é espetacular. É fantástico. Não temos tempo a perder. Beba mais alguma coisa.

— Sim, sim.

— Estou gastando meu último centavo com você — disse ele de forma displicente.

Àquela altura, a senhora Quill já estava bêbada e simplesmente anuiu com a cabeça.

— Vale a pena. — Ele se recostou na cadeira e estudou o horizonte. Estava ocupado fazendo cálculos mentais. — Que porcentagem você acha que eu devia ter? Não se esqueça, eu vou administrar o negócio todo para você por um ano.

— Ah, querido — disse a senhora Quill —, eu não tenho a menor ideia. — Ela lhe sorriu cheia de júbilo.

— Muito bem. Quanto você vai me dar de adiantamento para que eu possa ficar aqui e fazer o lugar ir pra frente?

— Não sei.

— Bem, vamos calcular da seguinte maneira — disse Toby cuidadosamente. Ele não tinha certeza de ter dado o passo certo. — Vamos calcular assim. Eu não quero que faça mais do que pode. Quero entrar nesse negócio com você. Me diga quanto dinheiro tem no banco. Então eu calculo quanto as modificações vão lhe custar e quanto acho que é um mínimo para mim. Se você não tiver muito, não vou deixar você sair perdendo. Seja honesta comigo e serei honesto com você.

— Toby — disse a senhora Quill séria —, você não acha que eu sou uma mulher honesta?

— Que diabos! — exclamou Toby. — Acha que eu lhe faria uma proposta dessas, se eu não achasse que fosse?

— Não, acho que não — respondeu a senhora Quill com um ar triste.

— Quanto você tem? — perguntou Toby, encarando-a com firmeza.

— O quê? — perguntou a senhora Quill.

— Quanto dinheiro tem no banco?

— Eu lhe mostro, Toby. Vou mostrar a você agora mesmo. — Ela começou a mexer em sua enorme bolsa de couro preta.

Toby tinha os dentes trincados e os olhos desviados do rosto da senhora Quill.

— Bagunça... bagunça... bagunça — repetia a senhora Quill. — Aqui dentro desta bolsa só falta o fogão da cozinha.

Toby mantinha os olhos vidrados ao olhar primeiro para a água e depois para as palmeiras. Já se considerava vencedor e começava a pensar se aquilo realmente seria bom.

— Meu Deus — disse a senhora Quill —, eu vivo mesmo como uma cigana. Vinte e dois e cinquenta no banco, e eu não dou a mínima.

Toby pegou a caderneta do banco da mão dela. Quando viu que o saldo era de vinte e dois dólares e cinquenta centavos, levantou-se, pegou o guardanapo numa mão e seu chapéu na outra, e deixou o terraço.

Depois que Toby saiu tão abruptamente, a senhora Quill se sentiu bastante envergonhada de si mesma.

— Ele está tão ofendido — ela concluiu — que não pode nem olhar para mim sem sentir ânsia de vômito. É porque acha que sou uma maluca que saio por aí feliz da vida somente com vinte e dois dólares e cinquenta centavos no banco. Vejamos, acho melhor começar a me preocupar um pouco mais. Quando ele voltar, vou dizer que pretendo começar uma nova vida.

Todos já haviam deixado o terraço com exceção do garçom que servira à senhora Quill. Ele tinha as mãos atrás das costas e o olhar firme à frente.

— Sente-se um pouco e converse comigo — convidou a senhora Quill. — Estou me sentindo sozinha neste terraço antigo e escuro. É um terraço muito bonito mesmo. Você poderia me contar alguma coisa sobre você. Quanto dinheiro tem no banco? Sei que pode achar impertinência minha lhe perguntar isso, mas eu realmente gostaria de saber.

— Por que não? — respondeu o garçom. — Eu tenho cerca de trezentos e cinquenta dólares no banco. — Ele não sentou.

— Onde você conseguiu isso? — perguntou a senhora Quill.

— Recebi do meu tio.

— Imagino que se sinta muito seguro.

— Não.

A senhora Quill começou a duvidar de que Toby voltaria. Pressionou uma mão contra a outra e perguntou ao jovem garçom se ele sabia para onde tinha ido o cavalheiro que estivera sentado a seu lado.

— Para a casa dele, imagino — disse o garçom.

— Bom, vamos olhar no saguão — disse a senhora Quill nervosa. Ela fez um sinal para que o garçom a seguisse.

Eles foram para o saguão e juntos examinaram os rostos dos hóspedes que estavam ou parados em grupos ou sentados em poltronas ao longo das paredes. O hotel parecia então mais animado do que quando a senhora Quill chegara com Toby. Ela estava extremamente preocupada e magoada por não encontrar Toby em lugar nenhum.

— Acho melhor eu ir para casa e deixar você ir descansar — disse, distraída, ao garçom —, mas não antes de comprar alguma coisa para Pacífica... — Ela tremia um pouco, mas o pensar em Pacífica lhe deixou mais autoconfiante.

— É uma coisa terrível, assustadora e humilhante ficar sozinha no mundo, mesmo que por um minuto apenas — ela disse ao garçom. — Venha comigo e me ajude a escolher alguma coisa, nada importante, só uma lembrança do hotel.

— É tudo a mesma coisa — disse o garçom, seguindo-a com relutância. — É só um monte de quinquilharia. Eu não sei o que a sua amiga quer. Podia levar uma bolsa pequena com a palavra *Panamá* estampada nela.

— Não, eu quero que esteja especialmente gravado com o nome do hotel.

— Bom — disse o garçom —, a maioria das pessoas não procura isso.

— Ó, meu Deus... ó, meu Deus — disse a senhora Quill enfaticamente —, será que eu sempre vou ter que ouvir o que as outras pessoas fazem? Para mim já basta. — Ela foi até a banca de revistas e disse ao rapaz que estava ao balcão: — Olha, eu quero alguma coisa que tenha escrito *Hotel Washington*. Para uma mulher.

O homem examinou seu estoque e pegou um lenço que tinha em um dos cantos duas palmeiras pintadas e as palavras: *Lembrança do Panamá*.

— A maioria das pessoas prefere isto — disse ele, pegando um enorme chapéu de palha embaixo do balcão e colocando-o em sua própria cabeça.

— Está vendo, dá uma sombra semelhante à de uma sombrinha e é muito elegante. — Não havia absolutamente nada escrito no chapéu.

— Esse lenço — continuou o rapaz —, a maioria das pessoas considera um tanto, sabe como é...

— Meu caro rapaz — disse a senhora Quill —, eu lhe disse expressamente que queria que nesse presente estivessem impressas as palavras Hotel Washington e, se possível, também um retrato do hotel.

— Mas, senhora, ninguém quer isso. As pessoas não querem retratos de hotéis em seus souvenirs. As palmeiras, o pôr do sol, às vezes até pontes, mas não o hotel.

— Você tem ou não tem alguma coisa com as palavras Hotel Washington? — perguntou a senhora Quill elevando a voz.

O vendedor começava a ficar com raiva.

— Tenho, sim — disse ele, seus olhos faiscando —, se puder esperar um minuto, por favor, senhora. — Ele abriu um pequeno portão e dirigiu-se ao saguão. Voltou em pouco tempo carregando um cinzeiro preto pesado, que colocou no balcão em frente à senhora Quill. O nome do hotel estava estampado no centro do cinzeiro em letras amarelas.

— É esse o tipo de coisa que deseja? — perguntou o vendedor.

— Claro, é isso mesmo — respondeu a senhora Quill.

— Muito bem, senhora, são cinquenta centavos.

— Isso não vale cinquenta centavos — sussurrou o garçom para a senhora Quill.

A senhora Quill procurou na carteira; encontrou somente vinte e cinco centavos e nenhuma nota.

— Veja — ela disse ao rapaz —, sou a proprietária do Hotel de las Palmas. Vou lhe mostrar minha caderneta do banco com meu endereço gravado na frente. Pode deixar que eu leve esse cinzeiro, só desta vez?

Sabe, eu vim para cá com um cavalheiro amigo meu, mas discutimos, e ele foi embora antes de mim.

— Não posso fazer isso, senhora — disse o vendedor.

Nesse ínterim, um dos subgerentes, que vinha observando o grupo na banca de revistas de um outro canto do saguão, achou que era hora de intervir. Ele estava extremamente desconfiado da senhora Quill, que não parecia, de forma alguma, estar à altura dos outros hóspedes, nem mesmo à distância. Perguntava-se também o que poderia estar mantendo o garçom ali em frente à banca de revistas por tanto tempo. Caminhou até eles com o ar mais sério e circunspecto que conseguia apresentar.

— Aqui está minha caderneta do banco — disse a senhora Quill ao vendedor.

O garçom, ao ver o subgerente se aproximar, ficou assustado e imediatamente apresentou à senhora Quill a conta pela bebida que ela e Toby haviam consumido juntos.

— A senhora deve seis dólares das despesas feitas no terraço — disse ele à senhora Quill.

— Ele não pagou nada? — perguntou ela. — Imagino que ele tenha ficado num péssimo estado.

— Posso ajudar? — o subgerente perguntou à senhora Quill.

— Acredito que sim — ela respondeu. — Eu sou a proprietária do Hotel de las Palmas.

— Desculpe — disse o gerente —, mas não conheço o Hotel de las Palmas.

— Bem — disse a senhora Quill —, não tenho nenhum dinheiro aqui. Vim para cá com um cavalheiro e nós discutimos, mas tenho comigo a caderneta do banco que provará que terei o dinheiro assim que correr ao banco amanhã. Não posso assinar um cheque, porque é uma conta de poupança.

— Sinto muito — disse o subgerente —, mas concedemos crédito às pessoas hospedadas no hotel.

— Eu também faço isso em meu hotel — disse a senhora Quill —, a menos que seja algo fora do comum.

— Temos um regulamento de nunca conceder crédito...
— Eu gostaria de levar este cinzeiro para casa, para uma amiga. Ela admira o seu hotel.

— Esse cinzeiro é propriedade do Hotel Washington — disse o subgerente, franzindo o cenho com seriedade para o vendedor, que se apressou em dizer: — Ela queria alguma coisa com o nome *Hotel Washington* escrito. Eu não tinha nada, então pensei que poderia vender a ela um desses... por cinquenta centavos — acrescentou ele, piscando para o subgerente, que cada vez mais se apoiava sobre os calcanhares.

— Esses cinzeiros — repetiu ele — são propriedade do Hotel Washington. Temos apenas um número limitado deles em estoque, e cada um deles se encontra em constante uso.

O vendedor, não querendo ter mais nada a ver com o cinzeiro, temeroso de perder o emprego, levou-o de volta para a mesa de onde havia sido originalmente removido e assumiu sua posição novamente por trás do balcão.

— Vai querer o lenço ou o chapéu? — perguntou ele à senhora Quill, como se nada tivesse acontecido.

— Ela tem todos os chapéus e lenços de que precisa — disse a senhora Quill. — Acho melhor eu ir embora.

— Pode fazer o favor de me acompanhar até a recepção e acertar a conta? — perguntou o subgerente.

— Bem, se esperar até amanhã...

— Temo que seja definitivamente contra o regulamento do hotel, senhora. Queira me acompanhar. — Ele virou-se para o garçom, que seguia a conversa atentamente. — *Te necessitan afuera* — disse ao rapaz —, vai.

O garçom estava a ponto de dizer alguma coisa, mas decidiu ficar calado e seguiu devagar em direção ao terraço. A senhora Quill começou a chorar.

— Espere um minuto — ela disse, pegando um lenço na bolsa. — Espere um minuto... eu gostaria de telefonar para a minha amiga Pacífica.

O subgerente apontou para as cabines telefônicas, e ela saiu apressada, seu rosto enfiado no lenço. Quinze minutos depois ela retornou, chorando de forma mais comovente do que antes.

— A senhora Copperfield está vindo me buscar... Contei a ela tudo o que aconteceu. Acho que vou me sentar em algum lugar e esperar.

— A senhora Copperfield tem o dinheiro necessário para pagar a sua conta?

— Não sei — disse a senhora Quill, afastando-se dele.

— Quer dizer que não sabe se ela poderá ou não pagar a sua conta?

— Sim, sim, ela vai poder pagar a minha conta. Por favor, me deixe sentar ali.

O gerente fez que sim com a cabeça. A senhora Quill jogou-se numa poltrona que estava ao lado de uma palmeira alta. Cobriu o rosto com as mãos e continuou a chorar.

Vinte minutos depois, a senhora Copperfield chegou. Apesar do calor, ela estava usando uma capa de pele de raposa prateada que trouxera para usar apenas nas grandes altitudes.

Embora ela estivesse suando e mal maquiada, sabia que seria tratada com deferência pelos empregados do hotel por causa de sua estola de pele de raposa prateada.

Ela acordara fazia já algum tempo e estava novamente um pouco bêbada. Foi depressa até a senhora Quill e a beijou no topo da cabeça.

— Onde está o homem que fez você chorar? — perguntou ela.

A senhora Quill olhou ao seu redor, através das lágrimas, e apontou para o subgerente. A senhora Copperfield fez um sinal com o dedo indicador para que ele se aproximasse.

Ele foi até elas, e a senhora Copperfield lhe perguntou onde poderia encontrar flores para a senhora Quill.

— Não há nada melhor que flores para quando se está doente do coração ou fisicamente mal — disse a ele. — Ela passou por uma grande tensão. Pode ir buscar algumas flores? — perguntou ela, tirando da bolsa uma nota de vinte dólares.

— Não há florista no hotel — disse o subgerente.

— Isso não parece muito luxuoso — disse a senhora Copperfield. Ele não respondeu.

— Bem, então — continuou — a alternativa é comprar algo bom para ela beber. Sugiro irmos todos para o bar.

O subgerente declinou do convite.

— Mas — disse a senhora Copperfield — eu insisto que nos acompanhe. Tenho algumas coisas para lhe dizer. Eu acho que você foi horrendo.

O subgerente fitou-a.

— E o que é mais horrendo em você — continuou a senhora Copperfield — é que está tão mal-humorado agora que sabe que sua conta vai ser paga quanto estava antes. Estava preocupado e foi cruel antes e está preocupado e sendo cruel agora. A expressão em seu rosto não mudou nem um pouco. Só um homem perigoso reage mais ou menos da mesma maneira diante das boas ou das más notícias.

Como ele não fez menção de falar, ela prosseguiu:

— Você não só deixou a senhora Quill num estado lastimável sem razão alguma, como também acabou com minha diversão. Você não sabe nem como agradar os ricos. — O subgerente ergueu as sobrancelhas.

— Você não vai entender isto, mas vou lhe dizer de toda maneira. Eu vim aqui por duas razões. A primeira, naturalmente, foi para tirar a minha amiga, a senhora Quill, dessa difícil situação; a segunda, foi para ver a sua cara quando você percebesse que uma conta que você nunca esperou que fosse saldada, no final das contas, será paga. Eu esperava poder ver a transição. Você entende... você passar de inimigo para amigo... isso é sempre muito estimulante. É por isso que nos bons filmes o herói quase sempre odeia a heroína até o final. Mas você, é claro, não sonharia em descer do seu pedestal. Acha que se rebaixaria se se tornasse um ser humano amável porque descobriu que havia dinheiro onde você tinha certeza de que não havia nenhum. Você acha que os ricos se importam? Para eles nada é o bastante. Querem ser amados por seu dinheiro também, e não apenas por si mesmos. Você não é sequer um bom gerente de hotel. É sem dúvida um grosseirão em todos os sentidos.

O subgerente olhou com ódio para o rosto erguido da senhora Copperfield. Detestou suas feições angulares e sua voz aguda. Achava-a ainda mais repulsiva do que a senhora Quill. De qualquer forma, ele não tinha apreço por mulheres.

— Você não tem nenhuma imaginação — disse ela —, absolutamente nenhuma! Você não entendeu nada. Onde pago a minha conta?

Durante toda a viagem de volta para casa, a senhora Copperfield ficou triste, porque a senhora Quill estava calma e distante e nem sequer manifestara o profuso agradecimento que ela havia esperado receber.

•

Na manhã seguinte, logo cedo, a senhora Copperfield e Pacífica estavam juntas no quarto de Pacífica. O céu começava a clarear. A senhora Copperfield nunca vira Pacífica tão bêbada. Os cabelos dela estavam presos para cima. Pareciam uma peruca um tanto pequena para a dona. Suas pupilas estavam enormes e levemente embaçadas. Havia uma grande mancha escura na frente de sua saia quadriculada e seu hálito cheirava fortemente a uísque. Ela cambaleou até a janela e olhou para fora. Estava muito escuro no quarto. A senhora Copperfield mal distinguia os quadrados vermelhos dos roxos da saia de Pacífica. Não conseguia ver as suas pernas, as sombras eram muito intensas, mas conhecia bem as pesadas meias de seda amarela e os tênis brancos dela.

— É tão maravilhoso! — exclamou a senhora Copperfield.

— Lindo — disse Pacífica, virando-se — lindo. — Ela andava sem firmeza pelo quarto. — Escute — ela disse —, a coisa mais maravilhosa para se fazer agora é ir à praia e nadar na água. Se você tiver dinheiro suficiente, podemos pegar um táxi. Vamos. Você vem?

Na verdade, a senhora Copperfield foi tomada de surpresa, mas Pacífica já puxava uma coberta da cama.

— Por favor — ela disse. — Você não pode imaginar o prazer que isso me daria. Você precisa pegar aquela toalha ali.

A praia não era muito longe. Quando chegaram, Pacífica disse ao taxista para voltar em duas horas.

A costa estava repleta de pedras; isso foi uma decepção para a senhora Copperfield. Embora o vento não estivesse muito forte, ela percebeu que as folhas altas das palmeiras balançavam.

Pacífica tirou a roupa e imediatamente entrou na água. Permaneceu por um tempo com as pernas afastadas, a água mal chegando às canelas, enquanto a senhora Copperfield, sentada sobre uma pedra, tentava decidir se tirava ou não suas próprias roupas. Houve um súbito barulho na água, e Pacífica começou a nadar. Ela nadou primeiro de costas e depois de bruços, e a senhora Copperfield estava certa de tê-la escutado cantando. Quando finalmente Pacífica se cansou de se divertir na água, ficou de pé e caminhou em direção à praia. Ela dava passos gigantescos e seus pelos púbicos escorriam molhados entre as pernas. A senhora Copperfield parecia um pouco envergonhada, mas Pacífica sentou-se a seu lado e lhe perguntou por que ela não havia entrado na água.

— Eu não sei nadar — disse a senhora Copperfield.

Pacífica olhou para o céu. Ela viu então que o dia não seria de céu totalmente claro.

— Por que você está sentada nessa pedra horrorosa? — perguntou Pacífica. — Venha, tire a roupa e vamos entrar na água. Eu ensino você a nadar.

— Eu nunca consegui aprender.

— Eu ensino. Se não conseguir aprender, eu deixo você afundar. Não, isso foi brincadeira. Não leve a sério.

A senhora Copperfield tirou a roupa. Ela era muito branca e magra, e sua espinha era visível de cima a baixo em suas costas. Pacífica olhou para o corpo dela sem dizer nenhuma palavra.

— Sei que tenho um corpo horrível — disse a senhora Copperfield.

Pacífica não respondeu.

— Venha — disse ela, levantando-se e colocando o braço em torno da cintura da senhora Copperfield.

Elas ficaram com água na altura das coxas, de frente para a praia e as palmeiras. As árvores pareciam estar se movendo por trás de uma neblina. A praia estava incolor. Por trás delas o céu clareava rapidamente, mas o mar ainda estava escuro. A senhora Copperfield notou bolhas no lábio de Pacífica. A água lhe escorria dos cabelos sobre os ombros.

Ela virou-se de costas para a praia e puxou a senhora Copperfield mais para o fundo.

A senhora Copperfield segurou firme na mão de Pacífica. Logo a água lhe chegava ao queixo.

— Agora vire de costas. Eu seguro você por baixo da cabeça — disse Pacífica.

A senhora Copperfield olhou à sua volta agoniada, mas obedeceu e boiou de costas tendo como único apoio a mão aberta de Pacífica sob sua cabeça para evitar que afundasse. Ela conseguia ver seus próprios pés finos boiando na superfície da água. Pacífica começou a nadar, puxando junto a senhora Copperfield. Como estava usando somente um braço, sua tarefa era árdua, e ela respirava como um touro. O toque de sua mão sob a cabeça da senhora Copperfield era muito leve – na verdade, tão leve que a senhora Copperfield temia ser largada sozinha de um minuto para o outro. Ela olhou para cima. O céu estava coberto de nuvens cinzentas. Queria dizer algo a Pacífica, mas não se atrevia a virar a cabeça.

Pacífica nadou um pouco mais em direção à praia. De repente, ficou de pé e colocou ambas as mãos firmemente nas costas da senhora Copperfield, na região acima do quadril. A senhora Copperfield sentiu-se feliz e enjoada ao mesmo tempo. Virou o rosto e ao fazer isso sua bochecha roçou o pesado ventre de Pacífica. Ela agarrou-se com firmeza à coxa de Pacífica com a força de anos de tristeza e frustração nas mãos.

— Não me deixe — ela pediu.

Nesse momento a senhora Copperfield teve a forte lembrança de um sonho que lhe voltava com frequência em sua vida. Ela era perseguida ladeira acima por um cão. No topo do morro havia alguns pinheiros e um manequim feminino de dois metros e meio de altura. Ela se aproximava do manequim e descobria que ele era confeccionado com carne, mas sem vida. O vestido era de veludo preto e afunilava na bainha. A senhora Copperfield passava um dos braços do manequim em torno de sua cintura, justo. Ela se admirava com a grossura do braço e isso a agradava. O outro braço do manequim, ela dobrava para cima a partir do cotovelo com sua mão livre. Então o manequim começava a balançar para frente e para trás. A senhora Copperfield se segurava ao manequim com firmeza, e juntos rolavam morro abaixo e continuavam rolando por uma longa distância até que paravam numa pequena calçada, onde permaneciam abraçadas. A senhora Copperfield gostava mais dessa parte do sonho; e o fato de durante toda a descida o manequim agir como um amortecedor entre ela e as garrafas quebradas e as pedrinhas sobre as quais ambos caíam lhe dava um prazer especial.

Por um momento, Pacífica fizera ressurgir o conteúdo emocional de seu sonho, o que a senhora Copperfield pensava ser, com certeza, a razão de sua peculiar satisfação.

— Agora — disse Pacífica — se não se importa, eu vou nadar mais uma vez sozinha. — Antes, porém, ela ajudou a senhora Copperfield a ficar de pé e a conduziu de volta à praia, onde a senhora Copperfield se arriou na areia e deixou a cabeça pender como uma flor murcha. Ela estava trêmula e exausta, como se fica depois de uma experiência amorosa. Ela olhou para Pacífica, que notou que seus olhos estavam mais luminosos e suaves do que ela jamais vira.

— Você devia entrar mais na água — disse Pacífica; você fica muito tempo em casa.

Ela voltou correndo para a água e nadou para a frente e para trás muitas vezes. O mar agora estava azul e mais agitado do que mais cedo. Uma vez em uma de suas nadadas, Pacífica apoiou-se numa pedra grande e plana que a maré vazante descobrira. Ela estava na linha direta dos pálidos e nebulosos raios de sol. A senhora Copperfield não conseguia enxergá-la e logo adormeceu.

•

Ao chegarem de volta ao hotel, Pacífica anunciou à senhora Copperfield que iria cair morta na cama.

— Espero não acordar por uns dez dias — ela disse.

A senhora Copperfield a viu sair tropeçando pelo corredor verde, bocejando e sacudindo a cabeça.

— Vou dormir por duas semanas — ela disse novamente e então foi para seu quarto, fechando a porta ao entrar. Em seu próprio quarto, a senhora Copperfield decidiu que seria melhor telefonar para o senhor Copperfield. Desceu e saiu para a rua, que parecia ter um movimento semelhante ao do dia em que ela chegara. Já havia algumas pessoas sentadas em suas varandas que olhavam para ela lá embaixo. Uma moça bem magra, usando um vestido de seda vermelho que ia até seus tornozelos, atravessava a rua em sua direção. Ela parecia extremamente jovem e saudável. Quando a senhora Copperfield estava próxima a ela, concluiu que ela era malaia. Ficou um tanto surpresa quando a moça parou diretamente à sua frente e se dirigiu a ela num inglês perfeito.

— Onde você andou que está com o cabelo todo molhado? — perguntou a moça.

— Fui nadar com uma amiga. Nós... fomos cedinho à praia. — A senhora Copperfield não estava muito disposta a conversar.

— Qual praia? — quis saber ela.

— Não sei — respondeu a senhora Copperfield.

— Bom, foram a pé ou de carro?

— De carro.

— Não há nenhuma praia próxima o suficiente para se ir a pé, eu acho — disse a estranha.

— É, acho que não — concordou a senhora Copperfield, suspirando e olhando à sua volta. A moça caminhava a seu lado.

— A água estava fria? — perguntou ela.

— Sim e não — disse a senhora Copperfield.

— Você entrou nua na água com a sua amiga?

— Entrei.

— Então não havia ninguém por perto, eu suponho.

— Não, não havia vivalma lá. Você sabe nadar? — perguntou a senhora Copperfield.

— Não — ela respondeu —, nunca chego perto da água. — A moça tinha uma voz aguda. Seus cabelos e sobrancelhas eram claros. Ela podia facilmente ser meio inglesa. A senhora Copperfield decidiu não perguntar. Virou-se para ela.

— Preciso telefonar. Onde é o lugar mais próximo com um telefone?

— Vamos até o restaurante do Bill Grey. O lugar é muito agradável. Geralmente passo as manhãs lá, bebendo sem parar. Ao meio-dia já es-

tou vesga de tanto beber. Os turistas ficam chocados comigo. Sou meio irlandesa e meio javanesa. Eles apostam sobre a minha nacionalidade. Quem acertar me paga uma bebida. Adivinhe a minha idade.
— Só Deus sabe — disse a senhora Copperfield.
— Bom, tenho dezesseis anos.
— É bem possível — disse a senhora Copperfield. A moça parecia aborrecida. Elas caminharam em silêncio até o restaurante de Bill Grey, onde a moça empurrou a senhora Copperfield porta adentro até uma mesa no centro do restaurante.
— Sente-se e peça o que quiser. É por minha conta — disse a moça. Havia um ventilador elétrico girando sobre a cabeça delas.
— Não é delicioso aqui? — perguntou ela à senhora Copperfield.
— Me dê licença para eu ir telefonar — disse a senhora Copperfield, temerosa de que o senhor Copperfield pudesse ter chegado horas antes e estivesse esperando impacientemente por seu telefonema naquele momento.
— Dê todos os telefonemas que quiser — disse a moça.

A senhora Copperfield entrou na cabine e telefonou para o marido. Ele disse que havia chegado fazia pouco tempo, que iria tomar café e depois encontrá-la no Bill Grey. A voz dele soou fria e cansada.

A moça, enquanto esperava ansiosamente pelo retorno dela, havia pedido dois coquetéis de uísque guarnecido com frutas cítricas e cerejas. A senhora Copperfield voltou para a mesa e jogou-se na cadeira.

— Não consigo dormir até tarde de manhã — disse a moça. — Não gosto nem de dormir de noite, se tiver algo melhor para fazer. Minha mãe me dizia que eu era nervosa como um gato, mas muito saudável. Eu frequentei uma escola de dança, mas era preguiçosa demais para aprender os passos.

— Onde você mora? — perguntou a senhora Copperfield.

— Moro sozinha num hotel. Tenho muito dinheiro. Um militar do Exército está apaixonado por mim. É casado, mas eu não saio com mais ninguém. Ele me dá muito dinheiro. Tem ainda mais dinheiro em casa. Posso lhe dar o que você quiser. Mas não diga a ninguém aqui que tenho dinheiro para gastar com outras pessoas. Nunca compro nada para eles. Eles me aborrecem. Vivem vidas terríveis. Tão desprezíveis; tão idiotas; muito idiotas! Não têm nenhuma privacidade. Eu tenho dois quartos. Pode ficar com um, se quiser.

A senhora Copperfield disse, com firmeza, que não precisava. Não gostou nem um pouco daquela moça.

— Qual é o seu nome? — perguntou a moça.

— Frieda Copperfield.

— Meu nome é Peggy... Peggy Gladys. Achei você adorável e linda de cabelos molhados e com seu narizinho brilhando como estava. Foi por isso que convidei você para vir beber comigo.

A senhora Copperfield sobressaltou-se.

— Por favor, não me deixe envergonhada — ela disse.

— Ah, deixe eu envergonhar você, minha linda. Agora termine seu drinque que eu peço outro. Talvez esteja com fome e queira um bife.

A moça tinha os olhos brilhantes de uma ninfomaníaca insaciável. Usava um relógio ridículo com uma pulseira de fita preta em torno do pulso.

— Eu estou no Hotel de las Palmas — disse a senhora Copperfield.

— Sou amiga da gerente de lá, a senhora Quill, e de uma das hóspedes, Pacífica.

— Não é bom, esse hotel — disse Peggy. — Fui lá uma noite para beber com uns amigos e disse a eles: "Se não derem meia-volta agora mesmo e deixarem este hotel, eu nunca mais saio com vocês". É um lugar fuleiro; um lugar horrível; além de tudo, é imundo. Fico surpresa de você estar hospedada lá. Meu hotel é muito mais agradável. Alguns americanos ficam nele quando desembarcam, quando não vão para o Hotel Washington. É o Hotel Granada.

— Sim, é onde estávamos hospedados originalmente — disse a senhora Copperfield. — Meu marido está lá agora. Acho que é o lugar mais deprimente em que pus os pés em toda a minha vida. Para mim, o Hotel de las Palmas é mil vezes mais agradável.

— Mas — disse a moça boquiaberta de espanto — eu acho que não examinou com muito cuidado. Arrumei todas as minhas coisas no quarto, claro, e isso faz uma grande diferença.

— Há quanto tempo você está morando lá? — perguntou a senhora Copperfield. Ela estava intrigada com aquela moça e sentia um pouco de pena dela.

— Estou morando lá há um ano e meio. Parece uma vida. Eu me mudei para lá depois que conheci um homem do Exército. Ele é muito bom para mim. Eu acho que sou mais inteligente do que ele. É porque sou mulher. Minha mãe me disse que as mulheres nunca foram burras como os homens, então eu sigo em frente e faço o que acho certo. O rosto da moça se assemelhava ao de uma fada, muito delicado. Tinha uma covinha no queixo e um nariz pequeno e arrebitado.

— Sinceramente — ela disse —, tenho muito dinheiro. E sempre consigo mais. Eu gostaria de lhe dar um presente, qualquer coisa que você goste, porque adoro sua maneira de falar, seu jeito de ser e de andar; você é elegante. — Ela deu risinhos e pôs sua mão seca e áspera sobre a mão da senhora Copperfield.

— Por favor — continuou ela —, me trate como amiga. Em geral não gosto das pessoas que conheço. Nunca faço a mesma coisa duas vezes, é verdade, nunca. Não convido ninguém ao meu quarto já faz muito tempo, porque não estou interessada e porque eles deixam tudo muito sujo. Eu sei que você não sujaria nada; dá para ver que você é de uma classe superior de pessoas. Adoro gente de fina educação. Acho maravilhoso.

— Eu ando tão preocupada — disse a senhora Copperfield. — Geralmente não sou assim.

— Bom, esqueça isso — disse a moça, de forma imperiosa. — Você está com Peggy Gladys, e ela está pagando a sua bebida. Porque quer pagar todos os seus drinques de coração. Está uma manhã tão linda. Anime-se! — Ela segurou a senhora Copperfield pela manga do vestido e a sacudiu.

A senhora Copperfield encontrava-se ainda imersa na magia de seu sonho e com o pensamento em Pacífica. Estava irrequieta, e o ventilador elétrico parecia soprar diretamente em seu coração. Ficou ali olhando para a sua frente, sem ouvir uma palavra do que a moça dizia.

Não tinha ideia de quanto tempo estivera sonhando quando olhou para a mesa e viu uma lagosta servida num prato à sua frente.

— Ah! — exclamou ela —, não posso comer isso. Simplesmente não posso comer isso.

— Mas eu pedi para você — disse Peggy —, e vão trazer também uma cerveja. Mandei tirarem seu coquetel, porque você não tocou nele.

— Ela se inclinou por sobre a mesa e colocou o guardanapo da senhora Copperfield sob o queixo dela.

— Por favor, coma, querida — disse Peggy —, você vai me dar um grande prazer se comer.

— O que você acha que está fazendo? — replicou a senhora Copperfield, irritada. — Brincando de boneca?

Peggy riu.

— Sabe — disse a senhora Copperfield —, meu marido está vindo para cá para se juntar a nós. Ele vai pensar que estamos completamente malucas comendo lagosta de manhã cedo. Ele não entende essas coisas.

— Bom, vamos comer rápido então — disse Peggy. Ela olhou com ar tristonho para a senhora Copperfield. — Eu preferia que ele não estivesse vindo — ela disse. — Você não pode telefonar e pedir que ele não venha?

— Não, minha querida, é impossível. Além disso, eu não tenho razão nenhuma para pedir que ele não venha. Estou muito ansiosa para vê-lo. — A senhora Copperfield não conseguia resistir à tentação de ser um pouco sádica com Peggy Gladys.

— Claro que quer ver seu marido — disse Peggy, com um jeito tímido e reservado. — Vou ficar quieta enquanto ele estiver aqui. Eu lhe prometo.

— É exatamente o que não quero que você faça. Por favor, continue a tagarelar quando ele estiver aqui.

— Claro, querida. Não fique tão nervosa.

O senhor Copperfield chegou quando elas comiam a lagosta. Ele usava um terno verde-escuro e parecia extremamente bem. Aproximou-se delas sorrindo com satisfação.

— Olá — disse a senhora Copperfield. — Estou muito feliz de ver você. Está com uma ótima aparência. Esta é Peggy Gladys; acabamos de nos conhecer.

Ele apertou a mão da moça e parecia muito satisfeito.

— O que é isso que vocês estão comendo? — ele perguntou.

— Lagosta — elas responderam. Ele franziu o cenho.

— Mas vão ter indigestão — disse ele —, e estão bebendo cerveja também! Meu Deus! — Ele sentou-se.

— Não estou querendo interferir, claro — continuou o senhor Copperfield — mas faz muito mal. Já tomaram o café da manhã?

— Não sei — respondeu a senhora Copperfield de propósito. Peggy Gladys riu. O senhor Copperfield ergueu as sobrancelhas.

— É claro que sabe — ele murmurou. — Não seja ridícula.

Ele perguntou a Peggy Gladys de onde ela era.

— Sou do Panamá — ela disse —, mas sou metade irlandesa e metade javanesa.

— Entendo — disse o senhor Copperfield. Ele continuou a sorrir para ela.

— Pacífica está dormindo — disse a senhora Copperfield de repente. O senhor Copperfield franziu o cenho.

— É mesmo? — observou ele. — Vai voltar para lá?

— O que acha que vou fazer?

— Não faz sentido ficar aqui mais tempo. Achei melhor fazer as malas. Já fiz as reservas na cidade do Panamá. Podemos partir de navio amanhã. Tenho que telefonar para eles hoje à noite. Descobri muita coisa sobre os vários países da América Central. Talvez possamos ficar num tipo de fazenda de gado na Costa Rica. Um homem me falou sobre ela. É completamente isolada. Só se chega lá atravessando o rio de barco.

Peggy Gladys parecia entediada.

A senhora Copperfield levou as mãos à cabeça.

— Imagine *guacamayos* vermelhos e azuis voando sobre o gado. — O senhor Copperfield riu. — O Texas latino. Deve ser uma loucura.

— Guacamayos vermelhos e azuis voando sobre o gado — Peggy Gladys repetiu. — O que são *guacamayos*? — perguntou.

— São aves vermelhas e azuis enormes, semelhantes a papagaios — respondeu o senhor Copperfield. — Já que vocês estão comendo lagosta, vou tomar um sorvete com cobertura de chantili.

— Ele é simpático — disse Peggy Gladys.

— Escute — disse a senhora Copperfield —, estou enjoada. Acho que não vou aguentar esperar que você acabe o sorvete.

— Não vou demorar — disse o senhor Copperfield. Ele olhou para ela. — Deve ser a lagosta.

— Talvez seja melhor eu levar sua esposa para o Hotel Granada — disse Peggy Gladys, animando-se e ficando de pé de um salto. — Ela vai se sentir muito bem lá. Então você pode vir depois que acabar seu sorvete.

— Parece razoável, não acha, Frieda?

— Não — disse a senhora Copperfield com veemência, segurando a corrente que usava em torno do pescoço. — Acho melhor eu voltar direto para o Hotel de las Palmas. — Preciso ir. Preciso ir imediatamente... — Ela estava tão perturbada que se levantou da mesa, esquecendo a bolsa e o lenço, e começou a se dirigir para a saída do restaurante.

— Você deixou todas as suas coisas — avisou-lhe o senhor Copperfield.

— Eu levo — disse Peggy Gladys. — Termine seu sorvete e depois vá. — Ela correu atrás da senhora Copperfield, e juntas elas desceram depressa a rua de calor sufocante em direção ao Hotel de las Palmas.

A senhora Quill estava parada à porta bebendo algo direto do gargalo.

— Estou só no refrigerante de cereja até o jantar — disse ela.

— Ah, senhora Quill, venha ao meu quarto comigo! — pediu a senhora Copperfield, abraçando a senhora Quill e dando um suspiro profundo. — O senhor Copperfield está de volta.

— Por que você não sobe *comigo*? — convidou Peggy Gladys. — Prometi ao seu marido que tomaria conta de você.

A senhora Copperfield deu meia-volta.

— Por favor, fique calada — ela gritou, encarando Peggy Gladys.

— Ora, ora — disse a senhora Quill —, não perturbe a mocinha. Vamos ter que dar a ela um pão de mel para acalmá-la. Claro que era preciso mais do que um pão de mel para me acalmar quando eu tinha a idade dela.

— Eu estou bem — disse Peggy Gladys. — Pode fazer o favor de nos levar para o quarto dela? Ela deveria estar na cama.

A moça sentou-se na beirada da cama da senhora Copperfield e pôs a mão na testa dela.

— Sinto muito — disse ela. — Você não está nada bem. Eu não queria que ficasse tão infeliz. Será que não pode parar de pensar nisso agora e deixar para pensar nisso outro dia? Às vezes quando a gente deixa as coisas de lado um pouco... Eu não tenho dezesseis anos, tenho dezessete. Eu me acho uma criança. Parece que só consigo dizer alguma coisa se as pessoas acharem que sou muito jovem. Talvez não goste do fato de eu ser tão criança. Você está pálida e verde. Não está bonita. Estava mais bonita antes. Quando seu marido for embora, vou te levar para um passeio de carruagem, se quiser. Minha mãe morreu — ela disse suavemente.

— Escute — disse a senhora Copperfield. — Se não se importar, eu gostaria que você fosse embora agora... Quero ficar sozinha. Você pode voltar mais tarde.

— A que horas eu posso voltar?

— Não sei; volte mais tarde; não está vendo? Eu não sei.

— Está bem — disse Peggy Gladys. — Talvez eu deva ir só até lá embaixo conversar com aquela mulher gorda, ou beber. Então quando estiver pronta, você pode descer. Eu não tenho nada para fazer por três dias. Você quer mesmo que eu vá embora?

A senhora Copperfield fez que sim.

A moça deixou o quarto com relutância.

A senhora Copperfield começou a tremer depois que a moça saiu e fechou a porta. Tremia tão violentamente que a cama chegou a balançar. Ela estava sofrendo tanto quanto jamais sofrera, porque iria fazer aquilo que tivesse vontade. Mas isso não a deixaria feliz. Não tinha a coragem de parar de fazer o que queria. Ela sabia que isso não a deixaria feliz, porque somente os sonhos dos loucos se realizam. Ela pensou que estava apenas interessada em duplicar um sonho, mas ao fazer isso, ela necessariamente se tornou uma completa vítima de um pesadelo.

O senhor Copperfield entrou em silêncio no quarto dela.

— Como está se sentindo agora? — perguntou.

— Estou bem — ela disse.

— Quem era aquela moça? Ela é muito bonita... de um ponto de vista escultural.
— O nome dela é Peggy Gladys.
— Ela falou muito bem, não falou? Ou eu estou errado?
— Falou maravilhosamente bem.
— Você está se divertindo?
— Eu estou me divertindo como nunca me diverti na vida — disse ela, quase chorando.
— Eu também me diverti explorando a Cidade do Panamá. Mas meu quarto era muito desconfortável. Era muito barulhento. Não consegui dormir.
— Por que não foi para um bom quarto num hotel melhor?
— Você me conhece. Detesto gastar dinheiro. Nunca acho que vale a pena. Eu devia ter feito isso. Devia ter bebido também. Teria me divertido mais. Mas não bebi.

Eles ficaram em silêncio. O senhor Copperfield tamborilou sobre a cômoda.

— Acho que devíamos ir embora hoje à noite — disse ele —, em vez de continuar aqui. Tudo aqui é muito caro. Não vai haver nenhum outro navio por alguns dias.

A senhora Copperfield não respondeu.

— Não acha que tenho razão?
— Eu não quero ir — disse ela, e virou-se na cama.
— Não estou entendendo — disse o senhor Copperfield.
— Não posso ir. Quero ficar aqui.
— Por quanto tempo?
— Não sei.
— Não se pode planejar uma viagem assim. Talvez não tenha mesmo a intenção de planejar uma viagem.
— Ah, eu vou planejar uma viagem — disse a senhora Copperfield vagamente.
— Vai mesmo?
— Não, não vou.

— Você é quem decide — disse o senhor Copperfield. — Eu só acho que vai perder muito não conhecendo a América Central. Vai se cansar daqui, com certeza, a menos que comece a beber. Provavelmente vai começar a beber.

— Por que você não vai e depois volta quando tiver visto o bastante?

— sugeriu ela.

— Eu não vou voltar porque não posso olhar para você — disse o senhor Copperfield. — Você está um horror. — Dizendo isso, ele pegou uma jarra vazia que estava sobre a cômoda, jogou-a pela janela na rua e deixou o quarto.

Uma hora mais tarde, a senhora Copperfield desceu para o bar. Ficou surpresa e contente de ver Pacífica lá. Embora tivesse empoado bastante o rosto, Pacífica parecia cansada. Estava sentada a uma mesinha com a bolsa nas mãos.

— Pacífica — disse a senhora Copperfield —, eu não sabia que estava acordada. Tinha certeza de que você estava dormindo no seu quarto. Estou tão feliz de te ver.

— Não consegui fechar os olhos. Dormi uns quinze minutos e depois disso não consegui pregar olhos. Recebi uma visita.

Peggy Gladys foi até a senhora Copperfield.

— Olá — disse ela acariciando os cabelos da senhora Copperfield.

— Já está pronta para fazer aquele passeio?

— Que passeio? — perguntou a senhora Copperfield.

— O passeio de carruagem comigo.

— Não, não estou pronta — disse a senhora Copperfield.

— Quando vai estar? — perguntou Peggy Gladys.

— Vou sair para comprar umas meias — disse Pacífica. — Quer ir comigo, Copperfield?

— Quero, sim. Vamos.

— Seu marido parecia irritado quando deixou o hotel — disse Peggy Gladys. — Espero que não tenham brigado.

A senhora Copperfield já estava à porta com Pacífica.

— Com licença — disse ela, virando-se para Peggy Gladys. A moça estava parada olhando para elas como um animal ferido.

Estava tão quente lá fora que até as turistas mais conservadoras, rostos e colos vermelhos, tiravam os chapéus e secavam a testa com seus lenços. A maioria delas, para fugir do calor, entrava nas lojinhas dos indianos, se a loja não estivesse lotada, e o vendedor lhes oferecia uma pequena cadeira para que pudessem olhar uns trinta ou quarenta penhoares sem se cansar.

— ¡Qué calor! — disse Pacífica.

— Às favas com as meias — disse a senhora Copperfield, achando que ia desmaiar. — Vamos tomar uma cerveja.

— Se quiser, vá você tomar uma cerveja. Eu preciso comprar meias. Acho horrível mulheres de pernas nuas.

— Não, eu vou com você. — A senhora Copperfield segurou a mão de Pacífica.

— Eca! — protestou Pacífica, soltando a mão. — Estamos muito suadas, querida. ¡Qué barbaridad!

A loja para a qual Pacífica levou a senhora Copperfield era muito pequena. Estava ainda mais quente lá dentro que na rua.

— Está vendo, você pode comprar muitas coisas aqui — disse Pacífica. — Eu venho aqui porque ele me conhece e consigo comprar minhas meias sem gastar muito dinheiro.

Enquanto Pacífica comprava as meias, a senhora Copperfield examinava todos os pequenos artigos da loja. A demora de Pacífica deixava a senhora Copperfield cada vez mais entediada. Ela começava a se impacientar. Pacífica não parava de discutir. Havia manchas escuras de transpiração sob seus braços, e o suor lhe escorria pelas laterais do nariz.

Quando a compra foi encerrada, e a senhora Copperfield viu que o vendedor estava embrulhando o pacote, ela foi até o balcão e pagou a conta. O vendedor lhe desejou boa sorte, e elas deixaram a loja.

Havia uma carta para a senhora Copperfield no hotel. A senhora Quill a entregou.

— O senhor Copperfield deixou isso para você — disse ela. — Tentei fazer ele ficar e tomar um chá ou uma cerveja, mas estava apressado. É um homem bonito.

A senhora Copperfield pegou a carta e dirigiu-se ao bar.

— Olá, querida — disse Peggy Gladys, suavemente.
A senhora Copperfield podia ver que Peggy estava muito bêbada. Os cabelos lhe caíam pelo rosto e seus olhos estavam mortos.

— Talvez você não esteja pronta... mas posso esperar um longo tempo. Adoro esperar. Não me incomodo de ficar sozinha.

— Me dê licença um minuto, preciso ler a carta que acabei de receber do meu marido — disse a senhora Copperfield.
Ela sentou-se e abriu o envelope.

Querida Frieda [*ela leu*],
Não quero ser cruel, mas lhe direi sem rodeios o que considero seus defeitos e espero sinceramente que o que vou escrever a influencie. Como a maioria das pessoas, você não tem condições de enfrentar mais de um medo na vida. Você também passa todo o seu tempo fugindo de seu primeiro medo para a sua primeira esperança. Tenha cuidado para não terminar, por meio de seus próprios ardis, sempre na mesma posição em que começou. Não a aconselho a passar a sua vida cercada das coisas que você chama de necessárias para a sua existência, independentemente de elas serem, ou não, de forma objetiva, interessantes em si próprias ou mesmo para o seu intelecto, em particular. Acredito com sinceridade que apenas aqueles homens que alcançam o estágio em que lhes é possível combater dentro de si próprios uma segunda tragédia, e não a primeira repetidamente, são dignos de ser chamados de maduros. Quando você acha que alguém está indo em frente, certifique-se de que esse alguém não esteja, na verdade, parado no mesmo lugar. A fim de seguir em frente, você precisa deixar para trás coisas que a maioria das pessoas reluta em deixar. Sua primeira dor, você a carrega consigo como um ímã em seu coração, porque toda a ternura vem daí. Terá de carregá-la por toda a sua vida, mas não pode viver em círculos em torno dela. Terá de desistir da busca daqueles símbolos que servem apenas para ocultar sua face de você. Terá a ilusão de que eles são diferentes e múltiplos, mas são sempre o mesmo. Se você está apenas interessada numa vida suportável, talvez esta carta não seja para você. Pelo amor de Deus, um navio que parte do porto é ainda algo maravilhoso de se ver.
J.C.

O coração da senhora Copperfield estava disparado. Ela amassou a carta na mão e abanou a cabeça duas ou três vezes.

— Eu nunca vou incomodar você a menos que peça para eu incomodar você — disse Peggy Gladys. Ela não parecia se dirigir a ninguém em particular. Seus olhos vagavam do teto para as paredes. Ela sorria para si mesma.

— Está lendo uma carta do marido — ela disse, deixando o braço cair pesadamente sobre o balcão do bar. — Eu mesma, não quero um marido... nunca... nunca... nunca...

A senhora Copperfield levantou-se.

— *Pacífica* — ela gritou — *Pacífica!*

— Quem é Pacífica? — perguntou Peggy Gladys. — Quero conhecer. Ela é tão bonita quanto você? Diga a ela para vir até aqui...

— Bonita? — o garçom riu. — Bonita? Nenhuma delas é bonita. As duas são galinhas velhas. Você é bonita mesmo caindo de bêbada.

— Traga Pacífica até aqui, querida — disse Peggy Gladys, arriando a cabeça sobre o balcão do bar.

— Escute, sua amiga saiu deste salão já faz dois minutos. Ela foi procurar Pacífica.

3

Vários meses se passaram, e a senhorita Goering, a senhorita Gamelon e Arnold estavam morando juntos há quase quatro semanas na casa que a senhorita Goering escolhera. Isso era mais deprimente até do que a senhorita Gamelon havia esperado, já que ela não tinha muita imaginação e a realidade lhe era mais assustadora que seus sonhos mais medonhos. Ela agora estava mais furiosa com a senhorita Goering do que estivera antes de se mudarem e tão mal-humorada que não se passava uma hora sem que reclamasse amargamente da vida, ou ameaçasse ir embora de vez. Por trás da casa havia um banco de areia e alguns arbustos, e, andando-se pelo banco de areia e seguindo-se uma trilha entre alguns outros arbustos, logo se chegava à floresta. À direita da casa, durante o verão, via-se um campo repleto de margaridas. Esse campo seria uma paisagem muito agradável, se bem no seu centro não houvesse um motor enferrujado de um carro velho. Havia muito pouco espaço do lado de fora da casa, pois a varanda apodrecera, então os três adquiriram o hábito de sentar perto da porta da cozinha, onde a casa os protegia do vento. A senhorita Gamelon sofria com o frio desde que chegaram. Na verdade, a casa não tinha aquecimento central: somente alguns pequenos aquecedores a óleo, e, embora fosse ainda início do outono, em certos dias o frio era intenso.

Arnold ia à sua própria casa com cada vez menos frequência e, cada vez mais, tomava o pequeno trem e a barca para ir da casa da senhorita Goering até a cidade e, então, depois do trabalho retornava para jantar e dormir na ilha.

A senhorita Goering nunca questionou a presença de Arnold. Ele se tornou mais descuidado com a roupa e, três vezes na última semana, deixara até de ir ao escritório. A senhora Gamelon criou uma terrível confusão por causa disso.

Um dia, Arnold descansava no andar de cima num dos pequenos quartos diretamente sob o teto, e ela e a senhorita Goering estavam sentadas em frente à porta da cozinha, para se aquecerem ao sol da tarde.

— Aquele preguiçoso lá em cima — disse a senhorita Gamelon —, qualquer dia desses vai desistir completamente de ir para o trabalho. Vai se mudar de vez para cá e não fazer nada a não ser comer e dormir. Dentro de um ano, vai virar um elefante, e você não vai conseguir se livrar dele. Graças a Deus, espero não estar mais aqui.

— Você realmente acha que ele vai ficar tão gordo assim em um ano? — perguntou a senhorita Goering.

— Tenho certeza! — respondeu a senhorita Gamelon. Soprou um vento tão forte e repentino que a porta da cozinha se abriu. — Ah, eu detesto isso — disse a senhorita Gamelon com veemência, levantando-se da cadeira para fechar a porta.

— Além disso — continuou ela —, onde já se viu um homem morar com duas mulheres numa casa, que não tem sequer um quarto extra, sendo forçado a dormir de roupa num sofá! Andar pela sala e ver aquele homem lá todas as horas do dia, olhos abertos ou fechados, sem se preocupar com nada no mundo, é suficiente para tirar o apetite de qualquer um. Só um preguiçoso se dispõe a viver dessa maneira. Ele tem preguiça até de cortejar uma de nós; o que, você tem que admitir, vai contra a natureza, se é que conhece um pouco a constituição física do homem. É óbvio que ele não é homem. É um elefante.

— Eu não acho — disse a senhorita Goering — que ele seja tão grande assim.
— Bom, eu disse a ele para descansar no meu quarto, porque não aguentava mais ver Arnold no sofá. E você — disse ela à senhorita Goering —, acho que é a pessoa mais insensível que eu já conheci em toda a minha vida.

Ao mesmo tempo, embora mal admitisse para si mesma, a senhorita Gamelon estava muito preocupada, imaginando que a senhorita Goering estivesse perdendo o juízo. A senhorita Goering estava mais magra e mais nervosa e insistia em fazer a maior parte do trabalho doméstico sozinha. Passava o dia limpando a casa e polindo as maçanetas e a prataria; tentava de diversas pequenas maneiras tornar o lugar habitável sem comprar nenhuma das coisas necessárias para isso; nas últimas semanas, desenvolvera de repente uma extrema avareza e sacava do banco dinheiro suficiente apenas para permitir que eles vivessem da maneira mais simples possível. Ao mesmo tempo, parecia não dar a mínima importância ao custeio da alimentação de Arnold, pois ele raramente se oferecia para contribuir para a manutenção da casa. Era verdade que ele continuava a pagar a sua parte no apartamento da família, o que talvez o deixasse com muito pouco para qualquer outra coisa. Isso deixava a senhorita Gamelon furiosa, porque, embora não entendesse o que fazia a senhorita Goering viver com menos de um décimo de sua renda, ela já se ajustara a esse ínfimo padrão de vida e tentava desesperadamente fazer o dinheiro durar o máximo possível.

Elas ficaram em silêncio por alguns minutos. A senhorita Gamelon refletia sobre todas essas coisas quando de repente um frasco se espatifou em sua cabeça, inundando-a de perfume e provocando um corte profundo logo acima de sua testa. Ela começou a sangrar profusamente e colocou por um momento as mãos sobre os olhos.

— Eu realmente não tive intenção de fazer sangrar — disse Arnold debruçando-se na janela. — Só queria dar um susto nela.

Apesar de cada vez mais considerar a senhorita Gamelon a encarnação do mal, a senhorita Goering fez um gesto rápido e compassivo em direção à amiga.

— Ah, minha querida, deixe-me buscar algo para desinfetar esse corte. — Ela entrou em casa e passou por Arnold na entrada. Ele estava parado com a mão na porta da frente, incapaz de decidir se ficava ou saía. Quando a senhorita Goering desceu com o remédio, Arnold havia desaparecido.

•

Era quase noite, e a senhorita Gamelon, com a cabeça enfaixada, encontrava-se em frente à casa. De onde estava, podia avistar a estrada entre as árvores. Seu rosto estava pálido, e seus olhos, inchados, pois havia chorado de tristeza. Chorara porque aquela havia sido a primeira vez na vida que alguém a havia agredido fisicamente. Quanto mais pensava nisso, tanto mais a questão se agravava em sua mente, e enquanto ficou ali em frente à casa, pela primeira vez na vida, foi tomada de um súbito medo. Como estava longe de casa! Duas vezes começou a fazer as malas e duas vezes desistiu, só porque não conseguia deixar a senhora Goering, pois, a seu próprio modo, embora não tivesse consciência disso, apegara-se a ela profundamente. Já estava escuro quando a senhorita Gamelon entrou em casa.

A senhorita Goering estava extremamente abalada porque Arnold ainda não havia retornado, apesar de não ter por ele apreço maior que o que tinha no início. Ela, também, permaneceu do lado de fora no escuro por quase uma hora, porque estava tão ansiosa que não conseguia ficar dentro de casa.

Enquanto ela estava ainda lá fora, a senhorita Gamelon, sentada na sala de visitas diante de uma lareira vazia, achou que toda a ira de Deus havia caído sobre sua cabeça. O mundo e as pessoas nele haviam de repente escapado à sua compreensão, e ela sentiu o grande risco de perder o mundo todo de uma vez por todas – um sentimento difícil de explicar.

Sempre que voltava-se para trás para olhar a cozinha e via a silhueta escura da senhorita Goering ainda parada em frente à porta, o desânimo a consumia. Por fim a senhorita Goering entrou.

— Lucy! — ela exclamou. Sua voz era muito clara e um pouco mais alta do que de costume. — Lucy, vamos procurar Arnold. — Ela sentou-se em frente à senhorita Gamelon, e seu rosto reluzia de forma extraordinária.

A senhorita Gamelon replicou:

— Certamente que não.

— Bom — disse a senhorita Goering —, ele mora na minha casa, afinal de contas.

— É, isso é verdade — concordou a senhorita Gamelon.

— E é justo — disse a senhorita Goering — que as pessoas que moram numa mesma casa cuidem umas das outras. Eu acho que elas sempre fazem isso, não fazem?

— Elas são mais cuidadosas com quem escolhem para morar sob o mesmo teto — disse a senhorita Gamelon, reagindo mais uma vez.

— Na verdade, eu não acho — disse a senhorita Goering.

A senhorita Gamelon deu um suspiro profundo e se levantou.

— Não tem importância — disse ela —, logo estarei novamente em meio a seres humanos de verdade.

Elas entraram na floresta seguindo uma trilha que era um atalho para a cidade mais próxima, a cerca de vinte minutos a pé. A senhorita Goering gritava a cada ruído estranho que ouvia e se agarrou ao suéter da senhorita Gamelon durante todo o percurso. A senhorita Gamelon estava mal-humorada e sugeriu que, na volta, pegassem o caminho mais longo.

Finalmente elas saíram da floresta e caminharam um trecho pequeno pela estrada. De ambos os lados da estrada havia restaurantes frequentados principalmente pelos motoristas. Em um desses, a senhorita Goering viu Arnold sentado a uma mesa próxima à janela, comendo um sanduíche.

— Lá está Arnold — disse a senhorita Goering. — Venha! — Ela segurou a mão da senhorita Gamelon e seguiu quase saltitando na direção do restaurante.

— É quase bom demais para ser verdade — disse a senhorita Gamelon —, ele está comendo de novo.

Estava terrivelmente quente ali dentro. Elas tiraram o suéter e foram sentar-se à mesa de Arnold.

— Boa noite — disse Arnold. — Eu não esperava ver vocês aqui. — Ele disse isso dirigindo-se à senhorita Goering. Evitava olhar para a senhorita Gamelon.

— Bom — disse a senhorita Gamelon —, vai se explicar agora? Arnold tinha dado uma mordida grande em seu sanduíche, então não pôde lhe responder. Mas não olhou para ela. Com suas bochechas tão cheias, era impossível dizer se ele estava com raiva. A senhorita Gamelon ficou terrivelmente irritada com isso, mas a senhorita Goering sorria para eles porque estava contente de ter os dois ao lado dela novamente.

Por fim, Arnold engoliu a comida.

— Eu não tenho que me explicar — disse ele à senhorita Gamelon, parecendo muito aborrecido agora que havia engolido a comida. — Você me deve uma grande desculpa por me odiar e dizer isso à senhorita Goering.

— Tenho todo o direito de odiar quem eu quiser — replicou a senhorita Gamelon — e também, como vivemos num país livre, posso falar sobre isso na esquina, se quiser.

— Você não me conhece o bastante para me odiar. E me julgou mal, o que é suficiente para deixar qualquer homem furioso, e eu estou furioso.

— Bem, então vá embora da casa. Ninguém quer você lá mesmo.

— Não é verdade; a senhorita Goering, tenho certeza, quer que eu fique lá, não quer?

— Quero, sim, Arnold, claro — respondeu a senhorita Goering.

— Não existe justiça — disse a senhorita Gamelon —; vocês dois são detestáveis. — Ela empertigou-se na cadeira, e ambos, Arnold e a senhorita Goering, olharam para a cabeça enfaixada dela.

— Bom — disse Arnold, limpando a boca e afastando o prato —, tenho certeza de que poderemos encontrar uma maneira de nós dois morarmos juntos na mesma casa.

— Por que você é tão apegado à casa? — gritou a senhorita Gamelon. — Tudo o que faz lá é se estirar na sala e dormir.

— A casa me dá uma certa sensação de liberdade.

A senhorita Gamelon olhou para ele.

— Você quer dizer uma oportunidade de se entregar à preguiça.

— Agora veja — disse Arnold —, suponha que eu tenha permissão de usar a sala depois do jantar e pela manhã. Então vocês podem usá-la o resto do tempo.

— Está bem — disse a senhorita Gamelon —, eu concordo, mas lembre-se de não botar seus pés lá durante toda a tarde.

No caminho de volta para casa, tanto a senhorita Gamelon como Arnold pareciam contentes, porque haviam elaborado um esquema. Cada um deles achou que tinha conseguido o melhor negócio, e a senhorita Gamelon já imaginava diversas maneiras agradáveis de passar a tarde na sala.

Quando chegaram à casa, ela subiu para dormir quase de imediato. Arnold deitou-se no sofá, totalmente vestido, e puxou uma coberta de tricô para cobrir-se. A senhorita Goering sentou-se na cozinha. Depois de certo tempo, ouviu alguém chorando na sala. Entrou e encontrou Arnold chorando com o rosto enfiado na manga da camisa.

— O que é que está havendo, Arnold?

— Eu não sei — disse Arnold —, é tão desagradável ter alguém que odeia você. Eu realmente acho que talvez seja melhor voltar para a minha casa. Mas isso é a coisa que menos desejo no mundo e detesto o ramo de imóveis, e detesto o fato de ela ter raiva de mim. Será que você pode dizer a ela que é apenas um período de adaptação para mim... que ela, por favor, espere um pouco?

— Claro, Arnold, será a primeira coisa que vou dizer a ela pela manhã. Talvez se você for para o trabalho amanhã, ela se sinta melhor em relação a você.

— Você acha mesmo? — perguntou Arnold, sentando-se ereto em sua ansiedade. — Então eu vou. — Ele levantou-se e ficou à janela de pernas afastadas. — Eu simplesmente não suporto ver ninguém me odiar durante esse período de adaptação — ele disse —, além do que, é claro, eu gosto muito de vocês duas.

Na noite seguinte, quando Arnold voltou para casa com uma caixa de chocolates para a senhorita Goering e a senhorita Gamelon, ficou surpreso ao encontrar seu pai lá. Ele estava sentado numa cadeira de espaldar alto, ao lado da lareira, bebendo uma xícara de chá, e usava um boné de motorista.

— Eu vim aqui, Arnold, para ver se estava cuidando bem dessas moças. Elas parecem estar vivendo num chiqueiro aqui.

— Eu não sei o que lhe dá o direito de dizer uma coisa dessas, como visita, pai — disse Arnold, entregando compenetrado uma caixa de bombons a cada uma das mulheres.

— Certamente, por causa da idade, meu querido filho, posso dizer muitas coisas. Lembre-se que para mim, todos vocês são como filhos, incluindo a Princesa ali. — Ele enganchou o topo de sua bengala na cintura da senhorita Goering e puxou-a para si. Ela nunca imaginou vê-lo de tão bom humor. Para ela, ele parecia menor e mais magro do que na noite em que se conheceram.

— Bom, onde é que vocês maluquinhos comem? — ele perguntou.

— Temos uma mesa quadrada na cozinha — respondeu a senhorita Gamelon. — Às vezes a colocamos em frente à lareira, mas isso não é muito adequado.

O pai de Arnold pigarreou e não disse nada. Pareceu irritado por a senhorita Gamelon ter falado.

— Bem, vocês são todos malucos — ele disse, olhando para o filho e a senhorita Goering, excluindo a senhorita Gamelon de propósito —, mas estou torcendo por vocês.

— Onde está sua esposa? — perguntou a senhorita Goering.

— Está em casa, eu presumo — respondeu o pai de Arnold —, azeda como picles e tão amarga quanto.

A senhorita Gamelon deu uma risadinha diante daquela observação. Era o tipo de coisa que ela achava engraçada. Arnold ficou contentíssimo ao vê-la alegrar-se um pouco.

— Vamos lá para fora comigo — disse o pai de Arnold à senhorita Goering —, para a brisa e a luz do sol, meu amor, ou eu deveria dizer para a brisa e o luar, nunca esquecendo de acrescentar "meu amor".

Eles deixaram a sala juntos, e o pai de Arnold a conduziu um pouco pelo campo.

— Está vendo — disse ele —, decidi retomar vários de meus gostos de rapaz. Por exemplo, eu apreciava a natureza quando era jovem. Posso dizer francamente que decidi me descartar de alguns de meus ideais e convenções e voltar a apreciar a natureza... quer dizer, claro, se você estiver disposta a ficar ao meu lado. Tudo depende disso.

— Certamente — disse a senhorita Goering —, mas o que isso requer?

— Requer — respondeu o pai de Arnold — que você seja uma mulher de verdade. Solidária e disposta a defender tudo o que eu disser e fizer. Ao mesmo tempo disposta a me repreender só um pouquinho. — Ele pôs sua mão gelada na dela.

— Vamos entrar — disse a senhorita Goering. — Eu quero entrar.

— Ela começou a puxá-lo pelo braço, mas ele não arredou um pé. Ela percebeu que, embora ele fosse terrivelmente antiquado e estivesse um tanto ridículo com aquele boné de motorista, era ainda muito forte. Ela se perguntava por que ele parecera tão mais distinto na noite em que se conheceram.

Ela puxou o braço dele com mais força ainda, meio de brincadeira, meio a sério, e ao fazer isso arranhou sem querer a parte interna do pulso dele com a unha. Saiu um pouco de sangue, o que pareceu irritar bastante o pai de Arnold, pois ele saiu tropeçando pelo campo o mais rápido que pôde de volta para a casa.

Mais tarde, ele anunciou a todos seu desejo de passar a noite na casa da senhorita Goering. Eles haviam acendido a lareira e estavam todos sentados juntos em torno dela. Duas vezes Arnold cochilara.

— Mamãe vai ficar muito preocupada — disse Arnold.

— Preocupada? — observou o pai de Arnold. — Ela provavelmente vai morrer do coração antes do amanhecer, mas então, de toda forma, o que é a vida senão um bafo de fumaça, ou uma folha, ou uma vela que logo se extingue?

— Não finja que não leva a vida a sério — disse Arnold — e não finja esse ar de despreocupação somente porque há mulheres por perto. O senhor é do tipo austero e apreensivo, e sabe disso.

O pai de Arnold tossiu. Parecia um pouco chateado.

— Eu não concordo com você — disse ele.

A senhorita Goering levou-o para cima, para o seu próprio quarto.

— Espero que durma tranquilo — observou ela.

— O senhor sabe que fico muito contente de recebê-lo na minha casa a qualquer hora.

O pai de Arnold apontou para as árvores do lado de fora da janela.

— Ó, noite! — ele declamou. — Suave como a face de uma moça, e tão misteriosa quanto a melancólica coruja, o Oriente, a cabeça com turbante do sultão. Quanto tempo te ignorei sob a lâmpada das minhas leituras, ocupado com muitas e diversas atividades, as quais decido agora ignorar em teu favor. Aceita minhas desculpas e permite-me ser contado entre teus filhos. Está vendo — disse ele à senhorita Goering —, está vendo que realmente virei uma nova página; acredito que agora nos entendemos. Você nunca deve achar que as pessoas têm uma única natureza. Tudo o que eu lhe disse naquela outra noite estava errado.

— Ah! — exclamou a senhorita Goering um pouco espantada.

— Sim, agora estou interessado em ser uma personalidade inteiramente nova, tão diferente do meu eu anterior como o A é do Z. Esse foi um início maravilhoso. É de bom augúrio, como dizem.

O pai de Arnold deitou-se na cama, e enquanto a senhorita Goering o observava, ele adormeceu. Logo começou a roncar. Ela o cobriu com um cobertor e deixou o quarto profundamente perplexa.

Quando desceu, juntou-se aos outros em frente à lareira. Eles tomavam chá quente no qual haviam colocado um pouco de rum.

A senhorita Gamelon estava relaxando.

— Isso é a melhor coisa do mundo para os nervos — disse ela — e também para aliviar o lado duro da vida. Arnold me falou sobre o progresso dele no escritório do tio. Como passou de mensageiro à posição de chefe dos corretores no escritório. Estamos tendo uma conversa extremamente agradável aqui. Acho que Arnold tem escondido de nós um excelente tino para os negócios.

Arnold parecia um pouco aflito. Ainda temia desagradar a senhorita Goering.

— A senhorita Gamelon e eu vamos procurar saber amanhã se há um campo de golfe na ilha. Descobrimos no golfe um interesse comum — ele disse.

A senhorita Goering não conseguia entender a súbita mudança de atitude de Arnold. Era como se ele tivesse acabado de chegar a um hotel de veraneio e estivesse ansioso para planejar umas boas férias. A senhorita Gamelon também a surpreendeu um pouco, mas ela não disse nada.

— Golfe seria maravilhoso para você — disse a senhorita Gamelon à senhorita Goering —; provavelmente daria um jeito em você numa semana.

— Bom — disse Arnold desculpando-se —, ela pode não gostar de golfe.

— Não gosto de esportes — disse a senhorita Goering —; mais do que qualquer coisa, eles me dão uma terrível sensação de estar pecando.

— Pelo contrário — disse a senhorita Gamelon — isso é exatamente o que eles nunca fazem.

— Não seja rude, Lucy querida — disse a senhorita Goering. — Afinal, eu presto bastante atenção ao que se passa dentro de mim e conheço meus sentimentos melhor do que você.

— Os esportes — disse a senhorita Gamelon — não podem nunca lhe dar a sensação de estar pecando, mas o que é mais interessante é que você não consegue nunca se sentar por mais de cinco minutos sem introduzir alguma coisa estranha na conversa. Eu acho até que você fez uma pesquisa sobre isso.

•

Na manhã seguinte, o pai de Arnold desceu para a sala com o colarinho aberto e sem colete. Ele penteara os cabelos com um pequeno topete, de modo que parecia um velho artista.

— E o que mamãe vai fazer? — Arnold perguntou a ele no café da manhã.

— Bobagem! — respondeu o pai de Arnold. — Você se diz um artista e nem sequer sabe ser irresponsável. A beleza do artista está em ter uma alma de criança. — Ele tocou a mão da senhorita Goering. Ela não pôde evitar pensar no discurso dele na noite em que ele fora ao quarto dela e como era oposto ao que ele dizia naquele momento.

— Se sua mãe tiver vontade de viver, ela vai viver, desde que esteja disposta a deixar tudo para trás, como eu fiz — ele acrescentou.

A senhorita Gamelon estava ligeiramente envergonhada daquele homem idoso que parecia ter acabado de fazer uma mudança tremenda na vida. Mas realmente ele não lhe despertava nenhuma curiosidade.

— Bom — disse Arnold —, imagino que ainda esteja dando dinheiro a ela para pagar o aluguel. Eu continuo a dar a minha parte.

— É claro — disse seu pai. — Nunca deixei de ser cavalheiro, embora deva dizer que a responsabilidade pesa muito sobre mim, como uma âncora em torno do meu pescoço. Agora — continuou ele —, deixe-me sair e fazer as compras do dia. Eu me sinto com disposição de correr 100 metros rasos.

A senhorita Gamelon ficou de cenho contraído, curiosa para saber se a senhorita Goering permitiria que aquele velho maluco morasse em sua casa já lotada. Ele saiu em direção à cidade pouco tempo depois. Eles o chamaram da janela, insistindo para que voltasse e colocasse o casaco, mas ele ergueu a mão para o céu e ignorou o chamado.

À tarde, a senhorita Goering refletiu seriamente. Caminhava de um lado para o outro em frente à porta da cozinha. A casa já se tornara um lugar simpático e familiar para ela, que passara a considerá-la seu lar. Decidiu que precisava fazer pequenas viagens à extremidade da ilha, onde poderia tomar a barca e atravessar de volta ao continente. Detestava ter de fazer isso, pois sabia que seria inquietante, e quanto mais considerava essa possibilidade, tanto mais atraente lhe parecia a vida na casinha, até que por fim imaginou-a florescente de alegria. A fim de se certificar de que faria a excursão naquela noite, ela foi até seu quarto e colocou cinquenta centavos sobre a cômoda.

Após o jantar, quando ela anunciou que iria fazer uma viagem de trem sozinha, a senhorita Gamelon quase chorou de indignação. O pai de Arnold disse que achava uma ideia maravilhosa "passear de trem no nada", como ele chamava aquilo. Quando a senhorita Gamelon o ouviu encorajar a senhorita Goering, não conseguiu se conter e correu para o seu quarto. Arnold deixou a mesa rapidamente e subiu a escada correndo atrás dela.

O pai de Arnold suplicou à senhorita Goering que o deixasse ir com ela.

— Não dessa vez — disse ela —, eu preciso ir sozinha; — e o pai de Arnold, apesar de dizer que estava muito decepcionado, continuou radiante. Parecia não haver fim para seu bom humor.

— Bom — ele disse —, sair à noite dessa maneira é exatamente o tipo de coisa que eu gostaria de fazer, e acho que está me frustrando muito por não me deixar ir junto.

— Não é para me divertir que estou indo — disse a senhorita Goering —, mas porque é necessário.

— Mesmo assim eu lhe suplico uma vez mais — disse o pai de Arnold ignorando as implicações desse comentário e ajoelhando-se com dificuldade —, eu lhe suplico, me leve com você.

— Ah, por favor, meu caro — disse a senhorita Goering — por favor, não torne isso difícil para mim. Eu tenho uma personalidade um tanto fraca.

O pai de Arnold levantou-se.

— Certamente — disse ele —, eu não tornaria nada difícil para você.

— Ele beijou o pulso dela e lhe desejou boa sorte. — Você acha que os dois pombinhos vão falar comigo? — ele perguntou a ela —, ou acha que vão ficar trancados juntos a noite toda? Eu detesto ficar sozinho.

— Eu também — disse a senhorita Goering. — Bata na porta deles; eles vão falar com o senhor. Até logo...

A senhorita Goering decidiu ir pela estrada, pois estava escuro demais para caminhar pela floresta àquela hora. Havia proposto isso a si mesma para poupar tempo, mais cedo à tarde, mas depois viu que era pura loucura até mesmo considerar isso. Esfriara e ventava lá fora e ela se enrolou com o xale de lã. Continuava a usar xales de lã, embora eles já tivessem caído de moda havia muitos anos. A senhorita Goering olhou para o céu; procurava as estrelas e tinha esperança de ver algumas. Ficou parada por um longo tempo, mas não sabia dizer se aquela era uma noite estrelada ou não, porque apesar de ter fixado a atenção no céu sem abaixar os olhos nenhuma vez, as estrelas apareciam e desapareciam tão rapidamente que eram como visões de estrelas em vez de estrelas reais. Achou que isso era apenas porque as nuvens atravessavam o céu de forma tão veloz que as estrelas apareciam por um minuto e desapareciam no minuto seguinte. Ela continuou seu caminho até a estação.

Quando chegou, ficou surpresa de ver que havia nove ou dez crianças que haviam chegado lá antes dela. Cada uma carregava uma bandeira escolar grande, azul e dourada. As crianças não falavam muito, mas pulavam pesadamente num pé e noutro. Como faziam isso juntas, a pequena plataforma de madeira balançava de forma assustadora, e a senhorita Goering se perguntou se não deveria alertar as crianças para esse fato. Logo em seguida, no entanto, o trem chegou à estação, e todos embarcaram juntos. A senhorita Goering sentou-se no corredor, do lado oposto a uma mulher forte de meia-idade. Ela e a senhorita Goering eram as únicas ocupantes do carro além das crianças. A senhorita Goering olhou para ela com interesse.

As crianças amontoaram-se em dois assentos e aquelas que teriam de se sentar em outro lugar preferiram ficar de pé em torno dos lugares já ocupados. Logo começaram a cantar músicas que eram de louvor à escola de onde vinham. Cantavam tão mal que era quase insuportável para a senhorita Goering. Ela levantou-se e foi tão determinada a chegar rapidamente às crianças que não prestou atenção ao balanço do carro e em consequência da pressa tropeçou e caiu de rosto no chão, bem próximo ao lugar onde as crianças estavam cantando.

Ela conseguiu levantar-se, mas seu queixo sangrava. Primeiro pediu às crianças que, por favor, parassem de cantar. Todas olharam para ela. Depois pegou um lencinho de rendas e começou a enxugar o sangue do queixo. Logo adiante o trem parou, e as crianças desceram. A senhorita Goering foi até o final do vagão e encheu de água um copo de papel. Nervosa, enquanto secava o sangue do queixo na passagem escura, ficou curiosa de saber se a mulher com o mata-moscas ainda estava no vagão. Quando retornou a seu assento, viu com grande alívio, que ela estava lá. Ainda segurava o mata-moscas na mão, mas havia virado a cabeça para a esquerda e olhava para fora para a pequena plataforma da estação.

"Eu acho", disse a senhorita Goering a si mesma, "que não teria importância nenhuma eu me sentar em frente a ela. Afinal, suponho que seja algo muito natural para as mulheres se dirigirem umas às outras num trem do subúrbio como esse, em particular numa ilha tão pequena."

Entrou calmamente no assento em frente à mulher e continuou a cuidar do queixo. O trem dera partida outra vez, e a mulher continuava a olhar fixamente pela janela para evitar os olhos da senhorita Goering, pois a senhorita Goering perturbava um pouco certas pessoas. Talvez por causa do rosto vermelho e altivo e de suas roupas extravagantes.

— Fiquei aliviada que as crianças tenham descido — disse a senhorita Goering —, agora está realmente agradável aqui no trem.

Começou a chover, e a mulher encostou a testa no vidro para olhar com mais atenção para as gotas que caíam inclinadas na janela. Ela não respondeu à senhorita Goering. A senhorita Goering começou de novo, pois estava acostumada a forçar as pessoas a conversarem, seus medos nunca tendo sido de natureza social.

— Para onde está indo? — perguntou a senhorita Goering, primeiro porque estava realmente interessada em saber se a mulher iria até o final da ilha, e depois porque achava aquela uma pergunta amigável. A mulher a estudou com cuidado.

— Para casa — respondeu sem entusiasmo.

— E mora nesta ilha? — Perguntou a senhorita Goering. — É um lugar encantador — acrescentou.

A mulher não respondeu e começou a juntar seus pacotes nos braços.

— Onde mora exatamente? — perguntou a senhorita Goering. A mulher olhou ao redor.

— Glensdale — respondeu ela, um pouco hesitante, e a senhorita Goering, embora fosse indiferente a descortesias, percebeu que a mulher estava mentindo. Isso a entristeceu muito.

— Por que está mentindo para mim? — perguntou. — Eu lhe garanto que sou uma senhora respeitável como você.

A mulher a essa altura, havia readquirido sua coragem e parecia mais segura de si mesma. Olhou diretamente nos olhos da senhorita Goering.

— Eu moro em Glensdale — disse ela — e morei lá toda a minha vida. Estou indo visitar uma amiga que mora numa cidade um pouco mais distante.

— Por que eu a aterrorizo tanto? — perguntou a senhorita Goering.

— Eu gostaria de ter conversado com você.

— Não vou tolerar isso mais nem um minuto — disse a mulher, mais para si mesma do que para a senhorita Goering. — Já sofro o bastante na vida sem ter que me deparar com lunáticos.

De repente ela pegou sua sombrinha e deu uma pancada forte nos tornozelos da senhorita Goering. Seu rosto estava vermelho, e a senhorita Goering chegou à conclusão de que, apesar da nítida aparência de burguesa, ela era realmente histérica, mas como havia conhecido muitas mulheres como aquela, decidiu não se surpreender com nada que ela pudesse vir a fazer. A mulher deixou seu assento com todos os seus pacotes e a sombrinha e seguiu pelo corredor com dificuldade. Logo ela retornou, acompanhada do condutor.

Eles pararam ao lado da senhorita Goering. A mulher ficou atrás dele.

O condutor, que era um homem idoso, inclinou-se sobre a senhorita Goering de tal maneira que quase respirava no rosto dela.

— A senhorita não pode falar com ninguém aqui neste trem — ele disse —, a menos que conheça a pessoa. — A voz dele soou muito suave aos ouvidos da senhorita Goering.

Ele, então, virou-se para a mulher atrás dele, que ainda parecia aborrecida, porém mais calma.

— Da próxima vez — disse o condutor, que realmente estava sem saber o que dizer —, da próxima vez que entrar neste trem, permaneça em seu assento e não incomode ninguém. Se quiser saber as horas, pode perguntar, sem muita conversa sobre o assunto, ou pode apenas fazer um sinalzinho com a mão que estarei pronto para responder a todas as suas perguntas. — Ele se empertigou e parou por um momento, tentando pensar em algo para dizer. — Lembre-se também — acrescentou ele — de dizer isso aos seus parentes e aos seus amigos. Lembre-se também de que não se permite cachorro neste trem, nem pessoas fantasiadas, a menos que estejam cobertas com um casaco grande e pesado; e chega de confusão! — acrescentou ele, com um dedo levantado para ela. Ele cumprimentou-a tirando o chapéu e seguiu seu caminho. Um minuto ou dois depois, o trem parou e a mulher desceu. A senhorita Goering procurou ansiosamente por ela pela janela, mas viu apenas a plataforma vazia e alguns arbustos escuros. Levou a mão ao coração e sorriu para si mesma. Quando ela chegou na ponta da ilha, a chuva havia cessado e as estrelas voltavam a brilhar de forma intermitente. Ela teve de seguir por um caminho de tábuas estreito e longo, que servia de passagem entre o trem e o píer de chegada da barca. Muitas tábuas estavam soltas, e a senhorita Goering precisou ter muito cuidado onde pisava. Ela suspirou com impaciência, porque parecia que enquanto estivesse naquele caminho de tábuas, não era certo que ela, de fato, embarcasse. Agora que se aproximava de seu destino, percebeu que toda a excursão poderia ser feita muito rapidamente e que ela logo estaria de volta junto a Arnold, o pai dele e a senhorita Gamelon.

A passagem de tábuas só era iluminada em alguns lugares, e havia longos trechos que a senhorita Goering tinha de atravessar no escuro. Entretanto, ela, em geral tão temerosa, não sentia o mínimo medo. Sentia até um tipo de euforia, que é comum em certas pessoas desequilibradas, mas otimistas, quando começam a se aproximar daquilo que tememem. Ela se tornou mais ágil em evitar as tábuas soltas e até saltou em torno delas. Avistou então o embarcadouro no final do caminho. Estava fericamente iluminado, e a prefeitura havia construído um mastro de bom tamanho no centro da plataforma. A bandeira estava agora enrolada em torno do pau em várias dobras, mas a senhorita Goering pôde distinguir facilmente as listas vermelhas e brancas, e as estrelas. Ficou encantada ao ver a bandeira naquele lugar distante, pois não imaginava que pudesse haver organização alguma na extremidade da ilha.

"Ora, as pessoas viviam ali há anos", ela disse a si mesma. "É estranho eu não ter pensado nisso antes. Eles estão aqui naturalmente, com suas ligações familiares, suas lojas na redondeza, seu senso de decência e moralidade, e têm suas organizações para lutar contra os criminosos da comunidade." Ela se sentiu quase feliz de ter-se lembrado de tudo isso. Ela era a única pessoa esperando pela barca. Logo que subiu na embarcação, foi direto para a proa e ficou contemplando o continente até chegarem à outra margem. O cais era à beira de uma rua que se juntava à rua principal no topo de uma ladeira pequena e íngreme. Os caminhões eram obrigados a parar no topo da ladeira e descarregar sua mercadoria dentro de carrinhos de mão, que eram então empurrados cuidadosamente ladeira abaixo até o cais. Erguendo-se a vista dali, era possível ver as paredes laterais das duas lojas no final da rua principal, porém não muito mais. A rua era bem iluminada nos dois lados e foi possível à senhorita Goering distinguir a maioria dos detalhes das roupas das pessoas que desciam a ladeira para tomar a barca.

Ela viu três moças virem em sua direção de braços dados e rindo. Elas estavam elegantemente vestidas e tentavam, ao mesmo tempo em que se mantinham juntas, segurar seus chapéus. Por isso andavam bem devagar, mas na metade da ladeira elas chamaram alguém que estava na doca ao lado do pilar ao qual a barca fora atracada.

— Não vá embora sem a gente, George — elas gritaram para o homem, e ele acenou-lhes de forma amigável.

Havia muitos rapazes descendo a ladeira, e todos também pareciam igualmente vestidos para uma ocasião especial. Seus sapatos estavam bem engraxados, e muitos deles usavam flores na lapela. Mesmo aqueles que haviam começado a descer muito depois das três moças passaram por elas em passos apressados. Sempre que isso acontecia, as moças davam gargalhadas, as quais a senhorita Goering podia escutar vagamente de onde se encontrava. Mais e mais pessoas apareciam no topo da ladeira e a maioria, para a senhorita Goering, não passava dos trinta anos. Ela deu um passo para o lado, e logo eles estavam falando e rindo juntos no passadiço e na coberta de proa da barca. Estava muito curiosa para saber aonde iam todos, mas seu ânimo foi drasticamente reduzido ao ver aquele êxodo, que ela tomou como um mau augúrio. Por fim, decidiu que perguntaria a um rapaz que ainda estava na plataforma de embarque, parado e não muito distante dela.

— Ei, rapaz — disse ela —, poderia me dizer se vocês estão realmente indo juntos para alguma comemoração em grupo ou se é uma mera coincidência?

— Estamos todos indo para o mesmo lugar — respondeu o rapaz —, pelo que eu saiba.

— Bom, você poderia me dizer que lugar é esse? — perguntou a senhorita Goering.

— Pig Snout's Hook — ele respondeu. Nesse exato momento o apito da barca soou. Ele pediu licença à senhorita Goering e correu para juntar-se aos amigos na coberta de proa.

A senhorita Goering enfrentou a subida da ladeira totalmente sozinha. Manteve a vista na parede da última loja da rua principal. Um artista havia pintado num tom de rosa vivo o rosto de um bebê de dimensões gigantescas na metade da superfície da parede, e no espaço restante uma imensa chupeta de borracha. A senhorita Goering se perguntava o que seria o Pig Snout's Hook. Ficou bastante decepcionada ao chegar ao topo da ladeira e ver que a rua principal estava vazia e mal iluminada. Ela talvez tenha sido iludida pelas cores vibrantes da propaganda da chupeta do bebê e tivesse desejado que a cidade inteira fosse igualmente colorida.

Antes de seguir pela rua principal, ela decidiu examinar a pintura de perto. Para fazer isso, teve de atravessar um terreno baldio. Já bem próxima à propaganda, notou que um homem velho estava curvado sobre alguns engradados e tentava arrancar os pregos das tábuas. Ela resolveu perguntar se ele sabia onde ficava o Pig Snout's Hook.

Aproximou-se dele e observou-o por um instante antes de fazer a sua pergunta. Ele usava um paletó xadrez verde e um boné do mesmo tecido. Estava muito ocupado tentando arrancar um prego do engradado usando apenas uma vara fina como ferramenta.

— Com licença — disse, por fim, a senhorita Goering —, eu gostaria de saber onde fica o Pig Snout's Hook e também por que é que as pessoas vão para lá, se o senhor souber.

O homem continuou a se concentrar no prego, mas a senhorita Goering percebeu que ele estava realmente interessado na pergunta dela.

— Pig Snout's Hook? — repetiu o homem. — Isso é fácil. É um lugar novo, um cabaré.
— Todo mundo vai lá? — perguntou a senhorita Goering.
— Se forem uns tolos, eles vão.
— Por que diz isso?
— Por que eu digo isso? — replicou o homem, levantando-se finalmente e colocando sua vara no bolso. — Por que eu digo isso? Porque eles vão lá pelo prazer de serem roubados até o último centavo. A carne é só carne de cavalo, sabe. Deste tamanho, e não é vermelha. É meio cinza, sem nenhum sinal de batata por perto, e também custa uma fortuna. Além disso, são todos tão pobres quanto os ratos de igreja, sem um pingo de conhecimento de vida, todos eles. Como vários cães forçando a coleira.
— Então eles vão juntos para o Pig Snout's Hook toda noite?
— Eu sei quando eles vão para o Pig Snout's Hook tanto quanto sei o que as baratas fazem toda noite — disse o homem.
— Bom, o que há de tão errado com o Pig Snout's Hook? — perguntou a senhorita Goering.
— Tem uma coisa errada — disse o homem cada vez mais interessado — e é que eles têm um negro lá que pula para cima e para baixo na frente de um espelho em seu quarto o dia inteiro, até suar, e depois faz a mesma coisa diante desses rapazes e moças, e eles pensam que o homem está tocando música para eles. É verdade que ele tem um instrumento caro, porque eu sei onde ele comprou, e não sei se pagou por ele ou não, mas sei que o homem enfia o instrumento na boca e depois começa a se mover, seus longos braços semelhantes aos de uma aranha, e eles não querem ouvir ninguém mais, só ele.
— Bom — disse a senhorita Goering —, algumas pessoas gostam desse tipo de música.
— Sim — disse o homem —, algumas pessoas gostam desse tipo de música, e existem pessoas que moram juntas e comem à mesa juntas completamente nuas o ano inteiro, e ainda existem outras sobre as quais nós dois sabemos — ele pareceu muito misterioso —, mas — continuou —, no meu tempo, o dinheiro sempre valia um quilo de açúcar ou manteiga ou banha. Quando saíamos, tínhamos em troca aquilo por que pa-

gávamos, mais um cachorro saltando através de argolas de fogo, e bifes nos quais você podia apoiar o queixo.

— O que quer dizer — perguntou a senhorita Goering — com um cachorro saltando através de argolas de fogo?

— Bom — disse o homem —, é possível treinar esses animais para fazer qualquer coisa com anos de verdadeira paciência e perseverança, e muitas dores de cabeça também. Você pega uma argola e acende toda a volta, e esses poodles, quando são de raça, pulam através delas como pássaros voando no ar. Claro, isso é uma coisa rara de se ver, mas aqui nesta cidade eles voavam através das argolas de fogo. É claro que as pessoas eram mais velhas na época e davam mais valor ao dinheiro, e não queriam ver um negro pulando para cima e para baixo. Iam preferir colocar um novo telhado em casa. — Ele riu.

— Bom — disse a senhorita Goering —, isso acontecia num cabaré onde o Pig Snout's Hook está agora? O senhor entende o que quero dizer.

— Certamente que não! — disse o homem com veemência. — O lugar ficava aqui, neste lado do rio, num teatro de verdade com três preços de assentos diferentes e um espetáculo todas as noites, e, três vezes por semana, um espetáculo à tarde.

— Bom — disse a senhorita Goering —, então isso é uma coisa completamente diferente, não é? Afinal de contas, o Pig Snout's Hook é um cabaré, como disse há pouco, e esse lugar onde os poodles pulavam através de argolas de fogo era um teatro, então não há, na verdade, nenhum ponto de comparação.

O velho ajoelhou-se de novo e continuou a remover os pregos das tábuas colocando sua varinha entre a cabeça do prego e a madeira.

A senhorita Goering não sabia o que dizer a ele, mas achou que seria mais agradável continuar falando do que descer a rua principal sozinha. Ele parecia um pouco aborrecido, então ela se preparou para fazer sua próxima pergunta num tom de voz consideravelmente mais suave.

— Diga-me uma coisa — ela pediu —, esse lugar é mesmo perigoso, ou é simplesmente uma perda de tempo?

— Sem dúvida, é tão perigoso quanto se espera — disse o velho de imediato, e seu mau humor pareceu ter passado. — É realmente perigoso. É tocado por uns italianos, e o lugar é cercado de campos e bosques. — Ele olhou para ela como se para dizer: "Isso é tudo que você precisa saber, não é?".

A senhorita Goering por um instante achou que ele era uma autoridade, e ela então o fitou com seriedade.

— Mas não dá — perguntou ela —, não dá para ver facilmente se eles voltam em segurança? Afinal, se for necessário, basta ficar no topo da ladeira e observá-los sair da barca. — O velho apanhou mais uma vez sua vara e segurou a senhorita Goering pelo braço.

— Venha comigo — disse ele — e se convença de uma vez por todas.

— Ele a conduziu até a beira da ladeira, e eles olharam para baixo, para a rua muito bem iluminada que levava até o cais. A barca não estava lá, mas o homem que vendia os bilhetes estava claramente visível em sua cabine, a corda com que eles atracavam a barca ao poste, e até mesmo a outra margem do rio. A senhorita Goering assimilou toda aquela cena com um olhar satisfeito e esperou com ansiedade pelo que o velho tinha para dizer.

— Bom — disse o velho, erguendo o braço e fazendo um gesto vago que incluía o rio e o céu —, você pode ver onde é impossível se saber qualquer coisa. — A senhorita Goering olhou à sua volta e teve a impressão de que nada poderia estar oculto aos olhos deles, mas ao mesmo tempo ela acreditou no que o velho lhe disse. Sentiu-se envergonhada e inquieta.

— Venha — disse a senhorita Goering —, eu o convido para uma cerveja.

— Muito obrigado, senhora — disse o velho. Seu tom mudara para o de um criado, e a senhorita Goering se sentiu ainda mais envergonhada por ter acreditado no que ele lhe dissera.

— Há algum lugar especial aonde gostaria de ir? — ela perguntou.

— Não, senhora — disse ele, arrastando os pés ao lado dela. Ele parecia não estar mais disposto a conversar.

Não havia ninguém caminhando pela rua principal, exceto a senhorita Goering e o velho. Eles passaram por um carro estacionado em frente a uma loja escura. Duas pessoas fumavam no assento da frente.

O velho parou em frente à janela de um bar e grill e ficou olhando para umas fatias de peru e linguiças velhas expostas.

— Vamos entrar aqui e pedir algo para acompanhar nosso drinque? — convidou a senhorita Goering.

— Não estou com fome — respondeu o homem —, mas vou entrar com você e me sentar.

A senhorita Goering sentiu-se frustrada, porque ele não parecia saber dar o mínimo ar festivo à noite. O bar estava escuro, mas enfeitado aqui e ali com papel crepom. "Em comemoração a algum feriado recente, sem dúvida", pensou a senhorita Goering. Havia uma bela coroa de flores de papel verde brilhante ao redor de todo o espelho no fundo do bar. O salão era mobiliado com umas oito ou nove mesas, cada uma em um compartimento reservado marrom-escuro.

A senhorita Goering e o velho sentaram-se ao bar.

— A propósito — disse o velho —, não prefere sentar a uma mesa onde não fique tão à vista?

— Não — respondeu a senhorita Goering —, acho este lugar muito, muito agradável, na verdade. Agora peça o que quiser, está bem?

— Vou pedir — disse o velho — um sanduíche de peru e um sanduíche de carne de porco, uma xícara de café e um uísque de centeio.

"Que psicologia estranha!", pensou a senhorita Goering. "Pensei que ele ficaria envergonhado, depois de dizer que não estava com fome."

Ela virou a cabeça por curiosidade e notou que numa das mesas atrás dela havia um rapaz e uma moça. O rapaz lia um jornal. Ele não bebia nada. A moça tomava um drinque cor de cereja muito bonito com um canudo. A senhorita Goering pediu dois gins seguidos e, quando terminou, virou-se e olhou de novo para a moça. A moça parecia estar esperando por isso, porque seu rosto já estava voltado em direção à senhorita Goering. Ela sorriu suavemente para a senhorita Goering e abriu bem os olhos. Eles eram muito escuros. Os brancos dos olhos dela, a senhorita Goering notou, estavam amarelados. Os cabelos dela eram pretos e ouriçados e contornavam toda a sua cabeça.

"Judia, romena ou italiana", disse a senhorita Goering consigo mesma. O rapaz não levantou a vista do jornal, que ele segurava de tal maneira que não se via seu rosto.

— Divertindo-se? — perguntou a moça à senhorita Goering com voz rouca.

— Bom — respondeu a senhorita Goering —, não foi exatamente para me divertir que vim para cá. Mais ou menos me forcei a isso, simplesmente porque detesto sair à noite sozinha e prefiro ficar em casa. Mas cheguei a um ponto que me forcei a fazer essas pequenas excursões... A senhorita Goering parou, porque na verdade não sabia como poderia seguir explicando àquela moça o que queria dizer sem falar por um longo tempo, e percebeu que seria impossível naquele momento, pois o garçom passava constantemente de um lado para o outro entre o bar e a mesa do jovem casal.

— De qualquer forma — disse a senhorita Goering —, eu certamente acho que não há mal algum em relaxar e se divertir.

— Todos devem se divertir bastante — disse a moça, e a senhorita Goering notou um leve sotaque na voz dela. — Não é verdade, meu anjinho? — ela perguntou ao rapaz.

O rapaz colocou o jornal de lado; parecia aborrecido.

— O que é verdade? — ele perguntou a ela. — Não ouvi uma palavra do que disse. — A senhorita Goering sabia muito bem que aquilo era mentira, e que ele estava apenas fingindo não ter notado que sua namorada estava falando com ela.

— Nada importante, na verdade — ela respondeu, olhando-o nos olhos com carinho. — Essa senhora aqui estava dizendo que não faz mal a ninguém relaxar e se divertir.

— Talvez — disse o rapaz —, se divertir faça mais mal do que qualquer outra coisa até hoje. — Ele falou dirigindo-se à moça e sequer deu nota ao fato de a senhorita Goering ter sido mencionada. A moça se inclinou por completo e falou ao ouvido dele.

— Querido — disse ela —, algo terrível aconteceu a essa mulher. Eu sinto isso em meu coração. Por favor, não se irrite com ela.

— Com quem? — o rapaz perguntou.

Ela riu porque sabia que não havia mais nada que pudesse fazer. O rapaz era propenso a ataques de mau humor, mas ela o amava e conseguia tolerar quase tudo.

O velho que viera com a senhorita Goering havia pedido licença e levado suas bebidas e seus sanduíches para perto de um rádio, onde ele agora se encontrava com o ouvido grudado à caixa.

Bem ao fundo do salão, um homem jogava boliche sozinho numa pista pequena; a senhorita Goering ouviu as bolas rolarem pela madeira, e desejou poder vê-lo para que tivesse uma noite em paz com a certeza de que não havia ninguém ali que pudesse representar uma ameaça. Certamente havia a possibilidade de mais clientes entrarem pela porta, mas isso havia fugido por completo de sua mente. Por mais que tentasse, não era possível ver homem que arremessava as bolas.

O rapaz e a moça estavam brigando. A senhorita Goering percebeu pelo tom de voz deles. Ela escutou-os com atenção sem virar a cabeça.

— Não vejo razão — disse a moça — para você ficar furioso de repente só porque eu disse que gosto de vir ficar aqui um pouco.

— Não há absolutamente nenhuma razão — disse o rapaz — por que você deva querer vir ficar um pouco aqui em vez de em qualquer outro lugar.

— Então por que... então por que você vem aqui? — perguntou a moça, hesitante.

— Eu não sei — respondeu o rapaz —, talvez porque seja o primeiro lugar que encontramos depois que deixamos nosso quarto.

— Não — replicou a moça —, há outros lugares. Eu gostaria que você dissesse que gosta daqui; não sei por quê, mas me deixaria feliz; já frequentamos este lugar há muito tempo.

— Que eu vá para o inferno, se eu disser isso, e que eu vá para o inferno, se voltar aqui outra vez, se você dotar este lugar de bruxarias.

— Ah, gatinho — disse a moça, e havia um verdadeiro tom de angústia em sua voz —, gatinho, eu não estou falando de bruxas nem de bruxarias; não estou nem mesmo pensando nelas. Só quando eu era criança. Nunca devia ter-lhe contado essa história.

O rapaz balançou a cabeça para trás e para frente; estava enfastiado dela.

— Pelo amor de Deus! — exclamou ele. — Isso não é nem de perto o que eu quero dizer, Bernice.

— Eu não entendo o que você quer dizer — disse Bernice. — Muitas pessoas vêm a este lugar ou a qualquer outro toda noite, durante anos e anos, e sem fazer muita coisa, a não ser tomar um drinque e conversar; é só porque se sentem em casa. E a gente vem aqui somente porque o lugar está, aos poucos, se tornando uma casa para nós dois; uma segunda casa, se é que podemos chamar nosso quartinho de casa; para mim é; eu gosto muitíssimo dele.

Aborrecido, o rapaz murmurou.

— E — ela acrescentou, achando que suas palavras e seu tom de voz não ajudariam a lançar um feitiço sobre o rapaz — as mesas, as cadeiras e as paredes aqui são agora para nós como os rostos familiares dos velhos amigos.

— Que velhos amigos? — perguntou o rapaz, sua expressão cada vez mais furiosa. — Que velhos amigos? Para mim, este lugar é apenas mais uma espelunca onde gente pobre se encharca de álcool para esquecer quanto ganha, que não é quase nada.

Ele se empertigou na cadeira e olhou furioso para Bernice.

— Eu acho que isso é verdade, de certa forma — ela disse vagamente —, mas tenho a impressão de que existe algo mais.

— É esse exatamente o problema.

Nesse meio tempo, Frank, o *barman*, vinha escutando a conversa de Bernice com Dick. Era uma noite monótona e, quanto mais pensava sobre o que o rapaz dissera, tanto mais raiva sentia. Decidiu ir até a mesa e iniciar uma discussão.

— Como é mesmo, Dick? — ele disse agarrando o rapaz pelo colarinho. — Se é isso o que pensa deste lugar, então dê o fora daqui. — Ele arrancou o rapaz da cadeira e lhe deu um empurrão tão forte que Dick cambaleou uns passos e caiu de bruços sobre o balcão do bar.

— Seu grande idiota — Dick gritou com o *barman* e lançou-se contra ele. — Seu naco de banha retrógrado! Eu vou afundar essa sua cara branca.

Os dois lutavam com violência. Bernice estava de pé sobre a mesa e puxava as camisas dos lutadores numa tentativa de separá-los. Ela conseguia alcançá-los mesmo quando eles se encontravam a certa distância da mesa, porque os bancos terminavam em colunas em cada uma das extremidades, e agarrando-se a um deles ela podia se lançar sobre as cabeças dos lutadores.

A senhorita Goering, do lugar onde estava, podia ver uma parte da perna de Bernice, que aparecia acima da meia, sempre que ela se inclinava para fora do compartimento onde estava. Isso não a teria incomodado tanto se não tivesse notado que o homem que antes rolava as bolas de madeira havia agora se afastado de seu posto e olhava fixamente para a parte exposta do corpo da moça sempre que a ocasião se apresentava. O homem tinha um rosto comprido e vermelho, um nariz fino e um tanto inchado e lábios delgados. Seus cabelos eram quase ruivos. A senhorita Goering não sabia dizer se ele era um homem de excelente caráter ou de natureza criminosa, mas a intensidade de sua atitude quase a matou de medo. Nem sequer era possível para a senhorita Goering dizer se ele olhava para Bernice com interesse ou com escárnio.

Embora estivesse recebendo uns bons socos e seu rosto estivesse molhado de suor, Frank, o *barman*, estava muito calmo, e parecia à senhorita Goering que ele estava perdendo o interesse na luta, e que a única pessoa realmente tensa na sala era o homem que estava parado atrás dela.

Logo Frank estava com o lábio cortado e Dick com o nariz ensanguentado. Em seguida, ambos pararam de lutar e dirigiram-se ao banheiro. Bernice pulou da mesa e correu atrás deles.

Eles voltaram em poucos minutos, lavados e penteados, e segurando lenços sujos sobre a boca. A senhorita Goering aproximou-se e segurou os dois homens pelo braço.

— Estou contente que tudo esteja encerrado agora, e quero que cada um de vocês venha tomar um drinque por minha conta.

Dick parecia muito triste agora e estava muito quieto. Balançava a cabeça para frente e para trás solenemente; eles sentaram-se juntos e esperaram que Frank preparasse seus drinques. Ele voltou com as bebidas e, depois de servi-los, sentou-se também à mesa. Beberam em silêncio por um certo tempo. Frank tinha um ar sonhador e parecia estar pensando em coisas muito pessoais que não tinham nada a ver com os eventos da noite. Em um certo momento, ele pegou um livro de endereços e folheou-o diversas vezes. Foi a senhorita Goering quem primeiro quebrou o silêncio.

— Agora me digam — disse ela a Bernice e a Dick —, me digam em que têm interesse.

— Eu tenho interesse na luta política — disse Dick —, que é obviamente a única coisa que poderia interessar qualquer ser humano respeitável. Fico também no lado vencedor e no lado correto. O lado que acredita na redistribuição do capital. — Ele deu uma risadinha, e era muito fácil ver que ele achava estar conversando com uma completa idiota.

— Já ouvi o bastante sobre isso — disse a senhorita Goering. — E pelo que você se interessa? — ela perguntou à moça.

— Qualquer coisa em que ele esteja interessado, mas é verdade que eu já acreditava que a luta política era muito importante antes de conhecer Dick. Sabe, eu tenho uma natureza diferente da dele. O que me deixa feliz eu pareço receber do céu com ambas as mãos; fico apenas com o que amo, porque é tudo o que eu realmente consigo ver. O mundo interfere na minha vida e na minha felicidade, mas eu nunca interfiro no mundo exceto agora, desde que estou com Dick. — Bernice colocou a mão sobre a mesa para Dick segurá-la. Ela já estava um pouco bêbada.

— Me entristece ouvir você falar assim — disse Dick. — Você, como esquerdista, sabe perfeitamente bem que antes de lutarmos por nossa própria felicidade, devemos lutar por algo mais. Estamos vivendo numa época em que a felicidade pessoal não significa quase nada, porque resta ao indivíduo muito poucos momentos. É uma atitude sábia destruir a si mesmo primeiro; pelo menos manter somente a parte em você que possa ser útil a um grande grupo de pessoas. Se não fizer isso, você perde de vista a realidade objetiva, e assim por diante, e se afunda no meio de um misticismo que, no momento, seria uma perda de tempo.

— Você tem razão, querido Dickie — disse Bernice —, mas às vezes eu gostaria de ser servida numa bela sala. Às vezes, penso que seria muito bom ser burguesa. — (Ela pronunciou a palavra "burguesa", a senhorita Goering notou, como se tivesse acabado de aprendê-la.) Bernice continuou: — Eu sou este tipo de pessoa humana. Embora seja pobre, sinto falta das mesmas coisas de que eles sentem, porque às vezes à noite o fato de eles estarem dormindo em segurança em suas casas, em vez de me deixar com raiva, me enche de paz, como uma criança que, assustada à noite, gosta de ouvir os adultos conversando na rua. Não acha que o que eu estou dizendo faz sentido, Dickie?

— Absolutamente nenhum! — respondeu o rapaz. — Sabemos perfeitamente bem que é essa segurança deles que nos faz gritar à noite.

Àquela altura, a senhorita Goering estava ansiosa para entrar na conversa.

— Você — disse ela, dirigindo-se a Dick — está interessado em ganhar uma luta muito correta e inteligente. Eu estou bem mais interessada naquilo que torna essa luta tão difícil de ser ganha.

— Eles têm o poder nas mãos; têm a imprensa e os meios de produção.

A senhorita Goering pôs a mão sobre a boca do rapaz. Ele sobressaltou-se.

— Isso é verdade — continuou ela —, mas não é óbvio que você está lutando por algo mais também? Você está lutando contra a atual posição deles nesta terra, à qual eles estão firmemente apegados. Nossa raça, como você sabe, não é letárgica. Eles são inflexíveis, porque ainda acreditam que a terra é achatada e que podem cair dela a qualquer momento. É por isso que se prendem tão firmemente ao meio. Quer dizer, a todos os ideais pelos quais sempre viveram. Você não pode confrontar homens que ainda estão lutando contra as trevas e todos os dragões com um novo futuro.

— Bem, bem — disse Dick —, o que eu devo fazer então?

— Lembre-se apenas — disse a senhorita Goering — de que uma revolução ganha é um adulto que precisa matar sua infância de uma vez por todas.

— Eu vou me lembrar — replicou Dick, com um risinho de escárnio para a senhorita Goering.

O homem que antes jogava boliche estava agora parado no bar.

— Acho melhor ir ver o que Andy quer — disse Frank. Ele estivera assobiando baixinho o tempo todo em que a senhorita Goering conversava com Dick, mas, de qualquer modo, parecia ter escutado, porque quando ia deixar a mesa, virou-se para a senhorita Goering.

— Acho a terra um lugar muito bom de se viver — ele disse a ela — e também nunca achei que ao dar um passo mais longe eu podia cair dela. Você sempre pode fazer as coisas duas ou três vezes na terra e todo mundo é bastante paciente até você acertar. Errar na primeira vez não significa que você esteja perdido.

— Bom, eu não estava falando sobre nada disso — disse a senhorita Goering.

— É sobre isso que está falando, sim. Não tente fugir do assunto agora. Mas, quanto a mim, eu lhe digo que está tudo perfeitamente bem.

— Ele fitava a senhorita Goering nos olhos com sensibilidade. — Minha vida — disse ele — é só minha, não importa se eu sou um vira-lata ou um príncipe.

— Que diabo ele está falando? — perguntou a senhorita Goering a Bernice e a Dick. — Ele parece achar que eu o insultei.

— Só Deus sabe! — observou Dick — De qualquer maneira, eu estou com sono. Bernice, vamos para casa.

Enquanto Dick pagava a Frank no bar, Bernice inclinou-se sobre a senhorita Goering e sussurrou ao ouvido dela.

— Sabe, querida — ela disse —, ele realmente não é assim quando estamos sozinhos em casa. Ele me faz muito feliz. É um bom rapaz e você devia ver as coisas simples que dão prazer a ele quando está no seu próprio quarto e não com estranhos. Bom — ela se empertigou e pareceu um pouco envergonhada de seu próprio ímpeto de confidência —, bom, foi um prazer conhecer você e espero não termos lhe causado muito aborrecimento. Eu lhe garanto que nunca aconteceu antes, porque no fundo Dick é realmente como você e eu, mas ele anda muito nervoso. Então precisa perdoá-lo.

— Certamente — disse a senhorita Goering —, mas não vejo por quê.

— Bom, adeus — disse Bernice.

A senhorita Goering estava constrangida e chocada demais com o que Bernice dissera quando Dick deu as costas, para perceber de imediato que era agora a única pessoa no bar além do homem que estivera jogando com as bolas de madeira e o velho, que já caíra no sono com a cabeça arriada no balcão. Entretanto, quando enfim percebeu, ela sentiu por um desolado momento que a coisa toda havia sido premeditada e que, embora tivesse se forçado a fazer essa pequena viagem até o continente, ela havia, ao mesmo tempo, de alguma maneira sido levada a fazê-la pelos poderes superiores. Ela sentiu que não podia deixar o lugar e que mesmo que tentasse, algo aconteceria para interferir em sua saída.

Ela notou com o coração quase parando que o homem havia pegado o copo no balcão e seguia em sua direção. Parou a cerca de uns trinta centímetros de distância de sua mesa e ficou segurando o copo no ar.

— Aceita tomar um drinque comigo? — ele perguntou a ela sem parecer particularmente cordial.

— Desculpe — disse Frank por trás do balcão —, mas vamos fechar agora. Não servimos mais drinques, sinto muito.

Andy não disse nada, mas saiu e bateu a porta. Eles podiam ouvi-lo andando de um lado para o outro fora do salão.

— Ele vai conseguir o que quer de novo — disse Frank — Droga!

— Oh, Deus — disse a senhorita Goering —, você tem medo dele?

— Claro que não — respondeu Frank —, mas ele é desagradável... essa é a única palavra que me vem à cabeça... desagradável; afinal de contas, a vida é muito curta.

— Bem — quis saber a senhorita Goering —, ele é perigoso? Frank deu de ombros. Logo Andy voltou.

— A lua e as estrelas estão no céu agora — disse ele —, e eu pude ver até quase a ponta extrema da cidade. Nenhum policial está à vista, então acho que podemos beber em paz.

Ele deslizou até o banco em frente à senhorita Goering.

— Está frio e sem vida, sem uma única pessoa na rua — ele começou —, mas é assim que eu gosto hoje em dia; desculpe se eu pareço moroso para uma moça alegre como você, mas tenho o hábito de nunca prestar atenção às pessoas com quem falo. Acho que as pessoas diriam sobre mim: "Não tem respeito pelos outros seres humanos". Você tem grande respeito por seus amigos, tenho certeza, mas é somente porque você se respeita, que é sempre o ponto de partida para tudo: você mesma.

A senhorita Goering não se sentia mais à vontade agora que ele estava falando com ela do que se sentira antes de ele se sentar. Ele parecia ficar cada vez mais exaltado, quase furioso, enquanto falava, e sua maneira de atribuir qualidades a ela que não correspondiam de forma alguma à sua natureza dava à conversa dele certo ar de mistério e ao mesmo tempo fazia a senhorita Goering se sentir insignificante.

— Mora aqui nesta cidade? — a senhorita Goering lhe perguntou.

— Moro, sim — respondeu Andy. — Tenho um dois quartos e sala mobiliado num prédio novo. É o único edifício desta cidade. Eu pago um aluguel mensal e moro lá sozinho. À tarde, o sol bate no meu quarto, o que é uma grande ironia, em minha opinião, porque de todos os apartamentos do prédio, o meu é o mais ensolarado, e eu durmo lá o dia todo com as cortinas fechadas. Nem sempre morei lá. Antes eu morava com minha mãe na cidade. Mas isto aqui é a coisa mais próxima a uma ilha penal que eu pude encontrar, então está bom para mim; está muito bom para mim. — Ele mexeu em alguns de seus cigarros por alguns minutos e manteve os olhos propositalmente desviados do rosto da senhorita Goering. Ele lhe fazia lembrar certos comediantes que finalmente recebem um papel trágico secundário e o desempenham muito bem. Ela também teve a nítida impressão de que algo dividia a mente simples dele em duas, fazendo-o retorcer-se entre os lençóis, em vez de dormir, e levar uma vida desgraçada de todo. Ela não tinha dúvida de que logo descobriria o que era.

— Você tem um tipo especial de beleza — ele disse a ela —; um nariz feio, mas belos olhos e cabelo. Seria muito do meu grado, no meio de todo esse horror, ir para a cama com você. Mas para fazer isso, teríamos que deixar este bar e ir para o meu apartamento.

— Bom, não posso prometer nada, mas terei muito prazer em ir ao seu apartamento — disse a senhorita Goering.

Andy pediu a Frank para telefonar para o ponto de táxi e chamar um senhor que estava de plantão durante toda a noite para vir apanhá-los.

O táxi desceu devagarzinho a rua principal. O automóvel era muito velho e consequentemente chiava muito. Andy colocou a cabeça para fora da janela.

— Como vão, senhoras e senhores? — ele gritou para a rua vazia, tentando aproximar-se do sotaque britânico. — Eu espero, eu sem dúvida espero que todos vocês estejam se divertindo muito nesta nossa magnífica cidade. — Reclinou-se no assento outra vez e sorriu de uma maneira tão desagradável que a senhorita Goering sentiu medo de novo.

— Qualquer um pode descer esta rua girando num bambolê, nu, à meia-noite, e ninguém nunca vai saber — ele disse a ela.

— Bom, se acha que é um lugar tão sinistro assim — perguntou a senhorita Goering —, por que não se muda, de malas e bagagem, para algum outro lugar?

— Ah, não — ele disse com tristeza —, nunca vou fazer isso. Não vejo razão para fazer isso.

— São negócios o que prende você a este lugar? — a senhorita Goering perguntou, embora ela soubesse perfeitamente bem que ele falava de algo espiritual e muito mais importante.

— Não me chame de homem de negócios — respondeu ele.

— Então você é um artista?

O homem abanou a cabeça vagamente como se não soubesse muito bem o que era um artista.

— Bom, está certo — disse a senhorita Goering —, tentei adivinhar duas vezes; agora não vai me dizer o que é?

— Um vagabundo! — exclamou ele com voz possante, escorregando mais para baixo no assento. — Você sabia disso o tempo todo, não sabia, sendo a mulher inteligente que é?

O taxista parou em frente ao prédio de apartamentos, que ficava entre um terreno baldio e uma série de lojas de um único andar.

— Está vendo, eu recebo o sol da tarde o dia todo porque não tenho nada impedindo — disse ele. — Eu tenho uma vista por cima desse terreno baldio.

— Há uma árvore crescendo no terreno baldio — disse a senhorita Goering. — Suponho que possa vê-la de sua janela.

— Vejo, sim — disse Andy. — Estranho, não é?

O prédio de apartamentos era muito novo e muito pequeno. Eles pararam juntos na entrada enquanto Andy procurava as chaves no bolso. O piso era uma imitação de mármore de cor amarela exceto no centro, onde o arquiteto havia colocado um pavão azul em mosaico, cercado de várias flores de haste alta. Era difícil distinguir o pavão à meia-luz, mas a senhorita Goering abaixou-se sobre os calcanhares para examiná-lo melhor.

— Eu acho que as flores em torno do pavão são ninfeias — Andy comentou. — Mas um pavão devia ter milhares de cores, não é? Multicoloridos, não é assim que são os pavões? Esse aqui é todo azul.

— Bom — disse a senhorita Goering — talvez seja mais bonito dessa maneira.

Eles deixaram a entrada e subiram uns degraus feios de ferro. Andy morava no primeiro andar. Havia um cheiro horrível no corredor, que ele disse a ela que nunca desaparecia.

— Eles estão cozinhando lá dentro para dez pessoas — ele disse — o dia todo. Todos trabalham em horários diferentes; metade deles não vê a outra metade a não ser aos domingos e feriados.

O apartamento de Andy era muito quente e abafado. A mobília era marrom e nenhuma das almofadas parecia se encaixar perfeitamente nas cadeiras.

— Aqui é o fim da jornada — disse Andy. — Sinta-se em casa. Vou tirar um pouco dessa roupa. — Ele voltou num minuto usando um roupão de banho de material bem barato. As duas pontas do cinto do roupão haviam sido parcialmente mastigadas.

— O que aconteceu com o cinto de seu roupão? — perguntou a senhorita Goering.

— Meu cachorro mordeu.

— Ah, você tem um cachorro? — ela perguntou.

— Uma vez, eu tive um cachorro e um futuro, e uma namorada — disse ele —, mas não é mais assim.

— Bem, o que aconteceu? — continuou a senhorita Goering, tirando o xale dos ombros e enxugando a testa com seu lenço. O calor sufocante já começava a fazê-la suar, especialmente porque ela não estava acostumada a aquecimento central já fazia algum tempo.

— Não vamos falar sobre a minha vida — ele ergueu a mão como um guarda de trânsito. — Vamos beber alguma coisa.

— Está bem, mas eu certamente acho que vamos ter que falar sobre a sua vida mais cedo ou mais tarde — disse a senhorita Goering. Todo o tempo, ela pensava que se permitiria voltar para casa dentro de uma hora. "Considero", ela disse a si mesma, "que já fui muito bem para a minha primeira noite." Andy estava de pé e apertava o cinto de seu roupão.

— Eu estava noivo — disse ele — e ia me casar com uma moça muito bonita que trabalhava fora. Eu a amava tanto quanto um homem pode amar uma mulher. Ela tinha uma testa suave, lindos olhos azuis, e dentes não muito bons. As pernas dela mereciam ser fotografadas. Chamava-se Mary, e se dava bem com a minha mãe. Era uma moça simples, de mente comum, e aproveitava muito bem a vida. Às vezes saíamos para jantar à meia-noite, só por prazer, e ela costumava dizer: "Imagine só, nós dois caminhando pela rua à meia-noite para ir jantar. Duas pessoas comuns. Talvez seja loucura". Naturalmente, eu não disse a ela que havia muitas pessoas, como nossos vizinhos do 5D, que jantam à meia-noite não por serem malucas, mas por serem forçadas a isso por causa dos empregos que têm, porque aí talvez ela não se divertisse tanto assim. Eu não ia estragar tudo e dizer que o mundo não era uma loucura, que o mundo era apenas mediano; e eu não sabia também que meses depois o namorado dela ia se tornar uma das pessoas mais loucas do mundo.

As veias na testa de Andy começaram a dilatar-se, seu rosto estava mais vermelho, e as laterais de seu nariz estavam suadas.

"Tudo isso deve realmente significar algo para ele", pensou a senhorita Goering.

— Eu costumava ir com frequência a um restaurante italiano para jantar; era bem na esquina da minha casa; conhecia quase todas as pessoas que comiam lá, e o ambiente era muito agradável. Alguns de nós sempre comíamos juntos. Eu sempre pagava o vinho, porque tinha uma condição melhor do que a maioria deles. Havia uns idosos que comiam lá, mas nunca nos preocupávamos com eles. Havia também um homem que não era tão velho, mas que era solitário e não se juntava aos outros. Sabíamos que ele tinha trabalhado no circo, mas nunca descobrimos o que ele fazia lá. Então, uma noite, uma noite antes de ele a levar para lá, aconteceu de eu estar olhando para ele sem nenhum motivo no mundo e vi quando se levantou e colocou o jornal dobrado no bolso, o que era muito peculiar, porque ele ainda não tinha terminado o jantar. Ele virou-se para nós e tossiu como se pigarreando.

— Ele disse: "Senhores, tenho um anúncio a fazer". Precisei pedir silêncio aos rapazes, porque o homem tinha uma vozinha fina que quase não dava para ouvir o que dizia.

— "Não vou tomar muito do seu tempo", ele continuou a falar, como alguém discursando num grande baquete, "só quero dizer algo a vocês, e logo vão entender por quê. Só quero dizer que vou trazer uma moça aqui amanhã à noite e quero que todos vocês a amem sem reservas: Essa moça, senhores, é como uma boneca quebrada. Não tem pernas nem braços." Em seguida, sentou-se em silêncio e, de imediato, recomeçou a comer.

— Que constrangedor! — disse a senhorita Goering. — Meu Deus, o que foi que você respondeu?

— Não lembro — disse Andy —, só me lembro que foi constrangedor como você disse, e achamos que ele não devia anunciar aquilo.

— Ela já estava na cadeira na noite seguinte quando chegamos lá; muito bem maquiada e usando uma blusa muito bonita e limpa, fechada na frente com um broche no formato de borboleta. O cabelo dela também estava arrumado em ondas e era naturalmente louro. Mantive os ouvidos atentos e escutei quando ela disse ao homenzinho que o apetite dela estava melhorando cada vez mais e que dormia catorze horas por dia. Depois disso, comecei a prestar atenção à boca da moça. Era como uma pétala de rosa, ou um coração, ou um certo tipo de concha pequena. Era realmente linda. Imediatamente comecei a imaginar como ela seria; o restante dela, você entende... sem pernas. — Ele parou de falar e passou a caminhar de um lado para o outro, olhando para as paredes.

— Essa ideia me veio à mente como uma cobra peçonhenta e lá ficou enroscada. Olhei para a cabeça dela tão pequena e tão delicada contra a parede escura de sujeira, e era a maçã do pecado que eu comia pela primeira vez.

— É verdade, pela primeira vez? — surpreendeu-se a senhorita Goering. Ela parecia perplexa e, por um instante, perdeu-se em devaneios.

— Dali em diante, eu só pensava em descobrir como era; todos os outros pensamentos me fugiram da mente.

— E antes, como eram seus pensamentos? — perguntou a senhorita Goering maliciosamente. Ele não pareceu escutá-la.

— Bom, isso continuou por algum tempo... a maneira como eu me sentia em relação a ela. Depois daquela primeira noite, passei a me encontrar com Belle, que vinha com frequência ao restaurante, e continuei saindo com Mary também. Fiquei amigo de Belle. Ela não tinha nada de especial. Gostava de vinho e eu, na verdade, lhe dava a bebida na boca. Falava um pouco demais sobre a família e era boazinha. Não exatamente religiosa, mas um pouco cheia demais de bondade humana. Aquela terrível curiosidade, ou desejo, continuava a crescer dentro de mim até que, por fim, minha mente começou a vagar quando eu estava com Mary, e eu não conseguia mais dormir com ela. Mas ela foi muito compreensiva durante todo aquele tempo, paciente como uma ovelha. Era muito nova para que uma coisa dessas acontecesse a ela. Eu era como um velho horroroso ou um daqueles reis impotentes com uma história de sífilis nas costas.

— Você disse à sua namorada o que estava lhe dando nos nervos? — perguntou a senhorita Goering tentando apressá-lo um pouco.

— Eu não disse nada, porque não queria que o mundo desabasse em cima dela e queria que as estrelas brilhassem sobre ela e não em outra direção... eu queria que ela pudesse caminhar pelo parque e dar comida aos passarinhos nos anos vindouros com algum outro ser humano gentil de braço dado a ela. Não queria que ela tivesse que prender algo no íntimo e visse o mundo por uma janela fechada. Não demorou muito até que eu fosse para a cama com Belle e me contaminasse com um lindo caso de sífilis, que passei os dois anos seguintes tratando. Passei a jogar boliche por aí e finalmente deixei a casa da minha mãe e meu trabalho e vim para esta Terra de Ninguém. Posso morar neste apartamento muito bem com o pouco dinheiro que recebo de um prédio que possuo na favela da cidade.

Ele sentou-se numa cadeira diante da senhorita Goering e levou as mãos ao rosto. A senhorita Goering achou que ele havia terminado e estava pronta para agradecer a hospitalidade e lhe desejar boa-noite quando ele tirou as mãos do rosto e recomeçou.

— O pior de tudo, eu me lembro claramente; eu não conseguia mais olhar minha mãe nos olhos. Ficava jogando boliche o dia todo e metade da noite. Aí no quatro de julho, decidi fazer um esforço especial e passar o dia com ela. Uma grande parada ia passar pela nossa janela às três da tarde. Bem próximo a essa hora, eu estava na sala, de terno engomado, e minha mãe, sentada juntinho à janela. O dia estava ensolarado e perfeito para um desfile. A parada estava no horário, pois por volta das das quinze para as três, começamos a ouvir uma música à distância. Então, logo depois disso, a bandeira vermelha, branca e azul de meu país passou carregada por belos rapazes. A banda tocava Yankee Doodle. De repente, escondi o rosto nas mãos; não podia olhar para a bandeira do meu país. Foi quando me convenci, de uma vez por todas, que eu me odiava. Desse momento em diante, aceitei meu status como canalha. "Cidadão Canalha" é o nome particular que tenho para mim mesmo. Mas você pode se divertir um pouco na lama, sabe, se aceitar um lugar para sentar nela, em vez de tentar se esquivar.

— Bom — disse a senhorita Goering —, eu com certeza acho que, com um pouco de esforço, você podia controlar suas emoções. E também não daria muito valor ao episódio da bandeira.

Ele olhou para ela vagamente.

— Você fala como uma dama da sociedade — disse ele.

— Eu sou uma dama da sociedade — disse a senhorita Goering. — Também sou rica, mas reduzi intencionalmente o meu padrão de vida. Deixei minha belíssima casa e me mudei para uma casinha na ilha. A casa está em muito más condições e não custa quase nada. O que acha disso?

— Eu acho que você não gira bem — disse Andy num tom nada amigável. Ele franziu o cenho de forma sombria. — Devia ser proibido a pessoas como você ter dinheiro.

A senhorita Goering ficou surpresa diante daquele espetáculo de justa indignação de Andy.

— Por favor — ela disse —, será que você poderia abrir a janela? — Vai entrar uma corrente de ar terrivelmente frio aqui, se eu abrir — disse Andy.

— Não importa — disse a senhorita Goering —, acho que prefiro o frio.

— É que — disse Andy, mexendo-se nervoso na cadeira —, acabei de sair de uma gripe forte e estou morto de medo de pegar uma corrente de ar. — Ele mordeu o lábio e parecia muito preocupado. — Posso ir para o quarto ao lado, se quiser, enquanto você respira seu ar fresco — acrescentou ele, animando-se um pouco.

— Essa é uma ótima ideia — disse a senhorita Goering.

Ele saiu e fechou a porta do quarto com cuidado. Ela estava satisfeitíssima com a oportunidade de pegar um pouco de ar fresco e depois que abriu a janela colocou as duas mãos no parapeito, distantes uma da outra, e se inclinou para fora. Ela teria aproveitado muito mais se não tivesse certeza de que Andy estava parado em seu quarto, entediado e impaciente. Ele ainda a assustava um pouco e, ao mesmo tempo, ela o considerava um terrível peso. Havia um posto de gasolina em frente ao prédio de apartamentos. Embora o escritório estivesse vazio no momento, estava muito iluminado, e um rádio havia sido deixado ligado sobre a mesa. Uma cantiga popular era trazida pelo vento. Logo ela ouviu uma rápida batida na porta do quarto, que era o que já esperava. Fechou a janela a contragosto antes de a música acabar.

— Entre — disse ela —, entre. — A senhorita Goering levou um susto ao ver, quando Andy abriu a porta, que ele havia tirado toda a roupa exceto as meias e as cuecas. O homem não parecia envergonhado e se comportava como se houvesse entre os dois acordo tácito de que ele deveria aparecer vestido daquela maneira.

Ele foi com ela para o sofá e a fez sentar a seu lado. Então colocou um braço por trás dela e cruzou as pernas. As pernas dele eram extremamente finas, e ele parecia insignificante agora que havia tirado toda a roupa. Ele encostou seu rosto ao da senhorita Goering.

— Você acha que poderia me fazer um pouco feliz? — ele perguntou.

— Pelo amor de Deus — replicou ela, sentada de costas eretas —, eu pensei que você tivesse superado isso.

— Bom, nenhum homem pode realmente ver o futuro, sabe. — Ele contraiu os olhos e tentou beijá-la.

— E aquela mulher — disse ela —, Belle, que não tinha braços nem pernas?

— Por favor, querida, não vamos discutir isso agora. Pode me fazer esse favor? — Seu tom era um tanto desdenhoso, mas sua voz denotava excitação. Ele continuou: — Agora me diga do que você gosta. Você sabe... eu não perdi todo o meu tempo nesses dois anos. Existem umas coisinhas de que me orgulho.

A senhorita Goering tinha um ar grave. Considerava aquela proposta muito seriamente, porque suspeitava que, se a aceitasse, seria muito mais difícil para ela encerrar suas excursões, caso se animasse muito a isso. Até bem pouco tempo, nunca se arriscara a se afastar tanto em ação do que julgasse moralmente correto. Não aprovava muito essa sua fraqueza mas, até certo ponto, era sensata e feliz o suficiente para se proteger de forma automática. Entretanto, estava um pouco tonta, e a sugestão de Andy a atraía. "Temos que admitir que um certo grau de negligência na nossa natureza muitas vezes alcança o que a vontade não consegue", ela disse a si mesma.

Andy olhou para a porta do quarto. Seu humor mudara subitamente, e ele parecia confuso. "Isso não significa que ele não seja um libertino", pensou a senhorita Goering. Ele levantou-se e andou pela sala. Por fim, tirou uma vitrola antiga de trás do sofá. Levou um bom tempo tirando a poeira do aparelho e pegando algumas agulhas que estavam espalhadas por ali e sob o toca-discos. Ao se ajoelhar sobre o instrumento, ele ficou tão absorto no que estava fazendo que seu rosto tomou um aspecto quase simpático.

— É um aparelho antigo — comentou ele em voz baixa. — Eu o adquiri há muito tempo.

A vitrola era pequena e muito antiquada, e se a senhorita Goering fosse sentimental, teria ficado um pouco triste observando-o; no entanto, ela começava a se impacientar.

— Não estou ouvindo nada do que está dizendo — ela gritou para ele num tom de voz desnecessariamente alto.

Ele se levantou sem lhe dar resposta e dirigiu-se a seu quarto. Quando voltou, usava de novo seu roupão e segurava um disco na mão.

— Você vai me achar um tolo — ele disse —, perdendo tanto tempo com esse aparelho quando tudo o que tenho para você é este disco. É uma marcha; veja. — Ele o entregou a ela para que pudesse ler o título da música e o nome da banda que a tocava.

— Talvez — continuou ele — não queira ouvir isso. Muita gente não gosta de marcha.

— Não, coloque-o para tocar — disse a senhorita Goering. — Vou gostar muito, de verdade.

Ele pôs o disco e sentou-se na beira de uma cadeira bem desconfortável, a uma boa distância da senhorita Goering. O som estava alto demais, e a marcha era Washington Post. Ela se sentiu pouco à vontade como alguém que escuta uma música de parada numa sala silenciosa. Andy parecia estar gostando e marcava o ritmo com o pé durante todo o tempo que o disco tocou. Mas quando a música acabou ele parecia estar ainda mais confuso do que antes.

— Você gostaria de ver o apartamento? — perguntou ele.

A senhorita Goering pulou do sofá rapidamente antes que ele mudasse de ideia.

— Uma costureira morava neste apartamento antes de mim, então meu quarto é mulherzinha demais para um homem.

Ela o seguiu e entrou no quarto com ele. Ele havia arrumado muito mal a cama, e as fronhas dos dois travesseiros estavam cinzentas e amassadas. Sobre a cômoda havia fotografias de diversas moças, todas elas muito simples e sem graça. Para a senhorita Goering, elas pareciam mais do tipo de moça frequentadora de igrejas do que de amantes de um solteirão.

— São moças bonitas, não são? — observou Andy.

— Muito bonitas — disse ela —, lindas.

— Nenhuma dessas moças mora nesta cidade — ele disse. — Elas moram em cidades diferentes nas adjacências. As moças aqui são mantidas em casa e não gostam de solteirões da minha idade. Eu até entendo. De vez em quando, eu levo uma das moças dos retratos para sair, quando me dá vontade. Eu até mesmo me sento na sala delas à noite, com os pais em casa. Mas elas não me visitam muito, posso lhe dizer isso.

A senhorita Goering estava cada vez mais confusa, porém não lhe fez mais perguntas, porque de repente se sentiu cansada.

— Eu acho que já vou indo — disse ela, balançando-se um pouco sobre os pés. Ela percebeu de imediato que havia sido grosseira e indelicada e viu Andy ficando tenso. Ele colocou os punhos nos bolsos.

— Bem, você não pode ir agora — ele disse a ela. — Fique um pouco mais, e eu faço um café para você.

— Não, não, eu não quero café. De qualquer forma, eles vão ficar preocupados comigo em casa.

— Quem são eles? — Andy perguntou a ela.

— Arnold, o pai de Arnold e a senhorita Gamelon.

— Para mim, isso soa como uma multidão — disse ele. — Eu não suportaria morar com esse bando de gente.

— Eu adoro — disse a senhorita Goering.

Ele a abraçou e tentou beijá-la, mas ela se afastou.

— Não, sinceramente, estou muito cansada.

— Está bem — disse ele —, está bem! — Sua testa estava profundamente contraída, e ele parecia muito infeliz. Andy tirou o roupão novamente e deitou-se na cama. Ficou lá com o lençol puxado até o pescoço, seus pés tremendo, olhando para o teto como se estivesse com febre. Havia uma lâmpada suave acesa na mesinha de cabeceira, que brilhava diretamente no rosto dele, de modo que a senhorita Goering podia distinguir muitas linhas de expressão que ela não notara antes. Ela se aproximou da cama e inclinou-se sobre ele.

— O que está havendo? — ela perguntou. — Foi uma noite muito agradável e precisamos dormir um pouco.

Ele riu na cara dela.

— Você é louca — ele disse — e com certeza não sabe nada sobre as pessoas. Mas eu estou bem aqui. — Ele puxou o lençol mais para cima e continuou deitado respirando forte. — A barca das cinco horas sai daqui a meia hora. Você volta amanhã à noite? Eu vou estar naquele bar que eu estava hoje.

Ela prometeu que voltaria na noite seguinte, e depois de ele lhe explicar como chegar ao cais, abriu a janela para Andy e saiu.

A senhorita Goering havia estupidamente esquecido de levar a chave e foi obrigada a bater à porta para entrar em casa. Bateu duas vezes e quase de imediato ouviu alguém descer correndo a escada. Ela sabia que era Arnold, mesmo antes de ele abrir a porta. Ele estava usando um paletó de pijama cor-de-rosa e calças. Seus suspensórios estavam pendurados nos quadris. Sua barba havia crescido bastante para um período tão curto de tempo e ele parecia mais desleixado do que nunca.

— O que é que está havendo com você, Arnold? — disse a senhorita Goering. — Você está com um aspecto horrível.

— Bom, passei uma péssima noite, Christina. Faz pouco tempo que botei Bubbles para dormir; ela está muito preocupada com você. Na verdade, eu acho que você não teve muita consideração conosco.

— Quem é Bubbles? — perguntou a senhorita Goering.

— Bubbles — disse ele — é como chamo a senhorita Gamelon.

— Bom — disse a senhorita Goering, entrando em casa e sentando-se em frente à lareira —, eu tomei a barca para o continente e me envolvi demais. Devo voltar amanhã à noite — ela acrescentou —, embora realmente eu não queira muito.

— Não sei por que você acha tão interessante e intelectual procurar uma nova cidade — disse Arnold, segurando o queixo com a mão e olhando para ela fixamente.

— Porque, até certo ponto, acho que a coisa mais difícil para mim é me deslocar de um lugar para o outro — disse a senhorita Goering.

— Espiritualmente — disse Arnold, tentando falar num tom mais sociável —, espiritualmente eu sempre faço pequenas viagens e mudo toda a minha natureza a cada seis meses.

— Eu não acredito nisso nem por um minuto — disse a senhorita Goering.

— Não, não, é verdade. E lhe digo que penso que é pura tolice se deslocar fisicamente de um lugar para outro. Todos os lugares são mais ou menos iguais.

A senhorita Goering não fez nenhuma observação. Ela puxou o xale em volta dos ombros e por um instante pareceu, de fato, bem velha e muito triste.

Arnold começou a duvidar da validade do que acabara de dizer, e, naquele instante, resolveu fazer exatamente a mesma excursão da qual a senhorita Goering acabava de retornar, na noite seguinte. Ele ficou sério e tirou do bolso uma caderneta de anotações.

— Agora, você pode me dizer em detalhes como chegar ao continente? — pediu Arnold. — A que horas o trem sai, coisa assim.

— Por que quer saber? — perguntou a senhorita Goering.

— Porque eu mesmo vou lá amanhã de noite. Eu imaginava que a essa altura você já tivesse desconfiado.

— Não, julgando pelo que você acabou de me dizer, eu não teria desconfiado.

— Bom, eu falo de uma maneira —disse Arnold —, mas no fundo sou um louco igualzinho a você.

— Eu gostaria de ir ver o seu pai — disse a senhorita Goering.

— Acho que ele está dormindo. Espero que recupere o bom-senso e volte para casa — disse Arnold.

— Bom, eu espero o contrário — disse a senhorita Goering. — Fiquei muito apegada a ele. Vamos lá em cima, só para dar uma olhada no quarto dele.

Subiram juntos, e a senhorita Gamelon foi juntar-se a eles no patamar da escada. Os olhos dela estavam inchados, e ela estava enrolada num pesado roupão de lã.

Ela começou a falar com a senhorita Goering com uma voz rouca de sono.

— Se fizer isso de novo, nunca mais verá Lucy Gamelon.

— Ora, Bubbles — disse Arnold —, lembre-se de que isso aqui não é uma família comum e você deve esperar certas excentricidades da parte dos seus internos. Está vendo chamei todos nós de internos.

— Arnold — disse a senhorita Gamelon —, não comece de novo. Você se lembra do que eu lhe disse hoje à tarde sobre falar tolices.

— Por favor, Lucy — disse Arnold.

— Venham, venham, vamos dar uma olhada no pai de Arnold — sugeriu a senhorita Goering.

A senhorita Gamelon os seguiu somente para continuar admoestando Arnold, o que fazia em voz baixa. A senhorita Goering abriu a porta. O quarto estava muito frio e ela percebeu, pela primeira vez, que já era dia claro. Tudo acontecera muito depressa, enquanto ela falava com Arnold na sala, mas lá era quase sempre escuro, por causa dos densos arbustos do lado de fora.

O pai de Arnold estava dormindo de costas. Seu rosto estava sereno, e ele respirava regularmente, sem roncar. A senhorita Goering balançou-o algumas vezes pelo ombro.

— A conduta nesta casa — disse a senhorita Gamelon — é o que se aproxima de criminosa. Agora você está acordando de madrugada um velho que precisa de seu sono. Até me dá um calafrio ficar aqui e ver em que você se transformou, Christina.

Finalmente o pai de Arnold acordou. Ele levou algum tempo até entender o que havia acontecido, mas quando entendeu, apoiou-se sobre os cotovelos e disse à senhorita Goering de bom humor:

— Bom dia, senhora Marco Polo. Que belos tesouros trouxe do Oriente? Estou contente de vê-la, e se quiser que eu a acompanhe a algum lugar, estou pronto. — Ele caiu pesado de volta no travesseiro.

A senhorita Goering disse que falaria com ele mais tarde e que naquele momento precisava muitíssimo de um descanso. Eles deixaram o quarto e antes de fecharem a porta, o pai de Arnold já estava dormindo.

No patamar da escada, a senhorita Gamelon começou a chorar e enterrou o rosto no ombro da senhorita Goering por um instante. A senhorita Goering a abraçou forte e lhe pediu para não chorar. Então deu um beijo de boa-noite em Arnold e na senhorita Gamelon. Quando chegou a seu quarto, foi tomada de pânico por um momento, mas logo depois caiu num sono pesado.

•

Por volta das cinco e trinta da tarde seguinte, a senhorita Goering anunciou sua intenção de voltar naquela noite ao continente. A senhorita Gamelon estava de pé, costurando uma das meias de Arnold. Estava mais faceira do que de hábito, com um vestido de babado no decote e uma camada generosa de ruge na face. O homem idoso estava numa cadeira grande num canto lendo a poesia de Longfellow, às vezes em voz alta, às vezes para si mesmo. Arnold continuava com a mesma roupa da noite anterior, com exceção de um suéter que vestira por cima do paletó do pijama. Havia uma enorme mancha de café na frente de seu suéter, e as cinzas de seu cigarro haviam se espalhado sobre seu tórax. Ele estava deitado no sofá meio adormecido.

— Você só volta lá por cima do meu cadáver — disse a senhorita Gamelon. — Por favor, Christina, tenha juízo, e vamos passar uma noite agradável juntos.

A senhorita Goering suspirou.

— Bem, você e Arnold podem passar uma noite perfeitamente agradável juntos, sem mim. Desculpem. Eu adoraria ficar, mas acho que preciso ir.

— Você me deixa louca com essa conversa misteriosa — disse a senhorita Gamelon. — Se ao menos algum membro da sua família estivesse aqui! Por que não telefonamos pedindo um táxi — disse ela esperançosa — e vamos até a cidade? Podemos jantar comida chinesa e ir ao teatro depois, ou assistir a um filme, se você ainda estiver na sua veia sovina.

— Por que você e Arnold não vão à cidade, jantam comida chinesa e depois vão ao teatro? Terei prazer em tê-los como meus convidados, mas infelizmente não posso acompanhá-los.

Arnold ficava cada vez mais impaciente com a tranquilidade com que a senhorita Goering se descartava dele. Os modos dela também lhe davam uma péssima sensação de inferioridade.

— Desculpe, Christina — ele disse do sofá, — mas não tenho nenhuma intenção de jantar comida chinesa. Planejei o tempo todo fazer também uma pequena viagem ao continente do outro lado da ilha, e nada vai me impedir. Eu gostaria que você viesse comigo, Lucy; na verdade, não vejo por que não podemos ir todos juntos. Não faz o menor sentido Christina transformar esse passeio pelo continente num caso mórbido. Na verdade, isso é muito simples.

— Arnold! — A senhorita Gamelon falou gritando. — Você também está perdendo a cabeça, e se pensa que eu vou perder meu tempo a bordo de um trem e de uma barca para terminar numa espelunca, está duplamente louco. Bom, ouvi dizer que é uma cidadezinha violenta, além de ser lúgubre e sem absolutamente nada interessante.

— Ainda assim — disse Arnold, sentado com os dois pés plantados no chão — eu vou hoje à noite.

— Nesse caso — disse o pai de Arnold — eu vou também.

Secretamente, a senhorita Goering estava muito contente por eles estarem indo e não teve coragem de detê-los, embora achasse que seria a melhor coisa a fazer. Suas viagens seriam mais ou menos destituídas de valor moral a seus próprios olhos, se a acompanhassem, mas ela estava tão contente que se convenceu de que talvez permitisse isso somente desta vez.

— É melhor você vir também, Lucy — disse Arnold —; do contrário, vai ficar aqui sozinha.

— Ficarei perfeitamente bem, meu querido — disse Lucy. — Eu serei a única que vai sair dessa inteira. E será muito agradável ficar aqui sem nenhum de vocês.

O pai de Arnold deu um muxoxo, e a senhorita Gamelon deixou a sala.

Dessa vez, o pequeno trem estava lotado e havia uns meninos indo de um lado ao outro do corredor vendendo balas e frutas. O dia havia sido estranhamente quente e caiu uma chuva de curta duração, uma daquelas chuvas tão frequentes no verão, mas que raramente ocorrem no outono.

O sol estava se pondo e a chuva havia deixado um belo arco-íris, que só era visível para as pessoas que estavam sentadas do lado esquerdo do trem. Entretanto, a maioria dos passageiros que estava sentada no lado direito inclinava-se agora sobre os mais afortunados e também conseguia uma vista razoável do arco-íris.

Várias mulheres diziam em voz alta para as amigas o nome das cores que conseguiam distinguir. Todos no trem pareciam apreciar aquilo, exceto Arnold, que, agora caíra em si e sentia-se terrivelmente deprimido, em parte porque teve de abandonar seu sofá e considerar a possibilidade de enfrentar uma noite entediante, e em parte porque duvidava ser capaz de se reconciliar com Lucy Gamelon. Ela era o tipo de pessoa que podia ficar com raiva durante semanas, ele estava certo disso.

— Ah, eu acho isso muito, muito alegre — disse a senhorita Goering. — Esse arco-íris, esse poente e todas essas pessoas tagarelando como gralhas. Não acha isso alegre? — A senhorita Goering dirigia-se ao pai de Arnold.

— Ah, sim — respondeu ele. — É um verdadeiro tapete mágico.

A senhorita Goering olhou com atenção para o rosto dele, porque sua voz lhe soou um pouco triste. Ele, na verdade, parecia ligeiramente irrequieto. Olhava o tempo todo para os passageiros e ajeitava a gravata.

Eles por fim deixaram o trem e tomaram a barca. Ficaram todos juntos na proa, como a senhorita Goering fizera na noite anterior. Dessa vez, quando a barca atracou, a senhorita Goering ergueu a vista e não viu ninguém descendo a ladeira.

— Em geral — ela disse a eles, esquecendo-se de que fizera aquela viagem apenas uma vez —, essa ladeira é cheia de gente. Não consigo imaginar o que aconteceu com eles hoje.

— É uma ladeira íngreme — disse o pai de Arnold. — Não existe outra maneira de se chegar à cidade sem ter que subir essa ladeira?

— Não sei — disse a senhorita Goering. — Ela olhou para ele e notou que as mangas do casaco eram longas demais para ele. Na verdade, o casaco parecia um pouco grande para ele.

Embora não houvesse ninguém na ladeira indo para a barca ou voltando dela, a rua principal fervilhava de gente. O cinema estava todo iluminado e uma longa fila se formava em frente à bilheteira. Tinha havido obviamente um incêndio, porque três carros de bombeiros estavam estacionados num lado da rua, a poucos quarteirões do cinema. A senhorita Goering julgou não ter sido sério, pois não via nem traços de fumaça nem prédios queimados. Entretanto, os carros de bombeiro complementavam a animação da rua, pois havia muitos jovens aglomerados em torno deles fazendo piadas com os bombeiros que permaneceram nos carros. Arnold andava a passos rápidos, examinando cuidadosamente tudo na rua e fingindo estar muito perdido em suas impressões da cidade.

— Entendo o que quer dizer — ele disse à senhorita Goering —, é glorioso.

— O que é glorioso? — perguntou a senhorita Goering.

— Tudo isso. — Arnold calou-se subitamente. — Olhe, Christina, que bela vista! — Ele os fizera parar em frente a um terreno vazio entre dois edifícios. O terreno fora convertido numa quadra de basquete novíssima. A quadra era muito bem pavimentada com asfalto cinza e iluminada por quatro lâmpadas gigantescas cujo foco recaía sobre os jogadores e as cestas. Havia uma bilheteria a um lado da quadra, onde as pessoas compravam o direito de participar do jogo por uma hora. Os jogadores, em sua maioria, eram meninos pequenos. Havia vários homens uniformizados, e Arnold chegou à conclusão de que eles trabalhavam ali e completavam os times quando um número insuficiente de jogadores comprava os bilhetes para formar os dois times. Arnold ruborizou de prazer.

— Veja, Christina — disse ele —, vá em frente, enquanto eu tento participar; procuro você e papai depois.

Ela indicou o bar para Arnold, mas teve a impressão de que ele não estava prestando muita atenção ao que ela dizia. A senhorita Goering ficou ali com o pai de Arnold por um momento, e eles o viram correr para a bilheteria e passar o dinheiro pelo guichê. Quase de imediato, ele entrou na quadra, correndo de um lado para o outro, de casaco, e pulando no ar com os braços abertos. Um dos homens uniformizados apressara-se em sair para ceder seu lugar a Arnold. Mas agora o homem estava tentando desesperadamente atrair a atenção dele, porque ele deixara a bilheteria tão apressado que o agente não teve tempo de lhe dar a faixa colorida para o braço pela qual os jogadores distinguiam os participantes de seus times.

— Acho melhor seguirmos em frente — disse a senhorita Goering.
— Imagino que Arnold virá atrás de nós daqui a pouco.

Eles continuaram pela rua. O pai de Arnold, hesitou um momento diante da porta do bar.

— Que tipo de homem frequenta esse lugar? — perguntou ele.

— Ah — disse a senhorita Goering —, todo tipo de homem, eu suponho. Ricos, pobres, trabalhadores e banqueiros, criminosos e anões.

— Anões — repetiu o pai de Arnold, pouco à vontade.

Logo que entraram, a senhorita Goering avistou Andy. Ele estava bebendo no final do bar com o chapéu cobrindo-lhe um dos olhos. A senhorita Goering acomodou apressadamente o pai de Arnold numa mesa.

— Tire o casaco — ela disse — e peça uma bebida àquele homem por trás do balcão do bar.

Ela foi até Andy e lhe estendeu a mão. Ele tinha um ar ofensivo e esnobe.

— Olá — disse ele. — Decidiu voltar ao continente?

— Ora, é claro — respondeu a senhorita Goering. — Eu lhe disse que voltaria.

— Bom — disse Andy —, aprendi ao longo dos anos que isso não significa nada.

A senhorita Goering sentiu-se um pouco envergonhada. Ficaram lado a lado sem dizer uma palavra.

— Sinto muito — disse Andy —, mas não tenho sugestão nenhuma para hoje à noite. Há somente uma apresentação de cinema na cidade, e estão exibindo um filme muito ruim. — Ele pediu outra bebida e tomou toda de um gole só. Então girou o botão do rádio bem devagar até achar um tango.

— Bem, quer dançar comigo? — ele perguntou, parecendo mais animado.

A senhorita Goering fez que sim com a cabeça.

Ele a segurou bem ereta e a apertou tanto que ela se viu numa péssima posição e extremamente desconfortável. Ele dançou com ela num canto do bar.

— Bem — disse ele —, vai tentar me fazer feliz? Porque eu não tenho tempo a perder. — Ele a afastou de si e empertigou-se diante dela, com os braços soltos ao lado do corpo.

— Afaste-se um pouco mais, por favor — disse ele. — Olhe para seu homem com atenção e diga se quer ou não ficar com ele.

A senhorita Goering não via outra resposta a não ser um sim. Ele estava agora com a cabeça inclinada para um lado, olhando para ela como se tentasse não pestanejar, assim como fazem as pessoas quando vão tirar retratos.

— Muito bem — respondeu ela —, eu quero que você seja o meu homem. — Ela sorriu para ele carinhosamente, mas não estava pensando muito no que dizia.

Ele estendeu os braços para ela, e eles continuaram a dançar. Ele olhava por sobre a cabeça dela com muito orgulho e sorria só um pouco. Quando terminaram a dança, a senhorita Goering, preocupada, lembrou-se que o pai de Arnold tinha ficado sozinho à mesa todo esse tempo. Ela lamentava duplamente, porque ele parecia ter ficado triste e muito envelhecido desde que eles tomaram o trem, de tal modo que quase não parecia o homem excêntrico e bem-humorado que havia sido durante aqueles poucos dias na casa da ilha ou mesmo o cavalheiro intolerante que parecera à senhorita Goering quando se conheceram pela primeira vez.

— Meu Deus, preciso apresentar você ao pai de Arnold — ela disse a Andy. — Venha por aqui comigo.

Ela sentiu ainda mais remorso quando chegou à mesa, porque o pai de Arnold ficara lá o tempo todo sem ter pedido uma bebida.

— O que foi que houve? — perguntou a senhorita Goering, sua voz elevando-se no ar como a de uma mãe agitada. — Por que não pediu uma bebida para o senhor?

O pai de Arnold olhou ao seu redor furtivamente.

— Não sei — disse ele —, não tive vontade.

Ela apresentou os dois homens, e eles se sentaram juntos. O pai de Arnold perguntou a Andy educadamente se ele morava naquela cidade e qual era o ramo de trabalho dele. Durante o curso da conversa, eles descobriram que não somente haviam nascido na mesma cidade, mas tinham, apesar da diferença de idade, também morado lá na mesma época, sem jamais ter-se cruzado. Andy, ao contrário da maioria das pessoas, não mostrou-se mais animado quando os dois descobriram esse fato.

— Sim — ele respondeu sem entusiasmo as perguntas do pai de Arnold. — Eu morei lá em 1920.

— Então, com certeza — disse o pai de Arnold endireitando-se na cadeira —, com certeza você conheceu a família McLean. Eles moravam no alto do morro. Tinham sete filhos, cinco meninas e dois meninos. Todos eles, como você deve se lembrar, tinham um cabelo de um vermelho vivíssimo.

— Eu não conheci essa família — disse Andy baixinho, começando a ficar vermelho.

— Isso é muito estranho — disse o pai de Arnold. — Então você deve ter conhecido Vincent Connelly, Peter Jacketson e Robert Bull.

— Não — observou Andy —, não conheci. — Seu bom humor pareceu desaparecer completamente.

— Eles — disse o pai de Arnold — controlavam os principais negócios da cidade. — Ele estudou a expressão de Andy com atenção.

Andy abanou a cabeça uma vez mais e olhou para o vazio.

— Riddleton? — perguntou abruptamente o pai de Arnold.

— O quê? — disse Andy.

— Riddleton, presidente do banco.

— Bem, não exatamente — respondeu Andy.

O pai de Arnold reclinou-se no banco e suspirou.

— Onde você morou? — perguntou, por fim, a Andy.

— Eu — respondeu Andy — morei no fim da rua Parliament com a avenida Byrd.

— Aquela vizinhança era terrível, antes de eles começarem a derrubar tudo, não era? — comentou o pai de Arnold, seus olhos cheios de lembranças.

Andy empurrou a mesa grosseiramente para o lado e dirigiu-se depressa para o bar.

— Ele não conheceu nenhuma das pessoas decentes em toda a cidade — disse o pai de Arnold. — Parliament e Byrd eram o setor...

— Por favor — disse a senhorita Goering. — Olhe, o senhor o insultou. Que vergonha, porque nenhum dos dois se importa com esse tipo de coisa! Que diabinho terrível tomou conta de vocês?

— Eu não acho que ele tenha bons modos, e ele claramente não é o tipo de homem com quem eu esperaria que você se envolvesse.

A senhorita Goering estava um pouco irritada com o pai de Arnold, mas em vez de reclamar com ele, foi juntar-se a Andy e consolá-lo.

— Por favor, não ligue para ele — disse ela. — Ele é realmente um velhinho maravilhoso e bastante poético. É só que nesses últimos dias ele tem passado por mudanças radicais na vida, e acho que ele está sentindo a pressão agora.

— Poético, é? — retrucou Andy. — Ele é um velho metido a besta. É isso o que ele é. — Andy estava realmente com muita raiva.

— Não — replicou a senhorita Goering —, ele não é um velho metido a besta.

Andy terminou sua bebida e dirigiu-se cambaleante ao pai de Arnold com as mãos nos bolsos.

— Você é um velho metido a besta! — Andy disse a ele. — Um velho inútil metido a besta!

O pai de Arnold deslizou pelo banco e levantou-se de olhos baixos e foi em direção à porta.

A senhorita Goering, que ouvira o comentário de Andy, saiu depressa atrás dele, mas sussurrou ao ouvido de Andy, ao passar por ele, que pretendia voltar logo.

Quando estavam lá fora, eles se recostaram juntos num poste de luz. A senhorita Goering viu que o pai de Arnold estava tremendo.

— Em toda a minha vida nunca sofri essa grosseria — disse ele. — Esse homem é pior do que um cachorro de sarjeta.

— Bom, eu não daria importância a isso — disse a senhorita Goering. — Ele estava só de mau humor.

— Mau humor? — repetiu o pai de Arnold. — Ele é o tipo de bruto mal vestido que cada vez mais habita o mundo hoje.

— Ora, vamos — disse a senhorita Goering —, isso não leva a nada. O pai de Arnold olhou para a senhorita Goering. O rosto dela estava muito bonito naquela noite em particular, e ele suspirou arrependido.

— Eu imagino — disse ele — que esteja profundamente decepcionada comigo, a seu próprio modo, e que você seja capaz de ter respeito em seu coração por ele, enquanto é incapaz de encontrar nesse mesmo coração respeito por mim. A natureza humana é misteriosa e belíssima, mas lembre-se de que há certos sinais infalíveis que eu, como um homem mais velho, aprendi a reconhecer. Eu não confiaria demais nesse homem. Eu amo você, minha querida, de todo o meu coração, você sabe.

A senhorita Goering ficou em silêncio.

— Você é muito querida — ele disse após um instante, apertando a mão dela.

— Bom — disse ela —, o senhor gostaria de voltar para o bar, ou acha que já chega?

— Seria literalmente impossível para mim voltar para o bar, mesmo se eu tivesse a mínima vontade. Acho melhor eu ir embora. Você não vem comigo, não é, minha querida?

— Sinto muito — disse a senhorita Goering —, mas infelizmente esse foi um compromisso anterior. Quer que eu o acompanhe até a quadra de basquete? Talvez, a essa altura, Arnold tenha se cansado de seu jogo. Se não, o senhor pode sentar e assistir ao jogo um pouco.

— Sim, seria muita delicadeza sua — disse o pai de Arnold com uma voz tão triste que quase despedaçou o coração da senhorita Goering.

Logo chegaram à quadra de basquete. As coisas haviam mudado muito. A maioria dos meninos pequenos havia deixado o jogo, e muitos rapazes e moças tomaram o lugar deles e dos guardas. As moças riam alto, e um grande número de pessoas havia se aglomerado para ver os jogadores. Depois de observarem por um minuto, a senhorita Goering e o pai de Arnold perceberam que toda aquela alegria era causada pelo próprio Arnold. Ele havia tirado o casaco e o suéter, para surpresa dos dois, ainda estava usando o paletó do pijama. Ele o puxara para fora das calças a fim de parecer mais ridículo. A senhorita Goering e o pai de Arnold o viram atravessar a quadra correndo com a bola nos braços, rugindo como um leão. Quando chegou a uma posição estratégica, entretanto, em vez de passar a bola para outro membro do time, ele meramente deixou-a cair na quadra entre seus pés e passou a dar marradas no estômago de um dos adversários como um carneiro. A multidão gargalhava. Os guardas uniformizados estavam particularmente alegres porque aquilo era uma quebra agradável e inesperada na rotina da noite. Eles estavam todos enfileirados, com um largo sorriso nos lábios.

— Vou ver se acho uma cadeira para o senhor — disse a senhorita Goering. Ela voltou logo depois e conduziu o pai de Arnold a uma cadeira dobrável que um dos guardas havia atenciosamente colocado em frente à bilheteria. O pai de Arnold sentou-se e bocejou.

— Tchau — disse a senhorita Goering. — Tchau, querido, e espere aqui até Arnold terminar o jogo.

— Mas espere um momento — disse o pai de Arnold. — Quando você vai voltar para a ilha?

— Talvez eu não volte — ela respondeu. — Talvez eu não volte logo, mas vou providenciar para que a senhorita Gamelon receba dinheiro suficiente para cuidar da casa e da comida.

— Mas eu com certeza preciso ver você. Essa não é uma maneira muito humana de se ir embora.

— Bom, venha comigo um minuto — disse a senhorita Goering, segurando a mão dele e puxando-o com dificuldade para a calçada em meio a toda aquela gente.

O pai de Arnold protestou, dizendo que não voltaria ao bar nem por um milhão de dólares.

— Eu não estou levando o senhor para o bar. Não seja tolo — disse ela. — Agora, está vendo aquela sorveteria do outro lado da rua? — Ela apontou para uma lojinha branca quase em frente a eles. — Se eu não voltar, o que é muito provável, pode me encontrar ali no domingo de manhã? Daqui a oito dias, às onze horas da manhã.

— Estarei lá daqui a oito dias — respondeu o pai de Arnold.

•

Quando ela voltou com Andy para o apartamento dele naquela noite, notou que havia três rosas de hastes longas sobre uma mesa próxima ao sofá.

— Que flores lindas! — ela exclamou. — Isso me faz lembrar que a minha mãe teve o jardim mais bonito num raio de quilômetros da nossa casa. Ela ganhou muitos prêmios com as rosas dela.

— Bem — disse Andy —, ninguém em minha família ganhou prêmio com uma rosa, mas eu comprei essas para você caso você viesse.

— Estou profundamente emocionada — ela disse.

•

A senhorita Goering estava vivendo com Andy fazia oito dias. Ele continuava muito nervoso e tenso, mas de modo geral parecia bem mais otimista. Para surpresa da senhorita Goering, no segundo dia ele começou a falar nas possibilidades de negócios na cidade. Surpreendeu-a bastante ver que ele sabia os nomes das famílias mais importantes da comunidade e, mais ainda, que ele estava familiarizado com certos detalhes relativos à vida particular deles. No sábado à noite, ele anunciou à senhorita Goering sua intenção de ter uma reunião de negócios na manhã seguinte com o senhor Bellamy, o senhor Schlaegel e o senhor Dockerty. Esses homens controlavam a maior parte das transações imobiliárias não só na cidade como também em várias cidades vizinhas. Além desses negócios eles também tinham muitas das fazendas nos arredores. Ele estava muito animado quando lhe contou seus planos, que consistiam principalmente em vender os prédios que possuía na cidade, pelos quais já recebera uma oferta de uma pequena quantia, e comprar uma participação nesses negócios.

— Eles são os três homens mais espertos da cidade — disse ele —, mas não são gângsteres. Pertencem às melhores famílias daqui, e eu acho que seria bom para você também.

— Isso é o tipo de coisa que não me desperta o mínimo interesse — disse a senhorita Goering.

— Bom, naturalmente, eu não esperaria que isso interessasse a você nem a mim — disse Andy —, mas você tem que admitir que estamos vivendo no mundo, a menos que queiramos viver como crianças sem juízo, ou lunáticos fugidos de um hospício, ou algo assim.

Há vários dias, ficara claro para a senhorita Goering que Andy não se considerava mais um vagabundo. Isso a teria deixado muito satisfeita se ela estivesse interessada em corrigir os amigos, mas infelizmente ela só estava interessada no rumo que dera à sua vida a fim de conseguir sua própria salvação. Ela gostava de Andy, mas durante as duas últimas noites sentira uma grande vontade de deixá-lo. Isso se devera muito ao fato de que uma pessoa desconhecida havia começado a frequentar o bar.

Esse recém-chegado tinha proporções de um mamute, e nas duas vezes que ela o vira ele usava um enorme sobretudo bem talhado e obviamente de um tecido muito caro. Ela vira seu rosto uma ou duas vezes de relance, mas o que vira a deixara tão assustada que não conseguia pensar em outra coisa há dois dias.

Esse homem, eles haviam notado, chegara ao bar num carro grande e muito bonito que lembrava mais um carro funerário do que um automóvel particular. A senhorita Goering o examinara um dia enquanto ele bebia no bar. Parecia quase novo em folha. Ela e Andy espiaram pelo vidro e ficaram surpresos de ver muita roupa suja no piso do carro. A grande preocupação da senhorita Goering agora era saber que caminho seguir, caso o recém-chegado quisesse fazê-la sua amante por algum tempo. Tinha quase certeza de que ele iria querer, porque diversas vezes o pegara olhando para ela de uma forma que aprendera a reconhecer. Sua única esperança era de que o homem desaparecesse antes de ela ter uma oportunidade de se aproximar dele. Se ele desaparecesse, ela ficaria livre e, portanto, poderia passar um pouco mais de tempo com Andy, que agora parecia ter-se libertado de seu ar sinistro de tal maneira que ela começava a implicar com ele por pequenas coisas da forma que se faz com um irmão mais novo.

No domingo de manhã, quando a senhorita Goering acordou, encontrou Andy de manga de camisa, espanando as mesinhas na sala de estar.

— O que é isso? — ela perguntou. — Por que está tão alvoroçado como uma noiva?

— Não está lembrada? — ele perguntou, parecendo ofendido. — Hoje é o grande dia... o dia da reunião. Eles estão vindo para cá bem cedo, todos os três. Esses homens de negócio vivem como sabiás. Será que você — ele perguntou —, será que você não poderia deixar esta sala um pouco mais bonita? Todos têm esposa, sabe, e, mesmo que não sejam capazes de dizer que diabo há nas suas próprias salas de visitas, as mulheres têm bastante dinheiro para gastar em pequenos enfeites, e os olhos deles provavelmente estão acostumados a ver ambientes espalhafatosos.

— Bom, esta sala é horrorosa, Andy, e eu não vejo nada que possa melhorá-la.

— É, eu acho mesmo que é horrível. Nunca reparei muito nisso.

— Andy pôs um terno azul-marinho e penteou os cabelos muito bem, passando um pouco de brilhantina. Então começou a andar de um lado para o outro com as mãos nos bolsos. O sol entrava pela janela, e o radiador fazia um ruído irritante ao mesmo tempo que aquecia demais o ambiente, como fizera constantemente, desde que a senhorita Goering havia chegado.

O senhor Bellamy, o senhor Schlaegel e o senhor Dockerty haviam recebido a carta de Andy e estavam subindo a escada, tendo concordado com a reunião mais por curiosidade e pelo velho hábito de nunca deixarem escapar uma oportunidade do que por acreditarem realmente que sua visita seria proveitosa. Quando sentiram nos corredores o terrível mau cheiro de comida barata sendo cozida, colocaram as mãos sobre a boca para não rirem muito alto e encenaram um retorno à escada. No entanto, não se importaram muito, porque era domingo, e eles prefeririam estar juntos a passar o dia com as famílias, então continuaram e bateram à porta de Andy. Andy enxugou as mãos rapidamente porque estavam suadas e correu para abrir a porta. Ele os recebeu e cumprimentou cada um vigorosamente antes de convidá-los a entrar.

— Eu sou Andrew McLane — ele se apresentou — e sinto muito não termos nos conhecido antes. — Ele os acompanhou para dentro da sala, e os três homens perceberam de imediato que iria ficar insuportavelmente quente. O senhor Dockerty, o mais agressivo de todos, virou-se para Andy.

— Você se importaria de abrir a janela, amigo? — ele disse em voz alta. — Está um forno aqui dentro.

— Ah — disse Andy, ruborizando —, eu devia ter pensado nisso. — Ele foi até a janela e a abriu.

— Como você aguenta isso, amigo? — perguntou o senhor Dockerty. — Estão tentando chocar alguma coisa aqui?

Os três homens formaram um pequeno grupo e ficaram próximos ao sofá; pegaram então charutos, os quais examinaram juntos expondo suas opiniões.

— Dois de nós vamos nos sentar neste sofá, amigo — disse o senhor Dockerty —, e o senhor Schlaegel pode sentar-se nesta pequena poltrona. Agora, onde é que você vai se sentar?

O senhor Dockerty concluíra quase imediatamente que Andy era um bobo e resolveu assumir o controle da situação. Isso deixou Andy tão desconcertado que ele ficou olhando para os três homens sem dizer uma palavra.

— Venha — disse o senhor Dockerty pegando uma cadeira no canto da sala e colocando-a ao lado do sofá —, venha sentar-se aqui.

Andy sentou em silêncio e ficou mexendo com os dedos.

— Diga-me — disse o senhor Bellamy, que era um pouco mais delicado e gentil do que os outros dois. — Diga-me, há quanto tempo mora aqui?

— Moro aqui há dois anos — disse Andy desanimado.

Os três homens pensaram um pouco sobre isso.

— Bom — disse o senhor Bellamy —, e nos diga o que fez nesses três anos.

— Dois anos — corrigiu Andy.

Andy havia preparado uma longa história para lhes contar, porque suspeitava que eles pudessem lhe fazer perguntas sobre sua vida pessoal para se certificar do tipo de homem com quem estavam lidando, e havia concluído que não seria uma atitude sábia admitir que ele não havia feito absolutamente nada nos últimos dois anos. Porém imaginara que a reunião seria conduzida numa base muito mais cordial. Supusera que os homens ficariam satisfeitos de terem encontrado alguém que estivesse disposto a aplicar um pouco de dinheiro em seu negócio, e estariam mais do que ansiosos para crer que ele era um cidadão honesto e trabalhador. Agora, no entanto, ele se sentia investigado e tratado como um tolo. Mal conseguia controlar seu desejo de sair correndo da sala.

— Nada — disse ele, evitando olhar para eles —, nada.

— Sempre me surpreende — disse o senhor Bellamy — como as pessoas conseguem ter tempo livre, se elas têm mais tempo do que precisam. Agora quero dizer que nosso negócio já existe há trinta e dois anos. Durante esse tempo, não houve um único dia sem que eu tivesse pelo menos treze ou catorze coisas para fazer. Isso pode parecer um pouco de exagero para você, ou talvez até muito, mas não é exagero, é verdade. Em primeiro lugar, visito pessoalmente todas as casas da nossa lista. Verifico o encanamento e o esgoto, e coisas desse tipo. Vejo se a casa está sendo bem cuidada e também faço visitas em todos os tipos de clima para verificar como elas reagem durante uma tempestade ou uma nevasca. Sei exatamente a quantidade de carvão necessária para aquecer cada casa da nossa lista. Falo diretamente com nossos clientes e tento influenciá-los quanto ao preço que estão pedindo pela casa, quando tentam alugá-la ou vendê-la. Por exemplo, se estiverem pedindo um valor que eu sei que é muito alto porque consigo compará-lo com todos os preços do mercado, tento persuadi-los a abaixarem um pouco o preço para que fiquem mais próximos à média. Se, por outro lado, são eles que estão cobrando um preço muito baixo e eu sei...

Os outros dois homens estavam ficando um pouco aborrecidos. Via-se facilmente que o senhor Bellamy era o menos importante dos três, embora fosse ele quem facilmente realizava todo o trabalho entediante. O senhor Schlaegel o interrompeu.

— Bem, meu amigo — ele disse a Andy —, diga de que se trata essa reunião. Na sua carta, você disse que teria algumas sugestões que achava que poderiam trazer benefícios tanto para nós quanto para você, claro.

Andy levantou-se da cadeira. Ficou evidente para os homens que ele estava sob grande tensão, então redobraram a guarda.

— Por que vocês não voltam numa outra ocasião? — apressou-se em dizer Andy. — Então eu vou ter pensado mais claramente.

— Não tenha pressa, não tenha pressa, agora, amigo — disse o senhor Dockerty. — Estamos todos juntos aqui e não há razão por que não possamos discutir o assunto agora mesmo. Não moramos na cidade, sabe. Moramos a vinte minutos daqui em Fairview. Na verdade, nós mesmos desenvolvemos Fairview.

— Bom — disse Andy —, voltando e sentando-se na ponta da cadeira —, eu tenho uma pequena propriedade.

DUAS DAMAS DE RESPEITO 175

— Onde é isso? — perguntou o senhor Dockerty.
— É um prédio na cidade, bem afastado, próximo ao cais. — Ele deu ao senhor Dockerty o nome da rua e depois ficou mordendo os lábios. O senhor Dockerty não disse nada.

— Sabe — continuou Andy —, eu pensei que poderia ceder os direitos sobre esse edifício à corporação em troca de uma participação em seu negócio... pelo menos o direito de trabalhar para a firma e obter minha participação nas vendas que eu fizer. Eu não precisaria ter direitos iguais aos senhores imediatamente, é claro, mas penso que poderíamos discutir esses detalhes mais tarde, se tivessem interesse.

O senhor Dockerty fechou os olhos e depois de algum tempo dirigiu-se ao senhor Schlaegel.

— Eu conheço a rua de que ele está falando — disse ele. O senhor Schaegel abanou a cabeça e fez uma careta. Andy olhou para os sapatos.

— Há muito tempo — disse o senhor Dockerty, ainda dirigindo-se ao senhor Schlaegel —, há muito tempo, os prédios daquele distrito têm se arrastado no mercado. Mesmo como favelas eles são muito ruins, e o lucro de qualquer um deles mal dá para cobrir as despesas. Isso é porque, como você se lembra, Schlaegel, não há meios de transporte a uma distância conveniente e é cercado por peixarias.

— Além disso — continuou o senhor Dockerty, voltando-se para Andy —, temos em nosso contrato uma cláusula que proíbe a admissão de mais homens, exceto por um salário básico fixo e, meu amigo, há uma lista tão longa como o meu braço esperando por um trabalho em nossos escritórios, caso haja uma vaga. Eles estão com as línguas de fora na expectativa de qualquer trabalho que ofereçamos. Bons rapazes também, muitos deles recém-saídos da faculdade, loucos para trabalhar e pôr em prática todos os truques modernos de venda que aprenderam. Conheço algumas das famílias pessoalmente e sinto não poder ajudar esses rapazes mais do que sou capaz.

Nesse exato momento, a senhorita Goering entrou na sala.

— Estou uma hora ou duas atrasada para meu encontro com o pai de Arnold — ela gritou olhando para trás quando já estava à porta. — Até mais tarde.

Andy levantara-se e estava olhando pela janela com as costas para os três homens. Suas escápulas tremiam.

— Aquela era a sua mulher? — perguntou o senhor Dockerty.

Andy não respondeu, mas em poucos segundos o senhor Dockerty repetiu a pergunta, principalmente porque ele suspeitava que não era a esposa de Andy, e ele estava ansioso para saber se havia adivinhado corretamente. Ele chutou o pé do senhor Schlaegel e eles piscaram um para o outro.

— Não — respondeu Andy, virando-se e revelando um rosto ruborizado. — Não, ela não é minha esposa. É minha namorada. Está morando aqui comigo faz quase uma semana. Há algo mais que vocês, homens, queiram saber?

— Escute aqui, amigo — disse o senhor Dockerty —, não há motivo para ficar exaltado. Ela é uma mulher bonita, muito bonita, e se está irritado por causa da nossa conversinha sobre negócios, não há razão para isso também. Explicamos tudo a você claramente, como três amigos. — Andy olhou pela janela.

— Sabe — disse o senhor Dockerty — há outros trabalhos que pode conseguir que são muito mais adequados para você e sua formação e que podem terminar o deixando mais feliz. Pergunte à sua namorada se isso não é verdade. — Andy continuou sem responder a eles.

— Há outros trabalhos — o senhor Dockerty aventurou-se em repetir, mas como ainda não havia respostas de Andy, ele deu de ombros, levantou-se com dificuldade do sofá e endireitou seu colete e seu casaco. Os outros fizeram o mesmo. Então os três despediram-se educadamente, com Andy ainda de costas, e deixaram a sala.

•

O pai de Arnold estava sentado na sorveteria já fazia uma hora e meia quando a senhorita Goering finalmente chegou apressada. Ele parecia completamente desconsolado. Não lhe ocorreu comprar uma revista para ler e não havia ninguém no local para quem olhar, porque ainda era cedo, e as pessoas em geral só iam lá à tarde.

— Ah, sinto muito, querido, o senhor nem imagina — disse a senhorita Goering, segurando ambas as mãos dele e levando-as aos lábios. Ele usava luvas de lã.

— Essas suas luvas lembram muito minha infância — continuou a senhorita Goering.

— Tenho sentido frio nesses últimos dias — disse o pai de Arnold —, então a senhorita Gamelon foi até a cidade e comprou essas luvas para mim.

— Bom, e como vão as coisas?

— Eu lhe conto daqui a pouco — disse o pai de Arnold —, mas quero saber se você está bem, minha querida, e se pretende voltar para a ilha.

— Eu... eu acho que não — respondeu a senhorita Goering —, não por um bom tempo.

— Bem, preciso lhe contar as várias mudanças que aconteceram em nossas vidas, e espero que você não as considere drásticas demais, nem súbitas, e nem revolucionárias, ou como queira chamá-las.

A senhorita Goering sorriu timidamente.

— Sabe — ele continuou —, tem ficado cada vez mais frio na casa nestes últimos dias. A senhorita Gamelon anda muito resfriada, devo admitir, e também, como você sabe, desde o início, ela tem se submetido a um terrível teste com aqueles utensílios de cozinha antiquados. Agora, Arnold não se importa com nada, se tiver o suficiente para comer, mas recentemente a senhorita Gamelon se recusou a pôr os pés na cozinha.

— Agora, o que foi que realmente aconteceu? Ande logo e me conte — apressou a senhorita Goering.

— Eu não consigo ir mais rápido do que isso — disse o pai de Arnold. — Agora, outro dia, Adele Wyman, uma velha colega de escola de Arnold, encontrou-se com ele na cidade, e eles tomaram um café juntos. Durante a conversa, Adele mencionou que estava morando numa casa para duas famílias na ilha e que gostava do lugar, mas estava muito preocupada com quem ia se mudar para a outra metade.

— Bom, então, devo supor que eles se mudaram para essa casa e estão morando lá?

— Eles se mudaram para lá até você voltar — disse o pai de Arnold.

— Felizmente, parece que você não tinha renovado o aluguel da casinha; portanto, como estava no fim do mês, eles se sentiram livres para se mudar. A senhorita Gamelon quer saber se você vai mandar os cheques do aluguel da casa nova. Arnold se ofereceu para pagar a diferença, que é bem pequena.

— Não, não, isso não é necessário. Há mais alguma novidade? — perguntou a senhorita Goering.

— Bem, talvez você se interesse em saber — disse o pai de Arnold — que decidi voltar para a minha mulher e para minha casa original.

— Por quê? — perguntou a senhorita Goering.

— Uma combinação de circunstâncias, inclusive o fato de que estou velho e com vontade de ir para casa.

— Oh, meu Deus — disse a senhorita Goering —. é uma pena ver as coisas se desintegrarem dessa forma, não é?

— É, minha querida, é uma pena, mas eu vim aqui para lhe pedir um favor além de ter vindo porque amo você e queria me despedir.

— Eu faço qualquer coisa que estiver ao meu alcance pelo senhor — disse a senhorita Goering.

— Bom — disse o pai de Arnold —, eu gostaria que você lesse essa carta que escrevi para a minha mulher. Quero enviar para ela e então voltar no dia seguinte para a minha casa.

— Claro — disse a senhorita Goering. Ela notou que havia um envelope sobre a mesa em frente ao pai de Arnold. Ela o apanhou.

Querida Ethel [ela leu],

Espero que leia esta carta com toda a tolerância e compreensão que são tão fortes em seu coração.

A única coisa que posso dizer é que, na vida de todo homem, há um forte desejo de deixar tudo para trás por uns tempos e procurar uma nova vida. Se mora próximo ao mar, ele almeja pegar o primeiro navio e viajar para longe, não importa se tem um lar feliz, uma esposa ou mãe queridas. É verdade também que, se mora perto de uma estrada, ele sente um desejo intenso de colocar uma mochila nas costas e partir, deixando para trás um lar feliz. Pouquíssimas pessoas seguem esse impulso depois que ultrapassaram a juventude sem fazer isso. Mas penso que às vezes a idade tem sobre nós

o efeito da juventude, assim como um champanhe forte que nos sobe à cabeça, e criamos a coragem de fazer o que nunca havíamos feito antes, talvez também por percebermos que esta é a nossa última chance. No entanto, se quando jovens conseguimos continuar numa aventura dessas, na minha idade rapidamente descobrimos que é uma simples quimera e que não temos mais a mesma disposição. Você me aceita de volta?
Seu marido carinhoso,
Edgar.

— É simples — disse o pai de Arnold — e expressa o que eu senti.
— É isso realmente o que o senhor sentiu? — perguntou a senhorita Goering.
— Acredito que sim — disse o pai de Arnold. — Deve ter sido. Claro que eu não disse nada a ela sobre o que sinto por você, mas ela deve ter adivinhado, e é sempre melhor não dizer essas coisas...
Ele olhou para as luvas de lã e ficou calado por um momento. De repente, pôs a mão no bolso e tirou de lá outra carta.
— Desculpe — disse ele. — Ia esquecendo. Esta aqui é uma carta de Arnold.
— Ora — disse a senhorita Goering abrindo a carta —, sobre o que será isso agora?
— Certamente sobre um monte de nulidades e sobre aquela desleixada com quem ele está vivendo, que é uma zero à esquerda. — A senhorita Goering abriu a carta e a leu em voz alta:

Querida Christina,
Pedi a papai para lhe explicar o motivo de nossa mudança recente de domicílio. Espero que ele tenha feito isso e que você concorde que não agimos apressadamente, nem de uma forma que você possa julgar falta de consideração. Lucy quer que você envie o cheque para o novo endereço. Papai ficou encarregado de lhe dizer isso, mas achei que ele podia esquecer. Tenho a impressão que Lucy está muito abalada com a sua fuga mais recente. Ela anda sempre mal-humorada ou melancólica. Eu tinha esperança de que esse estado de espírito melhorasse depois da mudança, mas ela conti-

nua entregue a longos períodos de silêncio e muitas vezes chora à noite, sem falar no fato de que está excessivamente irritada e já duas vezes discutiu com Adele, embora estejamos aqui há dois dias apenas. Em tudo isso, vejo que a natureza de Lucy é de extrema delicadeza e morbidez, e me encanta estar ao lado dela. Adele, por sua vez, é bem equilibrada por natureza, mas é terrivelmente intelectual e muito interessada em todos os ramos da arte. Estamos pensando em começar juntos uma revista, quando estivermos mais bem estabelecidos. Ela é uma loura bonita.

Sinto muita a sua falta, minha querida, e quero que você, por favor, acredite que se eu pudesse de alguma forma alcançar o que está dentro de mim eu romperia o terrível casulo em que me encontro. Espero que um dia isso aconteça. Sempre vou me lembrar da história que você me contou no dia em que nos conhecemos, na qual, eu sempre percebi, estava oculto um estranho significado, embora deva admitir que não saberia dizer o quê. Preciso me despedir agora e levar um chá quente para Bubbles no quarto dela. Por favor, por favor, acredite em mim.

Beijos carinhosos,
Arnold

— Ele é um bom homem — disse a senhorita Goering. Por alguma razão, a carta de Arnold a deixou triste, enquanto a carta do pai de Arnold a deixara aborrecida e perplexa.

— Bom — disse o pai de Arnold —, preciso ir agora se quiser pegar a próxima barca.

— Espere — disse a senhorita Goering —, vou acompanhá-lo até o cais. — Ela rapidamente tirou uma rosa que estava usando na gola do casaco e a prendeu na lapela do velho.

Quando chegaram ao cais, o gongo estava soando, e a barca estava pronta para seguir para a ilha. A senhorita Goering sentiu-se aliviada ao ver isso, pois temia uma longa cena sentimental.

— Bom, chegamos na hora certa — disse o pai de Arnold tentando parecer natural. Mas a senhorita Goering percebeu que os olhos azuis dele estavam rasos de lágrimas.... Ela mal conteve as próprias lágrimas, e desviou a vista da barca para a ladeira.

— Eu queria saber se você poderia me emprestar cinquenta centavos — disse o pai de Arnold. — Mandei todo o meu dinheiro para a minha mulher e hoje de manhã não pedi o suficiente emprestado a Arnold. Ela rapidamente lhe deu um dólar, e eles se despediram com um beijo. Enquanto a barca partia, a senhorita Goering ficou no cais acenando com a mão; ele lhe havia pedido para fazer isso como um favor.

Quando ela voltou para o apartamento, encontrou-o vazio, então decidiu ir ao bar beber alguma coisa, certa de que se Andy ainda não estivesse lá, mais cedo ou mais tarde ele apareceria.

Ela já estava bebendo fazia algumas horas, e começava a escurecer. Andy não havia chegado ainda, e a senhorita Goering se sentiu um tanto aliviada. Ela olhou para trás e viu que o homem corpulento, dono do automóvel que parecia um carro funerário, estava entrando. Ela sentiu um tremor involuntário e sorriu docemente para Frank, o *barman*.

— Frank — ela disse —, você nunca tira folga?

— Não quero folga.

— Por que não?

— Porque quero meter a cara no trabalho e fazer alguma coisa que valha a pena mais tarde. De qualquer forma, não me divirto muito com nada a não ser me entregar a meus próprios pensamentos.

— Eu simplesmente detesto os meus, Frank.

— Não, isso é bobagem — declarou Frank.

O homem grande de sobretudo acabara de subir num banco e jogar uma moeda de cinquenta centavos em cima do balcão do bar. Frank lhe serviu uma bebida. Depois de beber, ele virou-se para a senhorita Goering.

— Aceita uma bebida? — ele perguntou a ela.

Por mais que o temesse, a senhorita Goering sentiu uma estranha emoção pelo fato de ele ter finalmente falado com ela. Ela já vinha esperando isso há uns dias e percebeu que não poderia deixar de contar--lhe.

— Muito obrigada — ela disse de maneira tão graciosa que Frank, que não aprovava moças que falavam com estranhos, franziu o cenho e dirigiu-se à outra ponta do bar, onde começou a ler uma revista. — Muito obrigada, aceito com prazer. Talvez lhe interesse saber que imaginei

que beberíamos juntos como agora, já há algum tempo, e não estou nem um pouco surpresa que tenha me convidado. E eu tinha imaginado que aconteceria a essa hora do dia também, e quando não haveria mais ninguém aqui. — O homem anuiu com a cabeça uma ou duas vezes.
— Bom, o que quer beber? — perguntou ele. A senhorita Goering ficou muito decepcionada por ele não ter dado nenhuma resposta direta ao que ela dissera.

Depois que Frank serviu a bebida, o homem tirou-a da frente dela.

— Venha — disse ele —, vamos nos sentar numa mesa reservada.

A senhorita Goering deu um pulo do banco e o seguiu até uma mesa localizada no fundo do bar.

— Bom — ele disse, depois de estarem sentados por algum tempo —, você trabalha aqui?

— Onde? — perguntou a senhorita Goering.

— Aqui, nesta cidade.

— Não — respondeu a senhorita Goering.

— Bom, então, trabalha em alguma outra cidade?

— Não, eu não trabalho.

— Sim, você trabalha. Não tente me enganar, porque ninguém jamais conseguiu.

— Não estou entendendo.

— Você trabalha como prostituta, não lá muito bem, não é? A senhorita Goering riu.

— Céus! — exclamou ela. — Eu certamente nunca pensei que parecesse uma prostituta só porque tenho cabelos ruivos; talvez alguém à margem da sociedade, ou uma louca fugida do hospício, mas nunca uma prostituta!

— A mim, você não parece nenhuma marginal e nem louca. Parece uma prostituta, e isso é o que você é. Eu não quero dizer uma prostituta de verdade, de baixa categoria. Quero dizer, uma prostituta de média categoria.

— Bom, não tenho nada contra prostitutas, mas lhe garanto que não sou esse tipo de coisa.

— Eu não acredito em você.

— Mas como podemos criar qualquer vínculo de amizade — disse ela —, se não acredita em nada do que eu digo?
O homem abanou a cabeça uma vez mais.
— Não acredito que você não seja uma prostituta, porque eu sei que é.
— Muito bem — disse a senhorita Goering — estou cansada de discutir. — Ela notara que o rosto dele, diferente da maioria dos rostos, parecia não adquirir mais vida quando ele estava envolvido numa conversa e sentiu que todos os pressentimentos que tinha sobre ele haviam sido justificados. Ele agora deslizava o pé pela perna dela. Ela tentou sorrir para ele, mas não conseguiu.

— Deixe disso — pediu ela —, Frank pode ver o que você está fazendo, do lugar onde está por trás do balcão do bar, e eu ficaria terrivelmente envergonhada.

Ele pareceu ignorar o comentário dela por completo e continuou a lhe pressionar a perna cada vez mais vigorosamente.

— Você quer ir para casa comigo e comer um bife no jantar? — ele perguntou. — Vou jantar bife com cebola e tomar um café. Você pode ficar uns dias, se tudo der certo, ou mais tempo. A outra moça, Dorothy, foi embora uma semana atrás.

— Acho que seria ótimo — respondeu a senhorita Goering.

— Bom — disse ele —, minha casa fica a uma hora de carro daqui. Preciso ir agora para me encontrar com alguém na cidade, mas volto em meia hora mais ou menos; então, se quiser comer bife, esteja aqui também.

— Muito bem, estarei — disse a senhorita Goering.

Fazia apenas alguns minutos que ele havia saído quando Andy chegou. Ele tinha as duas mãos nos bolsos e a gola de seu casaco estava virada para cima. Os olhos, virados para baixo.

"Deus do céu!", disse a si mesma a senhorita Goering. "Tenho que contar a novidade a ele imediatamente e há uma semana que não o vejo tão arrasado."

— O que foi que aconteceu com você? — perguntou ela.

— Fui ao cinema, para dar a mim mesmo uma lição sobre autocontrole.

— O que quer dizer com isso?

— Quero dizer que eu estava perturbado; minha alma foi virada pelo avesso hoje de manhã, e eu só tinha duas opções: beber ou continuar bebendo ou ir ao cinema. Escolhi ir ao cinema.

— Mas você parece ainda terrivelmente melancólico.

— Estou menos melancólico. Só estou deixando transparecer a terrível luta que travei comigo mesmo, e você sabe que a cara da vitória é muito parecida com a cara da derrota.

— A vitória se dissipa tão rapidamente que mal aparece, e é sempre a cara da derrota que conseguimos ver — replicou a senhorita Goering. Ela não queria dizer a ele, na frente de Frank, que estava indo embora, porque tinha certeza de que Frank saberia para onde ela estava indo. — Andy — disse ela —, vamos até a sorveteria do outro lado da rua comigo? Preciso lhe falar uma coisa.

— Está bem — concordou Andy, mais à vontade do que a senhorita Goering esperava. — Mas quero voltar logo para beber alguma coisa.

Eles atravessaram a rua até a sorveteria e sentaram-se a uma mesa, um em frente ao outro. Eram as únicas pessoas lá com exceção do rapaz que servia os clientes. Ele os cumprimentou com um gesto de cabeça quando eles entraram.

— Está de volta? — ele perguntou à senhorita Goering. — Aquele velho certamente esperou muito por você hoje de manhã.

— É verdade — disse a senhorita Goering —, foi terrível.

— Bom, você deu a ele uma flor, quando foi embora. Ele deve ter ficado emocionado.

A senhorita Goering não respondeu, porque não tinha tempo a perder.

— Andy — disse ela —, daqui a alguns minutos, eu vou a um lugar que fica a cerca de uma hora daqui e provavelmente não vou voltar tão cedo.

Andy pareceu entender a situação de imediato. A senhorita Goering recostou-se na cadeira e esperou enquanto ele pressionava as têmporas com as palmas das mãos cada vez com mais força.

Finalmente ele olhou para ela.

— Você — disse ele —, como um ser humano decente não pode fazer isso comigo.

— Bom, eu acho que posso, Andy. Tenho a minha própria estrela a seguir, sabe.

— Mas você não pode imaginar — continuou Andy —, como o coração de um homem é belo e delicado quando ele está feliz pela primeira vez! É como o gelo fino que aprisiona aquelas belas plantinhas, que são libertadas quando o gelo derrete.

— Você leu isso em algum poema — disse a senhorita Goering.

— Isso torna o que eu disse menos bonito?

— Não — disse a senhorita Goering —, eu admito que é um pensamento lindo.

— Não vai ter coragem de destruir a plantinha agora que você derreteu o gelo.

— Ah, Andy — disse a senhorita Goering —, você me faz sentir horrível! Estou apenas resolvendo uma questão minha.

— Você não tem esse direito — disse Andy. — Você não está sozinha no mundo. Está envolvida comigo! — Ele começava a ficar mais agitado, talvez por perceber que era totalmente inútil dizer qualquer coisa à senhorita Goering.

— Eu me ponho aqui de joelhos — disse Andy balançando o punho para ela. Mal disse isso e já estava ajoelhado aos pés dela. O garçom ficou terrivelmente chocado e achou melhor dizer alguma coisa.

— Olhe, Andy — ele disse baixinho —, por que não se levanta e pensa bem no que está fazendo?

— Porque — disse Andy, levantando a voz cada vez mais —, porque ela não teria coragem de rejeitar um homem de joelhos. Ela não teria coragem! Seria um sacrilégio.

— Eu não vejo por quê — replicou a senhorita Goering.

— Se você me rejeitar — continuou Andy —, eu desgraço a sua vida, me arrasto pela rua, faço você passar vergonha.

— Eu realmente não tenho nenhum senso de vergonha — disse a senhorita Goering — e acho esse seu senso de vergonha terrivelmente exagerado, além de drenar toda a sua energia. Agora, preciso ir, Andy. Por favor, levante-se.

— Você é louca — disse Andy. — Louca e monstruosa... de verdade. Monstruosa. Você está tendo uma atitude monstruosa.

— Bom — disse a senhorita Goering —, talvez as minhas manobras pareçam um pouco estranhas, mas venho pensando há algum tempo que com frequência, com muita frequência, os heróis que se consideram monstros porque estão afastados dos outros homens mudam de ideia mais tarde e veem verdadeiros atos monstruosos serem realizados em nome de algo medíocre.

— Lunática! — gritou Andy para ela, ainda de joelhos. — Você não é nem mesmo cristã.

A senhorita Goering saiu apressada da sorveteria depois de beijar Andy de leve na cabeça, porque viu que se não o deixasse rapidamente, perderia seu encontro. Na verdade, ela estava certa, porque seu amigo já estava saindo do bar quando ela chegou.

— Você vem comigo? — perguntou ele. — Acabei mais cedo do que pensava e resolvi não esperar, porque achei que você não viria.

— Mas — disse a senhorita Goering — eu aceitei o seu convite. Por que você achou que eu não viria?

— Não fique agitada — disse o homem. — Venha, vamos pegar o carro.

Ao passarem pela sorveteria quando saíam da cidade, a senhorita Goering olhou pela janela para tentar ver Andy. Para sua surpresa, ela viu que a loja estava cheia de gente, de modo que a rua e a calçada estavam lotadas, e ela não conseguiu enxergar dentro da sorveteria.

O homem sentara-se à frente com o chofer, que não usava uniforme, e ela ficou sozinha no assento traseiro. A princípio, esse arranjo a surpreendeu um pouco, mas ela estava satisfeita. Logo em seguida, entendeu por que ele escolhera aquela disposição. Assim que eles deixaram a cidade ele virou-se para trás e disse:

— Vou dormir agora. Eu me sinto melhor aqui, porque não balança tanto. Você pode conversar com o chofer, se quiser.

— Não estou com disposição de falar com ninguém — disse a senhorita Goering.

— Bom, faça o que diabo você quiser — disse ele. — Não quero ser acordado até que os bifes estejam na grelha. — Ele prontamente puxou o chapéu sobre os olhos e foi dormir.

Enquanto seguiam viagem, a senhorita Goering sentiu-se mais triste e sozinha do que jamais se sentira na vida. Sentiu falta de Andy, de Arnold, da senhorita Gamelon e do velho, de todo o seu coração e logo chorava em silêncio no assento traseiro do carro. Foi somente movida por uma grande força de vontade que se controlou para não abrir a porta e pular na estrada.

Eles passaram por várias cidadezinhas e, por fim, quando a senhorita Goering começou a cochilar, chegaram a uma cidade de tamanho médio.

— Esta é a cidade para onde estávamos vindo — disse o chofer, supondo que a senhorita Goering observava a estrada com impaciência. Era uma cidade barulhenta, e havia muitas linhas de bondes indo em diferentes direções. A senhorita Goering estava surpresa de todo aquele barulho não ter acordado seu amigo no assento dianteiro. Eles logo deixaram o centro, embora permanecessem na cidade quando pararam em frente a um prédio de apartamentos. O chofer teve dificuldade de acordar o patrão, mas enfim conseguiu, gritando ao pé do ouvido dele o endereço.

A senhorita Goering aguardava na calçada, num pé e noutro. Notou que havia um pequeno jardim ao longo de um dos lados do prédio. Estava repleto de arbustos e árvores perenes, todos ainda pequenos porque era óbvio que tanto o jardim quanto o edifício eram muito novos. Arame farpado circundava o jardim e havia um cachorro tentando passar sar por baixo.

— Vou guardar o carro, Ben — disse o chofer.

Ben desceu do carro e empurrou a senhorita Goering à sua frente para a entrada do apartamento.

— Falso estilo espanhol — disse a senhorita Goering mais para si própria do que para Ben.

— Não é estilo espanhol falso — disse ele de mau humor —, é o verdadeiro estilo espanhol.

A senhorita Goering riu um pouco.

— Eu não acho — disse ela —, já estive na Espanha.

— Não acredito em você — disse Ben. — De qualquer forma, esse é o verdadeiro estilo espanhol, cada centímetro dele.

A senhorita Goering olhou ao redor para as paredes, que eram feitas de estuco amarelo e ornamentadas com nichos e agrupamentos de pequenas colunas.

Juntos entraram num pequeno elevador automático, e o coração da senhorita Goering quase parou. Seu companheiro pressionou um botão, mas o elevador não saiu do lugar.

— Dá vontade de estraçalhar o homem que fez essa máquina — disse ele, batendo o pé com força.

— Ah, por favor — disse a senhorita Goering —, por favor, me deixe sair.

Ele não prestou atenção a ela, mas bateu o pé com ainda mais força do que antes e pressionou o botão diversas vezes, como se o medo na voz dela o tivesse excitado. Por fim, o elevador começou a subir. A senhorita Goering pôs as mãos no rosto. Chegaram ao segundo andar, onde o elevador parou, e eles saíram. Esperaram juntos em frente a uma das três portas que davam para um corredor estreito.

— Jim tem as chaves — disse Ben —; ele vai chegar num minuto. Espero que entenda que não vamos sair para dançar nem para nenhuma dessas tolices. Não suporto o que as pessoas consideram diversão.

— Ah, eu gosto de tudo isso — disse a senhorita Goering. — Fundamentalmente, eu sou uma pessoa alegre. Quer dizer, gosto de todas as coisas de que as pessoas alegres gostam.

Ben bocejou.

"Ele não vai nunca me escutar", disse a si mesma a senhorita Goering.

•

Logo em seguida, o chofer retornou com as chaves e abriu a porta para eles. A sala de estar não tinha nenhum atrativo. Alguém havia deixado um enorme pacote no chão. Através de uns rasgões no papel, a senhorita Goering pôde ver que o pacote continha um bonito acolchoado cor-de-rosa.

Ela ficou mais animada ao ver o acolchoado e perguntou a Ben se tinha sido escolha dele. Sem responder a sua pergunta, ele chamou o chofer, que havia ido para a cozinha, que era ao lado da sala. A porta entre os dois cômodos estava aberta, e a senhorita Goering podia ver o chofer de pé ao lado da pia, de chapéu e casaco, e desembrulhando os bifes devagar.

— Eu disse a você que providenciasse para eles virem buscar esse maldito cobertor — gritou Ben.

— Eu esqueci.

— Então use um desses blocos de anotações e tire do bolso de vez em quando. Pode comprar um ali na esquina.

Ben jogou-se no sofá ao lado da senhorita Goering, que havia se sentado e colocou a mão no joelho dela.

— Por quê? Não quer o cobertor agora que o comprou? — perguntou a senhorita Goering.

— Eu não comprei isso. Aquela moça que estava aqui comigo na semana passada comprou para jogar por cima de nós na cama.

— E você não gosta da cor?

— Eu não gosto de coisas extras pela casa.

Ele sentou-se pensativo por alguns minutos, e a senhorita Goering, cujo coração começava a bater rápido demais toda vez que ele mergulhava em seus silêncios, buscou em sua mente outra pergunta para fazer.

— Você não gosta de debater — ela disse a ele.

— Você quer dizer conversar?

— Sim.

— Não, não gosto.

— Por que não?

— A gente fala demais quando conversa — ele respondeu distraído.

— Bom, não fica ansioso para descobrir coisas sobre as pessoas?

Ele abanou a cabeça.

— Eu não preciso descobrir nada sobre as pessoas, e o que é mais importante, elas não precisam saber nada sobre mim. — Ele olhou para ela pelo canto do olho.

— Bom — ela disse um pouco sem fôlego —, deve haver alguma coisa de que você goste.

— Gosto muito de mulheres e gosto de fazer dinheiro rápido. — Sem avisar, ele ficou de pé de um salto e puxou a senhorita Goering levantando-a, segurando-lhe pelo pulso meio bruscamente. — Enquanto ele termina os bifes, vamos lá dentro um pouco.

— Ah, por favor — pediu a senhorita Goering —, estou tão cansada. Vamos descansar aqui um pouco antes do jantar.

— Está bem — disse Ben. — Vou para o meu quarto me deitar até os bifes ficarem prontos. Eu gosto deles bem passados.

Enquanto ele não estava ali, a senhorita Goering ficou no sofá puxando os dedos suados. Estava dividida entre um desejo quase esmagador de sair correndo daquela sala e uma compulsão doentia de permanecer onde estava.

"Eu espero", disse a si mesma, "que os bifes fiquem prontos antes de eu ter uma chance de decidir."

Entretanto, quando o chofer acordou Ben para informar que os bifes estavam prontos, a senhorita Goering havia decidido que era absolutamente necessário para ela ficar.

Eles sentaram-se juntos em torno de uma pequena mesa dobrável e comeram em silêncio. Mal acabaram de comer, o telefone tocou. Ben atendeu e quando terminou sua conversa, ele disse à senhorita Goering e a Jim que todos os três iriam até a cidade. O chofer olhou para ele com malícia.

— Não é muito longe daqui — disse Ben, pondo o casaco. Ele virou-se para a senhorita Goering. — Vamos a um restaurante — disse ele. — Você espera paciente numa mesa separada, enquanto eu faço negócios com uns amigos. Se ficar terrivelmente tarde, você e eu passaremos a noite na cidade, num hotel onde eu sempre vou, no centro. Jim traz o carro de volta e dorme aqui. Agora está tudo claro para todos?

— Perfeitamente — respondeu a senhorita Goering, que estava bem satisfeita por eles estarem deixando o apartamento.

•

O restaurante não era muito agradável. Era numa sala grande quadrada, no primeiro andar de uma casa velha. Ben a conduziu a uma mesa próxima à parede e disse a ela para sentar.

— De vez em quando você pode pedir alguma coisa — disse ele, e foi encontrar-se com os três homens que estavam num bar improvisado de tábuas finas de madeira e papier mâché.

Os clientes eram quase todos homens, e a senhorita Goering notou que não havia rostos distintos entre eles, embora nenhum deles estivesse mal vestido. Os três homens com quem Ben estava conversando eram feios e tinham até um aspecto brutal. Logo depois, ela viu Ben fazendo um sinal para uma mulher que estava sentada a uma mesa não muito longe dela. Ela foi falar com ele e depois dirigiu-se depressa à mesa da senhorita Goering.

— Ele quer que você saiba que ele vai ficar aqui por muito tempo, talvez mais de duas horas. Eu estou aqui para lhe servir o que quiser. Aceita um espaguete ou um sanduíche? Eu trago o que você quiser.

— Não, obrigada — disse a senhorita Goering. — Mas não quer sentar e tomar uma bebida comigo?

— Para ser sincera, não — disse a mulher —, mas eu lhe agradeço muito. — Ela hesitou por um momento antes de dizer adeus. — Claro que eu gostaria que você se juntasse a nós na nossa mesa, mas a situação é difícil de explicar. Aqui, na maioria, somos amigos íntimos, e quando nos encontramos, contamos tudo o que aconteceu.

— Eu entendo — disse a senhorita Goering, que ficou bastante triste ao vê-la partir, porque não queria ficar ali sozinha por duas ou três horas. Embora ela não estivesse ansiosa para ficar na companhia de Ben, o suspense de esperar todo esse tempo com tão pouco para distraí-la era quase insuportável. Ocorreu-lhe que poderia telefonar para uma amiga e convidá-la para um drinque no restaurante. "Certamente", ela pensou, "Ben não poderia fazer nenhuma objeção a que ela tivesse uma conversa com uma amiga". Anna e a senhora Copperfield eram as duas únicas pessoas que ela conhecia bem para convidar assim tão em cima da hora. Das duas, ela preferia a senhora Copperfield e pensou que ela seria a mais provável de aceitar um convite desses. Mas não tinha certeza de que a senhora Copperfield tivesse voltado da viagem à America Central. Ela chamou o garçom e lhe pediu que a conduzisse ao telefone. Depois de fazer algumas perguntas, ele a conduziu a um hall com uma corrente de ar e discou o número para ela. Ela conseguiu falar com a amiga, que ficou eufórica no momento em que ouviu a voz da senhorita Goering.

— Voando para aí agora mesmo — ela disse à senhorita Goering. — Você não imagina como é maravilhoso ter notícias suas. Voltei faz pouco tempo, sabe, e acho que não vou ficar.

Exatamente quando a senhora Copperfield lhe dizia isso, Ben chegou ao hall e arrancou o telefone da mão da senhorita Goering.

— De que se trata, pelo amor de Deus? — ele exigiu que ela dissesse.

A senhorita Goering pediu à senhora Copperfield para aguardar um momento.

— Estou ligando para uma amiga — ela disse a Ben —, uma amiga que não vejo há muito tempo. Ela é uma pessoa animada e eu achei que ela talvez viesse beber um drinque aqui comigo. Eu estava me sentindo muito sozinha.

— Alô — gritou Ben ao telefone —, você está vindo para cá?

— Claro que vou, imediatamente — respondeu a senhora Copperfield. — Eu a adoro.

Ben pareceu satisfeito e devolveu o telefone à senhorita Goering sem dizer uma palavra. Antes de deixar o hall, entretanto, disse à senhorita Goering que não iria ficar com duas mulheres. Ela assentiu com a cabeça e retomou a conversa com a senhora Copperfield. Deu o endereço do restaurante que o garçom havia anotado para ela e se despediu.

Cerca de meia hora depois, a senhora Copperfield chegou acompanhada de uma mulher que a senhorita Goering nunca vira antes. Ela ficou espantada com a visão da velha amiga. Ela estava terrivelmente magra e parecia estar sofrendo de uma erupção cutânea. A amiga da senhora Copperfield era bem atraente, a senhorita Goering pensou, mas os cabelos da moça eram crespos demais para o gosto dela. As duas mulheres usavam roupas pretas e caras.

— Lá está ela — gritou a senhora Copperfield, segurando Pacífica pela mão e dirigindo-se correndo para a mesa da senhorita Goering.

— Não pode imaginar como fiquei feliz quando você telefonou — disse ela. — Você é exatamente a pessoa no mundo que eu queria que me visse. Esta é Pacífica. Ela está comigo no meu apartamento.

A senhorita Goering as convidou para sentar.

— Olhe — disse Pacífica à senhorita Goering — tenho um encontro com um rapaz no outro lado da cidade, bem distante daqui. Foi um grande prazer conhecer você, mas ele vai ficar muito nervoso e infeliz. Ela pode ficar conversando com você, e eu vou me encontrar com ele. Ela me disse que vocês são grandes amigas.

A senhora Copperfield ficou de pé.

— Pacífica — disse ela —, você precisa ficar aqui e beber alguma coisa primeiro. Isso é um milagre e você precisar fazer parte dele.

— Já é tão tarde, e eu vou me meter numa grande confusão se não for agora mesmo. Ela não queria vir para cá sozinha — disse Pacífica à senhorita Goering.

— Lembre-se, você prometeu voltar e me apanhar depois — disse a senhora Copperfield. — Eu telefono para você assim que Christina estiver pronta para ir embora.

Pacífica se despediu e deixou o restaurante apressada.

— O que achou dela? — A senhora Copperfield perguntou à senhorita Goering, mas sem esperar por resposta, chamou o garçom e pediu dois uísques duplos. — O que achou dela? — repetiu.

— De onde ela é?

— Ela é uma espanhola, do Panamá, e uma pessoa de uma personalidade como nunca se viu igual. Fazemos tudo juntas. Estou totalmente satisfeita e feliz.

— Mas achei você um pouco abatida — disse a senhorita Goering, que estava sinceramente preocupada com a amiga.

— Eu vou lhe contar uma coisa — disse a senhora Copperfield, debruçando-se sobre a mesa e de repente parecendo muito tensa. — Estou um pouco preocupada... não muito preocupada, porque não vou permitir que nada aconteça contra a minha vontade... mas estou um pouco preocupada, porque Pacífica conheceu um rapaz louro que mora do outro lado da cidade, e ele pediu em casamento. Ele nunca diz nada e é uma pessoa de uma personalidade muito fraca. Mas acho que ele a deixou fascinada, porque a elogia o tempo todo. Eu fui até o apartamento dele com ela, porque não permito que fiquem sozinhos, e ela já fez jantar para ele duas vezes. Ele é louco por comida espanhola e come vorazmente cada prato que Pacífica coloca na frente dele.

A senhora Copperfield inclinou-se para trás e fitou a senhorita Goering diretamente nos olhos.

— Estou levando-a de volta ao Panamá logo que conseguir reservar uma passagem de navio. — Ela pediu outro uísque duplo. — Bom, o que acha disso? —perguntou ela ansiosa.

— Talvez seja melhor esperar para ver se ela realmente quer se casar com ele.

— Você está louca! — exclamou a senhora Copperfield. — Eu não posso viver sem ela, nem por um minuto. Eu me acabaria completamente.

— Mas você já está acabada, ou a julgo mal?

— É verdade — disse a senhora Copperfield, batendo com o punho na mesa com um ar malvado. — Eu me acabei, o que é uma coisa que eu sempre quis fazer. Sei que sou culpadíssima, mas tenho minha felicidade, que eu guardo com unhas e dentes, e tenho autoridade agora e uma certa coragem, que, se você se lembra bem, eu nunca tive antes.

A senhora Copperfield estava ficando bêbada e mais desagradável.

— Eu me lembro — disse a senhorita Goering — que você era um pouco tímida, mas com certeza muito corajosa. É preciso muita coragem para viver com um homem como o senhor Copperfield, que, eu acredito, não esteja mais vivendo com você. Na verdade, eu a admirava muito. Não tenho certeza de que a admiro agora.

— Isso não faz a menor diferença para mim — replicou a senhora Copperfield. — De qualquer forma, noto que você mudou e perdeu o seu charme. Está mais desagradável agora e menos confortadora. Você era tão graciosa e compreensiva; todos achavam você uma tola, mas eu achava que era extremamente instintiva e dotada de poderes mágicos.

— Ela pediu outra bebida e ficou pensando por um momento.

— Você vai dizer — continuou ela numa voz muito clara — que todas as pessoas têm a mesma importância, mas, embora eu goste muito de Pacífica, acho que é óbvio que sou mais importante do que ela.

A senhorita Goering achou que não tinha o direito de ir contra a senhora Copperfield nessa questão.

— Eu entendo como você se sente — ela disse —, e talvez tenha razão.
— Graças a Deus — disse a senhora Copperfield e tomou a mão da senhorita Goering na sua.
— Christina — ela pediu —, por favor, não me contrarie de novo, eu não posso suportar.
A senhorita Goering desejou que a senhora Copperfield lhe fizesse perguntas sobre sua própria vida. Tinha um grande desejo de contar a alguém tudo o que acontecera durante o último ano. Mas a senhora Copperfield continuou bebendo, de vez em quando derramando um pouco no queixo. Ela nem sequer olhava para a senhorita Goering, e as duas ficaram dez minutos em silêncio.
— Acho — disse a senhora Copperfield por fim — que vou telefonar para Pacífica e dizer a ela para vir me buscar daqui a quarenta e cinco minutos.
A senhorita Goering a conduziu até o telefone e voltou para sua mesa. Ela ergueu a vista e viu que outro homem havia se juntado a Ben e aos amigos dele. Quando sua amiga voltou do telefone, a senhorita Goering viu imediatamente que alguma coisa séria havia acontecido. A senhora Copperfield deixou-se cair na cadeira.
— Ela disse que não sabe quando vai voltar, e se ela não estiver aqui quando você for embora, eu devo voltar para casa com você, ou sozinha mesmo. Acabou de acontecer comigo, não foi? Mas o que é bom em mim é que eu estou o tempo todo a um passo do desespero e sou uma das poucas pessoas que sabem como praticar um ato de violência com a maior facilidade.
Ela agitou as mãos acima da cabeça.
— Os atos de violência em geral são praticados com facilidade — disse a senhorita Goering. Àquela altura, ela estava completamente decepcionada com a senhora Copperfield, que se levantou da cadeira e saiu cambaleante em direção ao bar. Lá ela tomou uma bebida atrás da outra sem virar a pequena cabeça que estava quase completamente escondida pela enorme gola de pele de seu casaco.
A senhorita Goering foi até a senhora Copperfield apenas uma vez, pensando que poderia persuadir a amiga a voltar para a mesa. Mas a se-

nhora Copperfield mostrou um rosto furioso banhado de lágrimas à senhorita Goering e jogou o braço para o lado, atingindo a senhorita Goering no nariz com o antebraço. A senhorita Goering voltou para sua cadeira e ficou cuidando do nariz.

Para sua grande surpresa, cerca de vinte minutos depois Pacífica chegou, acompanhada do rapaz. Ela o apresentou à senhorita Goering e depois correu para o bar. O rapaz ficou com as mãos nos bolsos e olhou à sua volta um pouco sem jeito.

— Sente-se — ofereceu a senhorita Goering. — Eu achei que Pacífica não viria.

— Ela não vinha mesmo — ele respondeu bem devagar —, mas depois mudou de ideia, porque ficou preocupada que a amiga ficasse chateada.

— A senhora Copperfield é uma pessoa temperamental, eu creio — disse a senhorita Goering.

— Eu não a conheço muito bem — ele respondeu com discrição.

Pacífica voltou do bar com a senhora Copperfield, que estava agora incrivelmente alegre e queria pedir bebida para todos. Mas nem o rapaz nem Pacífica aceitaram a oferta. O rapaz parecia muito triste e logo se desculpou dizendo que só havia trazido Pacífica para o restaurante e que iria voltar para casa. A senhora Copperfield decidiu acompanhá-lo até a porta, dando tapinhas na mão dele durante todo o trajeto e cambaleando de tal maneira que ele foi forçado a colocar o braço em torno da cintura dela para evitar que ela caísse. Pacífica, nesse ínterim, inclinou-se em direção à senhorita Goering.

— É terrível — disse ela. — Como sua amiga é infantil! Não posso deixá-la por dez minutos que quase parto o coração dela, e ela é uma mulher tão amável e generosa, com um apartamento tão bonito e roupas tão lindas. O que é que eu posso fazer com ela? Ela parece um bebê. Tentei explicar isso ao meu namorado, mas, na verdade, não consigo explicar isso a ninguém.

A senhora Copperfield voltou e sugeriu que fossem a outro lugar para comer.

— Não posso — disse a senhorita Goering, baixando a vista. — Tenho um compromisso com um cavalheiro. — Ela gostaria de falar com Pacífica um pouco mais. De certa forma, Pacífica lhe lembrava a senhorita Gamelon, embora Pacífica fosse uma pessoa bem mais agradável e mais bonita fisicamente. Nesse instante, ela notou que Ben e os amigos estavam vestindo seus casacos e se aprontando para sair. Ela hesitou apenas um segundo e depois apressou-se em se despedir de Pacífica e da senhora Copperfield. Estava colocando o xale sobre os ombros quando, para sua surpresa, ela viu os quatro homens dirigirem-se rapidamente para a porta, passando por sua mesa. Porém Ben não fez nenhum sinal para ela.

"Ele deve voltar", ela pensou, mas decidiu ir até o hall. Eles não estavam no hall, então ela abriu a porta e ficou na varanda. De lá ela os viu entrar no carro preto de Ben. Ben foi o último a entrar, e quando já estava com um pé no estribo, virou-se e viu a senhorita Goering.

— Ei — ele chamou —, esqueci de você. Vou precisar ir para longe, para um negócio importante. Não sei quando vou voltar. Adeus.

Ele bateu a porta quando entrou no carro e eles partiram. A senhorita Goering começou a descer os degraus de pedra. A longa escada lhe pareceu curta, como um sonho que é lembrado bem depois de ter sido sonhado.

Ela ficou parada na rua e esperou até ser tomada de alegria e alívio. Mas logo notou uma nova tristeza em seu íntimo. A esperança, ela sentiu, havia descartado para sempre a forma infantil.

"Certamente estou mais próxima de me tornar santa", refletiu a senhorita Goering, "mas será possível que uma parte de mim, oculta de minha visão, esteja acumulando pecado atrás de pecado tão rapidamente como a senhora Copperfield?" Essa última possibilidade, a senhorita Goering considerou bem interessante, mas sem grande importância.

Este livro – composto em Fairfield LT Std no corpo 10,5/14,5 – foi impresso sobre papel Pólen soft 80g/m² pela Prol Editora Gráfica, em Barueri – SP, Brasil.